ハヤカワ・ミステリ

ミステリアス・ショーケース

THE MYSTERIOUS SHOWCASE

デイヴィッド・ゴードン・他

早川書房編集部編

TOKYO HAYAKAWA BOOKS

A HAYAKAWA
POCKET MYSTERY BOOK

目次

ミステリアス・ショーケース

ぼくがしようとしてきたこと

What I've Been Trying To Do All This Time

デイヴィッド・ゴードン／青木千鶴 訳

デイヴィッド・ゴードン

著者デイヴィッド・ゴードンは、二〇一〇年、処女長篇『二流小説家』で作家デビュー。同作はアメリカ探偵作家クラブ賞最優秀新人賞にノミネートされた。翌二〇一一年には邦訳書が刊行され、『ミステリが読みたい！』大賞、『このミステリーがすごい！』、「週刊文春ミステリーベスト10」の海外部門で軒並み一位を獲得するという快挙を成し遂げた。

著者本人を主人公とした本作もまた、『二流小説家』を彷彿とさせるさまざまな魅力が満載となっている。現実と虚構の境目があやふやな世界観。自虐的なユーモアをふんだんにちりばめた会話。作家を志しながら、うだつのあがらない主人公。あらゆる小説に存在意義があるとするメッセージ。『二流小説家』誕生の背景が垣間見える、興味深い一篇と言えるだろう。（訳者）

その若い女はまず、アルゼンチンからぼくに手紙を送ってきた。いや、厳密に言うなら〝ぼくに〟ではない。どういうわけだか、宛先はぼくの〝邸宅もしくは著作権の保有者〟となっていた。手紙の冒頭には〝親愛なるミスターあるいはミズ〟（アルゼンチンにはデイヴィッドなる名前の女が存在するとでもいうのか？）とあって、そのあとこう続けられていた。

〝わたしはブエノスアイレスの大学に通う者で、アメリカのあらゆる女子大生と同じく、北米におけるポストモダニズムを研究しています。いまはデイヴィッド・ゴードン氏を題材とした論文の制作にあたっており、取材のため、近くニューヨークを訪れる予定でおります〟

ぼくは面食らった。どう控えめに言っても、そうとしか表現のしようがない。たしかに、ぼくはものを書くことを生業《なりわい》としている。考えようによっては、自分の作品をポストモダニズムに位置づけることもできるだろう（普通に考えれば、モダニズムに分類すべきだという気がするが）。しかし、じつを言うなら、ぼくはまだ一篇の小説も世に出していない。ぼくの小説を読んだことのある人間すらひとりも存在しない。原稿はいまも未完のまま、足もとの引出しのなかで眠っている。そんなぼくがどうして論文の題材となりうるのか。まるでわけがわからなかった。とはいえ、好奇心は抑えられない。根拠なきうぬぼれも。この女が奇跡のような方法でぼくの作品を知ったのではないかという、万に一つの淡い期待も。そこでぼくは、手紙に記されていたアドレスにＥメールを送った。

　女もすぐにメールをかえしてきたが、両者のあいだにはなんらかの文化的相違が存在するらしく、その返信はなぜかぼくの〝代理人〟に宛てられていた（それとも、これがポストモダニズムの流儀なのだろうか）。メールの内容は、スカイプのインターネットビデオ通話で話がしたいというものだった。

　そこでぼくはパソコンに向かい、スカイプのソフトをインストールしてから、女の回線にアクセスした。待つことしばしののち、デジタル技術の奇跡がなせる業《わざ》だろうか、スクリーンに絶世の美女があらわれた。あまりに黒すぎて画像が解析できないらしく、紫色の液体にしか見えない豊かな黒髪。卵形の白い顔。高い額。小ぶりな赤い唇。インクをぽとりと垂らしたみたいな漆黒の瞳。

「やあ、どうも！　デイヴィッド・ゴードンです！」大声を張りあげながら、ぼくは手を振った。相手との距離感をどうにもはかりかねていた。

　女はびくりと身を引いた。べつの大陸にいるだけでは充分じゃないとでもいうかのように。そしてその表情は、（もしそんなことが可能であるなら）驚きと恐怖とを同時ににじませてもいた。

「あなた、生きてたの！」女は大きく息を呑んだ。

「ずっと昔に亡くなったものと思ってたわ……」

「ぼくが？　まさか。もちろん生きているとも。それこそ、ずっと昔から」

「そんな……」女は悩ましげに眉根を寄せ、唇を噛みしめた。「困ったことになったわ。あなたが故人だという前提のもとで、論文を書き進めていたのに」

「申しわけない。ただ、このところかなり疲れがたまっていてね。もう少し待ってもらえれば、ご期待に添えるかもしれない」

　女は笑った。目も眩むほどにまばゆい笑顔がスクリーンに映しだされた。両頬のえくぼ。きらめく瞳。一本だけ曲がったチャーミングな前歯。「とんでもない！　あなたが生きていてくれてよかったわ。たぶんね。あなたの青い瞳、とってもすてきだし」

「それはどうも」とぼくはかえした。黒い瞳の持ち主に対して自分の目がセールスポイントになりうるということを、すっかり忘れていたのだ。それからふと思いつき、思案顔で顎を撫でてみた。近ごろ生やしはじめた顎鬚こそが、自分ではいちばんの売りだと思っている。母とデリカテッセンのレジ係から、男らしくてセクシーだと褒めそやされていたのだ。「それはそうと、こんなむさくるしい形《なり》ですまない。剃刀をあてる時間がなかったものでね」

　女は肩をすくめた。「あら、それほど大きくないわ。ユダヤ人なら、それくらいが普通なんでしょう？　わたしのまわりには、〝むさくるしい〟の大きなユダヤ人ってあんまり見かけないけど。わたしのは小さすぎるし」

「ええと、いったいなんのことだろう？」とぼくは訊きかえした。とつぜん話が見えなくなってきた。

　女はそばかすの散った小ぶりな鼻を指さした。「もちろん、〝むさくるしい《スクラッフィ》〟のことよ。イディッシュ語でそう呼ぶんでしょう？」

「いや、鼻のことはシュノッズというんだ。たぶんイディッシュ語でも。それともイタリア語だったかな。とにかく、きみはぼくの鼻《シュノゾーラ》が大きすぎると思っていたわけだ？」

　女はふたたび肩をすくめてから言った。「いいえ。サラダを少しだけ。それか、茹で卵でもいい」

　そんなこんなの道草を経たのちに判明したのは、女の研究しているのが〝文化的および文学的傍流〟の考察であるということだった。よって、その生死にかかわらず、ぼくが研究対象としての条件を満たしていることに変わりはないらしい。若いわりに目のつけどころがいいと教授陣から絶賛されるほどの機知——研究助成金としてニューヨークへの旅費までをも獲得した機知——を働かせて、女は現代作家が作品のなかで綴った謝辞に焦点をしぼったすえ、いくつかの事実を発見するに至った。当人であるぼくさえ忘れ去っていた、以下の事実を。

（一）人類学者のマイケル・タウシグが物した評論集『ヴァルター・ベンヤミンの墓』の謝辞のなかに、ぼくの名前もあげられていたこと。なんということはない。当時、ぼくはマイケルの家に間借りしていた。ある日、キッチンにふたりでいたとき、フランスの思想家バタイユについて愚にもつかない弁舌をふるった。するとマイケルから数枚の紙を渡され、目を通してみてくれないかと頼まれた。そこで、二言三言の感想を述べてやると、驚いたことに数時間後、マイケルはぼくの見解を盛りこんだ原稿を書きあげ、そんな必要もないのに、完成した本の末尾で義理堅くもぼくに感謝の意を述べてくれたのだ。ぼくはといえば、あのとき自分が何を言ったのかも覚えていなかった。

（二）もうひとり、べつの同居人の謝辞に登場したこともある。旧友ポール・グラント（仲間うちではバドの愛称で親しまれていた）が、映画批評誌《カイエ・デュ・シネマ》の元編集長で、エイズにより他界したセルジュ・ダネーの著書の翻訳にあたっていたときのことだ。その理由はといえば、バドの訳稿を読んで、文法上の誤りをいくつか指摘してやったというだけのことだったと思う。

（三）何より奇妙なうえ、とりたてて労苦を必要としないのが、この三つめのエピソードだ。ぼくの名前は、パンクロックバンド、バッド・レリジョンのレコードカバーにまで登場したことがある。ロサンゼルスに住んでいたころ、大のチェス好きであり、友人でもあるギタリストのブレット・ガーヴィッツに、ナボコフの書いたチェスの問題集と『ディフェンス』という小説をなんとはなしにあげたことがあった。そこからインスピレーションを得て、ブレットはとある一曲（ただし、ぼくのことを歌ったものではない）を書きあげたのだという。

そうした事実を前にしたところで、自分には奇矯な友人たちがいるということ、自分がいかに暇人であるかということ、定まった住まいすら持たない人間なのだということ以外に、なんらかの意味を見いだすことは難しかった。しかし、レティシア（このアルゼンチン娘はそういう名前であるらしい）によると、そこから導きだされるのは、ぼくが重要な〝非〟重要人物であるという結論らしい。母国の学術雑誌にぼくを題材とした論文を投稿したこともあるし、ブエノスアイレスのインテリや芸術家たちのあいだでぼくはかなりの有名人であるから、ニューヨークでもそうであるにちがいないというのだ。

「それほどでもない。期待を裏切って申しわけないけど」とぼくは言った。

その言葉に、レティシアは眉根を寄せた。「きっと、そっちのひとたちには、あなたのしようとしていることが理解できないのね」

「かもしれない」とぼくは応じた。レティシアがニューヨークを訪れた際には、ぼくがいったい何をしようとしているのか、ぼく自身にも理解させてくれるようにと願いながら。そしてあわよくば、ぼくの頭をその膝に横たえ、熱く火照った額をひんやりとした長い指で撫でつつ、これまでぼくが何をしようとしてきたのかを、少し訛《なま》った甘美なささやき声で優しく諭してくれるようにと願いながら。

一週間後にレティシアはやってきた。その日に備えて、ぼくは鬚を剃った。腹筋や体幹に効果があるというエクササイズをインターネットで調べだし、暇を見つけては床に寝転がって肉体改造にいそしんだ。待ちあわせの場所には、ダウンタウンの中華料理店を選んだ。見知らぬ客たちと巨大な丸テーブルを囲み、中央の回転盆に置いた皿から料理をとる趣向になっているため、メリーゴーランドの上で食事している気分を体感できる。傍《はた》では、四匹のクマならぬ丸々と肥えた家族連れ——父親と母親と男の子と女の子——が無言で骨付き肉をかじりながら、ぼくらの会合（あるいはデート？）をまじまじと眺めていた。

実物のレティシアは画面で見るより淡い色あいをしていた。漆黒の髪はそのままだったが、瞳は金色まじりの栗色だった。肌の色もずっと薄く、ぼくより遥かに色白で、そこにそばかすが散っていた。正直言って、驚いた。これまでに出会ったラテン系の人々はみな、もっと濃い色の肌をしていたからだ。

「ええ、本当に南米の出身よ。ただ、わたしが生まれ育った町はここからずうっと南のほう、赤道を越えたずっと先のほうにあるの。南半球では、何もかもがあべこべになる。季節だって、いまは冬よ」

レティシアは薄餅《ビン》にプラムソースをひと塗りし、削ぎ切りにされた桃色の北京《ペキン》ダックを載せてから、バイオリニストを思わせる長い指で封筒のようにぺったりと折りたたんだ。その指はあまりに長く、関節がひとつ余分についているかのような錯覚をおぼえさせた。レティシアが話をするあいだ、その指がひらひらと宙を舞ったり、優美な筆跡でメモをとったりしていた。

「それはそうと、こうして対面まで果たしたからには、ぼくが生きていることをまだ残念に思ったりなんかしていないだろうね」とぼくは尋ねた。

「まさか！」レティシアは高く張った額に皺を寄せた。「論文のためにはかえってよかった。それに、こうして快く取材に応じてくださるなんて、あなたはとっても優しいひとだわ」

「それはどうも」とぼくは応じた。前回のやりとりから感じていたことだが、少なくとも英語を用いた会話においてユーモアのセンスを微塵も持ちあわせない点こそが、レティシアの魅力のひとつなのかもしれない。しかつめらしくまじめくさった言動。黒髪に白い肌。これが映画の黄金時代なら、堅物の淑女役がさぞや板についたことだろう。とはいえ、多少なりとも親密度は増しているはずだ。みずからにそう言い聞かせつつ、ぼくは指についたソースを舐めとった。クマの親子の射程範囲内に接近しかけていたエビ料理の皿を手前に引き寄せておいてから、ドラッグストア〈デュアン・リード〉のビニール袋に片手を突っこみ、わが抵抗の証を取りだした。

「じつは、きみに見せたいものがある」そう前置きしながら、輪ゴムを巻きつけた古い厚紙製の箱をテーブルの上に置く。「ぼくの書いた小説だ。全篇に目を通した人間はまだひとりもいない」誰もが途中で放りだしてしまうからだと付け加えることもできた。だが、ようやく真の理解者に出会えたのだ。否定的な言葉ばかりを並べるエージェントや出版社、教師や恋人のことをわざわざ引きあいに出して、南国の太陽ばりに明るいレティシアの判断を曇らせる必要はあるまい。ひょっとしてひょっとすると、作家コルタサルを生みだした国の人間なら、詩人がサッカー場のスタンドを埋めつくす国の人間なら、精神分析医への支払いが健康保険で賄われる国の人間なら、ぼくの書いた悲劇的に実験的な小説『乾癬症《かんせん》』に思いさった理解を示してくれるかもしれないではないか。

レティシアはふと黙りこんだ。油にまみれた艶やかな下唇に細い指先を打ちつけながら、テーブルの上の箱をじっと見つめる。「いいえ……やめておくわ」それだけ言うと、ふたたび箸を拾いあげて、皿から次のエビをつまみあげた。「あなたの作品自体はわたしの研究対象に含まれない。それに……」かすかに微笑みながら、レティシアは続けた。「その小説を読んでみて、もし気にいらなかったら？　誰かにキスをしてみて、変な味がしたときみたいに気まずくなるでしょう？」

「それは……いや、たしかに」ぼくは小さく笑ってから、厚紙製の箱をビニール袋に戻した。それと同時に、回転盆がくるりとまわった。香辛料の小山の上に残されていた最後のエビをレティシアが取り去っていく。ぼくは添え物のブロッコリーを口に放りこみ、小さな湯呑みに入った渋みの強い真っ黒な中国茶で胃袋に流しこんだ。ぼくの文学的野望とロマンス的野望はともに打ち砕かれた。このあと何を話題にすればいいのかもわからない。

「……そういえば、ブエノスアイレスを舞台にした小説を書いた友人がいる」とぼくは切りだした。

「なんていうひと？」

「リヴカ・ガルチェンって女流作家」

レティシアはとつぜん腕を伸ばし、ぼくの手首を握りしめた。ぐらつく小舟の上でバランスをとろうとでもするかのように。真夜中過ぎにほろ酔い加減で酒場を出たあと、ハイヒールの足で階段をおりようとでもしているかのように。それからおもむろに口を開いた。

「リヴカ・ガルチェンって、あのカナダ人作家の？」

「ああ……たぶんその作家だ。いまはニューヨークに暮らしてるけどね」

「でも、ガルチェンってものすごく有名な作家よ。本当に彼女と友だちなの？」

「本当だとも。親友だと言ってもいい」とぼくは答えた。新たに芽生えかけた関心をふいにするわけにはいかなかった。もう一度、レティシアの手に触れてもらいたかった。「リヴカとは毎日のように言葉を交わす仲でね」とぼくは続けた。嘘をついているわけでもないのに、なぜだかやましい気分になる。ふだんでたらめばかり語っている人間は、総じてこうした障害にぶちあたるものだ。ぼくは夢中で言葉を継ぎつづけた。思いつくままにさまざまなエピソード（〝リヴカが医学部に通っていたってことは知ってるかい？〟だの、〝リヴカもきみみたいな長い黒髪をしているんだ！〟だの）を繰りだした。疑いを抱《いだ》くべき理由など存在しないのだと、必死に説得しようとするかのように。内に秘めた邪《よこしま》な下心を見破られまいとするかのように。テーブルに伝票が運ばれてきた。しかし、レティシアの手が伸びる気配はない。食事代というものは取材を申しこんだ側が支払うものだと思いこんでいたが、レティシアの住まう世界には異なる常識が存在するのかもしれない。ぼくは手持ちの現金をすべてテーブルの上に置いた。笑みをたたえたまま、レティシアを出口へといざなった。

「ガルチェンのこと、もっと話して」

「そうだな……」さらなる餌を与えるべく、ぼくは記憶を掘り起こした。「これは嘘みたいな話なんだが、《ニューヨーカー》が選ぶ〝四十歳以下の期待の作家二十人〟にあげられたときの作品は知ってるかい」

「もちろん。ガルチェンの作品を読み逃すわけないわ」

「じつを言うと、ぼくはその小説に登場しているんだ。妙な話だと思わないか？」

「いま、なんて？」レティシアは不意に足をとめ、ぼくの腕をつかんだ。チャイナタウンを走る曲がりくねった小路のどまんなかで。傾きかけた荒屋《あばらや》が建ち並ぶ小路のどまんなかで。岩に分かたれた早瀬のように、やんわりとぼくらを押しのけながら、雑踏が脇をかすめていく。レティシアの表情は真剣そのものだった。たったいま、ぼくから悲惨な病状を打ちあけられでもしたかのように。「あなたが小説に登場した？」レティシアはぼくに訊きかえした。

「そうなんだ。作家の遊び心とでもいうのかな。語り部の友人で、歯科医にかかるための金を借りにやってくるデイヴィッドって名前の男がいただろう？　いや、誤解しないでくれ。実際には、リヴカから金を借りたことなんてない。少なくとも、いまのところは。向こうが貸してあげると申しでてくれたことはあるけどね。ただ、ぼくがずいぶん歯科医の世話になってきたことだけは事実だ。子供のころにかかった病気が原因でね。過度の高熱に見舞われると、エナメル質の形成不全を引き起こしてしまうらしい。でも、おかげさまで治療も済んで、いまはこのとおり——」

「すごい……」レティシアのささやく声がした。

ぼくは続く言葉を呑みこんだ。レティシアがひたと身を寄せ、両手をぼくの胸に押しあてる。窓のなかを覗きこもうとでもするかのように、両の目を見つめてくる。「すごいわ……小説の登場人物に会うなんてはじめて……」レティシアの小さな顔がぼくの顔を見あげている。きらきらと瞳が輝いている。「わたしはいま、まぼろしを前にしているのね……」レティシアがぼくの胸に爪を食いこませ、「お願い、キスして」とささやく。ぼくはその求めに応じた。背中に腕をまわし、唇を重ねた。困惑のなかきつく目を閉じ、柔らかな身体を抱きしめた。人波が絶え間なく脇をかすめていく。ぼくは片手を尻ポケットにまわし、からっぽの財布にあてがった。レティシアの唇は香辛料の味がした。湿り気を帯びた声が耳もとでささやいていた。

「まぼろし《イマーゴ》……ファントム……わたしの亡霊……」

翌朝、隣で目覚めたレティシアが図書館へ向からのを見送ったあと、ぼくは自宅を飛びだした。リヴカがいつも朝食をとっている洋菓子店に駆けこみ、ことの経緯をまくしたてた。「それはすばらしい」リヴカは言って、手にしたマカロンを小さくかじりとった。リヴカの書く文字も、リヴカのひと口も、ぼくの知りうるかぎり誰より小さい。今夜のディナーの席では、このことをレティシアに話してやろう。ぼくはそう胸に刻んだ。リヴカは紅茶をひと口すすってから、にっこりと微笑んだ。「ひょっとすると、あなた、ブエノスアイレスで暮らすことになるかもしれないわね。ゴンブローヴィッチみたいに、文壇の気高き亡命者となるの」

「よしてくれ。ゴンブローヴィッチは向こうで飢え死にしかけたっていうじゃないか。バドとパスカルの知りあいだっていう学者が話してくれたろ。戦時中にアルゼンチンへ逃れていたとき、ゴンブローヴィッチがどんな暮らしを送っていたか。あの作家は死ぬほど金に困っていたってのに、気位が高すぎて、自分と同じ境遇のポーランド人にすら助けを求めることができなかった。そのくせ、いかがわしい連中とつるんでは、あちこちからパンをくすねていたらしいって」

「なら、あなたとそっくりじゃない」とリヴカはまぜかえした。ぼくはその顔を睨《ね》めつけた。リヴカの指先には、なおも九十七パーセントのマカロンが残されている。ぼくはほんの三口で、すでに三個を平らげていた。「何はともあれ、わたしの小説がお役に立てて光栄だわ」とリヴカは続けた。

「お役に立てたどころの騒ぎじゃない。きみの小説はぼくの英雄だ。おかげで《ニューヨーカー》に載ることができた。歯の件を知られたのはまずかったけど。それより、レティシアにはぼくの作品を読もうという気すらない。あれには正直、がっかりしたよ。ぼくはいまもなお、何者でもない人間のままだ。ベッドをともにした女の子にとってさえ」

「そうね。だけど、彼女にとってはそれが魅力なんでしょ。あるがままの、何者でもないあなたであることが。それなら、彼女を感心させようと苦労する必要も、何者かになろうともがきあがく必要もない。彼女にとっては、そのままのあなたが夢のような存在なんだもの。こんな幸運はなかなかないわ」

「だろうね」

そうとも、いったい何が問題なんだ。レティシアこそ、夢のような女だ。架空の人物と寝ることに興奮をおぼえる性癖があったところで、ぼくのほうに異存はない。異存がないどころか、レティシアはすでに、ぼくがブエノスアイレスの大学で講演をする機会を設けたいだの、半年か一年のあいだ特別研究員として文学部に在籍できるよう手をまわしてみるだのとまで言いだしてくれている。秋になってニューヨークの寒さが増すころ、ぼくはアルゼンチン行きの飛行機に乗っていることになるかもしれない。そのころあちらは春を迎えている。そして、〝何もかもがあべこべ〟の世界へ行けば、ぼくは美しい恋人を持ち、周囲から尊敬を集める高名な亡霊となれる。こちらの世界にとどまれば、ぼくは永遠に何者でもない人間のまま。何ひとつとして得るもののないままだろう。

自宅に帰りついたとき、レティシアの頬には涙の跡が残っていた。古ぼけたスーツケースは荷造りを終えたあとだった。

「どうしたんだ？　何があった？　故郷《くに》から何か悪い知らせでも？」矢継ぎ早に問いかけながら、とにかく落ちつかせようと手をさしのべると、レティシアは弾かれたように身を引いた。

「触らないで。二度とわたしに触れないで」低く押し殺した声で言う。

「どういうことだ？　いったい何がどうしたっていうんだ？」

レティシアは嫌悪のまなざしをぼくに投げてから、窓のほうへ視線を移した。「ガルチェンの小説に、あなたは《ハスラー》って雑誌のライターだと書いてあった。わたしはてっきり、文学界のならず者《ハスラー》たちが詠んだ詩を載せるたぐいのものだろうと思いこんでいた。わたしの国にあるのと同じような雑誌だろうって。でも、ちがった。さっき、あなたのことを調べているとき、あれを見つけたわ」言いながら、レティシアはぼくのパソコンを指さした。

そうとも。かつて、いま以上に貧乏で、いま以上にしゃかりきだったころ、ぼくが大量のポルノ小説を書き殴っていたことは事実だ。当の本人はそんなことなどすっかり忘れ去っていたわけだが、インターネットに不可能はない。その驚異の力を借りて、レティシアはぼくの生みだしたポルノ小説、〝実話〟と銘打たれたとりわけ卑猥なポルノ小説（その大半は、文学修士《マスター・オブ・ファイン・アート》ならぬ美尻学修士《マスター・オブ・ファイン・アス》の名義で書かれていた。奨学金を受けてまで取得した文学修士号が泣けてくる）の数々を難なく探しあてていたのだ。

「あれは全部、ただの作り話だ。金のためにでっちあげた、まったくのでたらめなんだ。現実にあった出来事なんかじゃない。ぼくときみの関係とはちがう」ぼくは必死にまくしたてた。あまりにばかげていると言って、笑い声さえあげてみせた。

「現実？　わたしたちの関係だって、現実なんかじゃない。あそこに書かれているのが現実のあなた。穢らわしい異常者なんだわ」そう吐き捨てたレティシアの目には涙が潤んでいた。

「だけど、こんなのばかげてる。ぼくらはどうなるんだ？　アルゼンチン行きの計画は？」そう問いかけるぼくの声は哀願の色を帯びはじめていた。

レティシアは長く鋭い爪をぼくに突きつけた。「ブエノスアイレスに一歩でも近づこうものなら、わたしの兄がその喉を掻き切るわ」

レティシアは去った。ぼくは開け放たれた扉の前に立ちつくした。レティシアからの手紙を開封したとき立っていたのと、ほぼ同じ場所に。すべての出来事が現実に起きたことを指し示す唯一の痕跡は、シャワーカーテンのポールから力なく垂れさがる湿ったストッキングだけだった。ぼくはリヴカに電話をかけた。リヴァはなぐさめの言葉をいくつかかけてくれたが、この結果にさほど驚いたふうはなかった。そもそものはじめから、うまくいく見込みなどないと確信していたのだろう。あるいは、すべてぼくの妄想ではないかと疑っていたのかもしれない。

その晩、夜もいよいよ更けたころ、好奇心（ちなみに、自分自身に対する好奇心ほど質《たち》の悪いものはない）が失意を凌駕《りょうが》した。気づくと、ぼくはパソコンの前にすわり、インターネットの閲覧履歴をたどって、レティシアが探りあてたというぼくの〝履歴〟を同じく探りあてていた。そうして出くわした作品のなかには、レティシアの言いぶんももっともだと認めざるをえないものもいくつかあった。書いた本人が読んでも、胸くそが悪くなる。厳密には〝読む〟ではなく〝読みかえす〟と表現すべきなのだろうが、正直なところ、ぼくにはそんなものを書いたおぼえすらない。あれは遠い昔のこと。いまとはちがう街で、ちがう人生を生きていたときのこと。終わりを告げた結婚生活が始まるよりもまえのことなのだ。

邪悪な魂と病んだ精神の産物としか思えない下劣で散漫な物語を読み漁っているうちに、記憶の断片が蘇ってきた。昼休みのあいだもたいていは机に向かいつづけていたこと。ドライクリーニング専用の衣類をマスタードの染みから守るため、ジャケットもネクタイも取り去り、シャツ一枚ですごしていたこと。現像室からまわされてきたネガの束に目を凝らしながら、そこに写しだされた裸体に対して、そこそこもっともらしいストーリーかモチーフをひねりだそうと頭をしぼっていたこと。時計の針が午後一時に近づくと、昼休みが終わるまえに一服だけしておこうと慌ただしく席を離れていたこと。素肌にエプロンを巻いた女ふたりと、シェフ帽をかぶった男、山盛りの野菜を写した写真には、『おいしい餌をくれてやれ』なる物語が添えられていた。ビリヤード台に向かう全裸の女ふたりと、なぜだか素っ裸でそれを観戦している男たちを描いた小説は『サイドポケットのエイトボール』と題されていた。年嵩の紳士にオーダーメイドのスーツを試着させているお針子の物語には、『ベルトにキスしろ』とのタイトルがつけられていた。何ひとつとして思いあたる節はなかったが、ひとつだけ潔く認めなければなるまい。『従順なペット、淫乱なアバズレ』なる一篇を読んでいるとき、子供のころ子犬を買いにいったとき目にした壁一面の檻の列と、そのあと何カ月ものあいだ悪夢にうなされたことをふと思いだした。ひょっとすると、そうした体験が作品の下敷きとなったのかもしれない。次々にリンクや検索結果をたどっていくうち、ぼくはあることに気づいた。白分の手による作品が、著作権もへったくれもなく、〈アジアン・オークション〉だの〈フランス屈指のふしだら娘〉だの〈ルーマニア美尻図鑑〉だのといった数々のウェブサイトに無断掲載されまくっていたのだ。

別れた妻はぼくの書いたポルノ小説を忌み嫌っていた。一読もしようとしなかった。ポルノ小説がもたらす精神の堕落について、声高に唱えた。そのくせ、執筆によって得られる報酬の少なさに、いつも不平を鳴らしていた。一方のぼくはといえば、いかなる感慨も持ちあわせていなかった。ぼくを創作に駆りたてていたのは、肉欲ではなく恐怖だったから。郵便配達人や電話、それが運んでくる知らせに対する恐怖だったから。これまで、ヨガ教室の広告用に宣伝文句を考えたこともあるし、振付師養成のための助成金の提議書を代筆したこともある。法律書類を校正したこともある。だからといってぼくが、法廷で踊りながら熱弁をふるう仏教徒の弁護士になることはない。

ものを書くというのはそういうことではないか。小説であっても、きわめて私的とされるたぐいのものであっても、書き手が意図した結果に行きつくものなどひとつとしてない。ほんの一日まえに書いたものに驚きをおぼえることさえある。そこに綴られているのが自分の筆跡であることに目を疑うこともあれば、殴り書きされた文字を判読すらできないこともある。眠りにつくまえまでは、なんとすばらしいアイデアだと陶酔しきっていたはずなのに。そして、夢と同様、小説の内容にもまた、多少なりとも現実世界の関心事や不安が反映される。重大なことも、些細なことも。最近のことも、大昔のことも。だが、最後に示される結末は、さらに深い闇へといざなうばかりの混沌たる謎でしかない。

ぼくがこうした〝傑作〟を世に生みおとしはじめてから少し経ったころ、妻はぼくのもとを去った。自分の欲《ほっ》するものをぼくより理解してくれているという男のもとへ。ぼくはニューヨークへ居を移し、煙草をやめた。いくつもの仕事を転々としながら、自分の名前が冠されてはいるものの、いまではルーマニアのポルノサイトと同じくらい他人ごとに思える作品の山を生みだしてきた。少し話が脱線してしまったが、とにかくその晩、『ベビーシッターはバイセクシャル』だの『ヤンナ――男根牧場の乳しぼり女』だのをひさしぶりに読みかえしながら、ぼくはあることに気づかされていた。自分の作品に、一種の抗しがたい引力があることに。

しかも、そう感じているのはぼくひとりではないらしかった。その証拠を探し求めるうち、ぼくはひと組の指紋を発見した。〝遅咲きの歓喜〟なる人物があちこちのサイトを訪れては、掲示板にぼくへのメッセージや作品の感想を残していた。銀河の彼方で高い塔に閉じこめられた姫君さながらに、ネットという宇宙に向けてたび重なる救難信号を発してもいた。この作品の著者（つまりはぼく）の消息を知る者はいまいか、と。そうしてついに今夜、真夜中を少しまわったころ、何年もの時を経たのちに、〝美尻学修士〟はその呼びかけに応えた。応答の狼煙《のろし》を待って地平線の彼方を見つめるかのごとく、真っ暗な画面を凝視すること数分ののち、クッキーをアイス・ミントティーで飲みくだしはじめた。デンタルフロスで歯のあいだに詰まったクッキーをほじくりだしていたとき、〝遅咲きの歓喜〟の登場を示す光が画面に灯った。斜めから写した挿入句のような笑みとともに、電話で話がしたいがかまわないかと問いかけるメッセージが表示された。

〝遅咲きの歓喜〟の正体は、ニューヨークのウィリアムズバーグに暮らす二十代の若い娘だった。いまは犬の散歩のアルバイトをしながら、大学に通っている。ロンぼくの作品に出会ったのは高校生のときのこと。ロングアイランドの中流階級の家庭で育った彼女は、郊外特有の土地柄にどうしてもなじむことができずにいた。思春期特有の複雑な感情と、オフラインでは――つまり、現実世界の友人には――打ちあけることのできない忌まわしい衝動とに苛まれつづけてもいたという。コンピューターの画面に映しだされている〝遅咲きの歓喜〟ことアンジェリックの写真をぼくは見つめた。ブロンドの髪に、ほっそりと痩せた身体。そばかすの散った頬。陽だまりのなか、子犬を抱いて微笑む顔。だが、どうやらその肉体の内には、中年の性倒錯者の魂が秘められているらしい。アンジェリックはあちこちのポルノサイトを足繁く訪れては、ぼくがツナサンドを片手に書き殴った愚劣な法螺話を〝すばらしい傑作〟だの〝最高に刺激的〟だのと褒めたたえていたのだ。

「自分は異常なんだって、ずっと思っていたの。こんな妄想に取り憑かれているのは、世界じゅうで自分ひとりだけにちがいないって。数学の教師に流し目を送ってみたこともあるわ。目もあてられないようなデブッチョだったけど、あのころは歳上の知りあいなんてそうそうまわりにいなかったから。でも、かえってきたのは、頭のいかれた小娘を蔑むようなまなざしだけだった」アンジェリックの声は明るかった。語り口も淡々としていた。けれども、その直截さがかえって痛々しく感じられた。「友だちにそれとなくほのめかしてみたこともある。『こんな行為に耽ってるひとがいるって、聞いたことある？』なんて尋ねてみたり。でも、友だちはみんな、不快そうに顔をしかめるだけだった。わたしは慌てて冗談のふりをしたり、『おかしな連中よね』って調子を合わせたりしたわ。だけど、そのたびに心は少しずつ死んでいった。そんなとき、あなたの小説に出会ったの。そこで繰りひろげられる光景は、わたしの妄想とそっくりおんなじだった。うん、それ以上だった。わたしの妄想なんておよびもしないほどすばらしいものだった。全身が熱く火照るのを感じたわ。高熱に浮かされでもしたみたいに。でも、そのあと罪悪感に襲われた。この作者は自分を何さまだと思っているんだろうって、腹が立ちもした。〝恥を知れ〟なんてコメントを残したりもしたわ。そのくせ、その後もあなたの小説を幾度となく読みかえしていた。大学生になって、ブルックリンでひとり暮らしをするようになった。新たな出会いも経験した。だけど、そのたびに相手をあなたと比べていた。妄想のなかのあなたと。秘密の恋人と。そうしてようやく、あなたに巡り会えた。この世の誰より邪《よこしま》でいやらしい男に」

「褒め言葉と受けとっておくよ」とぼくは応じた。そのあと、別れた妻やレティシアの示した反応を話して聞かせた。

「そのひとたちはあなたのことを理解していないだけよ」とアンジェリックは言った。

「驚いたな。彼女たちこそ、ぼくを理解してくれているものと思ってたんだが」

「さもなきゃ、いまごろこっそりあなたの小説を読み耽っているのにちがいないわ。ポルノ小説をひそかに愉しんでいる女性読者って、この世にごまんといるの。嘘じゃないわ」アンジェリックはそう請けあうと、レティシアの論文が載っているウェブサイトを見つけたと言って、リンク先のアドレスを送ってくれた。論文に添えられたぼくの写真には、〝小説の登場人物にもなった故デイヴィッド・ゴードン氏〟とのキャプションがつけられていた。

「あなたの鬚、とってもすてき」アンジェリックの声が聞こえた。「むさくるしい男性ってものすごくセクシーだわ」それからアンジェリックは黙りこんだ。受話器の向こうで、子犬の鳴き声がかすかに響く。「……どうかしら……これも何かの縁だもの……いまからどこかで会ってみない？　ふたりでお喋りをしてもいいし、お酒を飲んでもいい。あなたのしたいことをなんでも言ってみて」

いったいどうすべきなのだろう。夜はとっくに更けている。もうパジャマに着替えてしまってもいる。だいいち、美尻学修士たる者はどんな服装をすべきなのか。仮面をつけ、マントでも羽織ればいいのか。ちょっと待っていてくれと言い置いて、リヴカに電話をかけたかった。だが、そうもいくまい。「どうしたらいいものかな。ぼくには自分が何をしたいのかもわからないんだ」ぼくは正直に打ちあけた。

「かまわないわ。わたしにはわかってるから」とアンジェリックは言った。

興奮がその声を震わせていた。胸に押しつけられる肉体の感触、その内側でどくどくと脈打つ小鳥のように脆《もろ》い心臓が思い浮かんだ。ひとつだけたしかなことがある。ぼくはその心臓を打ちひしぐことになるだろう。すべてを台無しにしてしまうだろう。それでもぼくは、わかったと答えていた。

「早く会いたいわ。あなたの小説の大ファンなの！　そうだ、タクシーを拾うといいわ。料金はわたしが半分払うから」

「いや、その必要はない」一ドル札を数えながら、ぼくは言った。「すぐに行くよ」それから、例の実験的小説『乾癖症』のことに触れ、原稿を持っていこうかと訊いてみた。

アンジェリックはしばし考えこんでから、こう答えた。「やめておくわ。また次の機会にする。たぶんね」

なんという邪な愛! なんという夜明け! なんという闇! この世の悲嘆は、この世界があまりに完璧すぎるという点にある。唯一の例外が、このぼくだとしても。ぼくは自宅をあとにした。静まりかえった深夜の街へ飛びだした。亡霊さながらに川を越え、不毛なる岸辺へとたどりつくために。

クイーンズのヴァンパイア

Vampires of Queens

デイヴィッド・ゴードン／青木千鶴 訳

デイヴィッド・ゴードン

前出の「ぼくがしようとしてきたこと」と並んで、『二流小説家』の著者デイヴィッド・ゴードンの作による一篇。『二流小説家』に多彩な劇中作を盛りこんでみせた著者ならではの、ひと味ちがった作風が楽しめる。

詩と小説に逃げ道を見いだした病弱な少年の孤独と屈折。ニューヨークのクイーンズで生まれ、いまもなお同地で暮らすという著者が感受性豊かな語り部の口を借りて描きだす、ニューヨークのモノクロームな街並み。現実と空想とが巧みに錯綜する、独特な世界観。

期待の新鋭作家デイヴィッド・ゴードンが紡ぎだす妖しく不可思議な物語を、とくとご堪能いただきたい。（訳者）

母さんの解除した表玄関のロックがはずれる。ぼくはひとり、赤いタイルの敷かれたロビーを突っきりはじめた。電球を灯したまがい物の松明に、古ぼけた中世ふうの調度。その先で、例のドアが開いている。ぼくを待ちうけていたかのように。ためらいが頭をもたげた。このアパートメントの廊下に巣くう亡霊どもを退治してまわったことはある。ディスクガンを片手に殺し屋を地下室へ追いつめたことも、押し寄せる敵にカンフーのまわし蹴りを浴びせ、階段を転げおとしたこともある。壁に貼ったポスターのなかのブルース・リーそっくりに、胸には三本の掻き傷ができている。ただし、ひとりでエレベーターに乗ることは禁止されている。中途半端な位置でとまったまま動かなくなってしまうことがよくあるからだ。けれど、そのドアがいま目の前で開いている。見咎める者はいない。ぼくはゆっくりとそちらへ近づいていった。タイルを一枚ずつ踏みしめながら。そこにたどりつくまえにドアが閉じ、ガタガタと上昇を始めてくれることを半ば願いながら。だが、願いは叶わない。ドアはなおも開いている。荒波に揺さぶられる船へ乗りこむかのごとく、ぼくは慎重に足を踏みいれた。まずは片足、次いで、もう一方の足。背後でドアが閉まる。そのときようやく、ぼくは気づく。片隅に立つ者の姿に。最上階に住む盲目の老人。干からびた黄身が袖口にこびりつき、いくつもの焼け焦げができた、襟の高い黒の外套をまとっている。真っ白い手で、白い杖の先端を軽く握っている。桃色の封がされた褐色の平たい瓶がポケットの口から覗いている。白墨を塗りたくったみたいな顔は虚空へ向けられている。古い壁紙のような皮膚が頭皮から剝げおちかけている。まるで、血管の浮いた卵みたいだ。ぼくははっと息を呑み、その場に凍りついた。エレベーターが動きだし、ドアの上方で矢印がまわりはじめる。老人がぼくに顔を向ける。開いた口から糸切り歯が覗く。「わしの目は見えんが、おまえさんがそこにいることはわかっとるぞ」

老人が微笑んだ瞬間、ぼくは悟った。この老人の正体を。

その晩は雪が降っている。祝いごとでもあるかのように、ぼくら一家は中華料理店へ食事に出かけた。雲のように白く、花びらのようにふっくらとした雪片のパラシュート部隊が音もなく空から落下してくる。ついに天界が地上への侵攻に踏みきったかのようだ。この美しい雪景色も、明日には灰色のぬかるみや凍てつく風と化してしまうだろう。それでも今夜だけは、天空に広げられた羽毛布団があらゆる音をやわらげ、あらゆるものを明るく照らしてくれている。郵便ポストや消火栓に枕を与え、電線を霜のシーツで包みこんでくれている。手袋やニット帽で身を固め、丸々と着ぶくれした人影がおぼつかない足どりで通りすぎていく。よくよく眺めてみなければ、近所の住民だとは見分けがつかない。毛むくじゃらの愚鈍な生き物が生まれてはじめての一歩を氷の上に踏みだし、大きな雪片を舌でとらえようとでもしているかのようだ。車道と歩道の境目をなすはずの街灯や街路樹も、今夜はその役割を果たせない。白い雪に覆われて、地平線と空の境目みたいにぼんやりと霞んで見える。頭上では、街灯の光の輪のなかを舞う蛾みたいに、星々がちらちらとまたたいている。

中華料理店に到着すると、キャンディーカラーの照明が灯された模造石の噴水にぼくは一セント硬貨を投げいれ、念入りに願いごとをした。いまだ口にすることを禁じられている願いごと。けれど、運命の女神はぼくに微笑んだ。赤いシートのボックス席にすわり、スープを飲み終えたころ、手の平に痒みをおぼえはじめる。赤い発疹があらわれ、爪で掻きむしるほどに範囲が広がっていく。焼けるように熱い針先が腕を刺す。針金が皮膚を嚙み、肉を締めつける。

　自宅へ帰りつくころには、顔に蕁麻《じんま》疹《しん》があらわれはじめた。母さんに言われて、ぼくはベッドへ向かおうとする。手のひらで押しつけられた花のように、桃色の発疹が広がっていく。薔薇の棘が喉をふさぐ。全身の皮膚を電流が走りぬける。居間のまんなかで意識が遠のく。子供部屋にはとうていたどりつけそうにない。茶色のソファーが行く手にぬっくりと立ちはだかる。絨毯が小麦畑みたいに揺らめきはじめる。両親に床から抱えあげられたとき、ぼくは火だるまになっている。顔についているものすべてが、アニメのキャラクターみたいに二倍の大きさにふくれあがっている。黒い手が胸を押さえつけ、肺を握りつぶす。黒革の手袋に包まれた骸骨の手だ。気管が笛の音《ね》を奏でる。氷に撒いた塩みたいに、高熱が思考を蝕んでいく。そのとき、医者がやってきた。灰色のピンストライプ・スーツの下からパジャマが覗いている。白髪《はくはつ》が桃色の頭頂部の周囲をかこんでいる。足にはスリッパを履いている。注射針が何度も皮膚を貫いた。ロウソクを灯したバースデーケーキを思わせる、何かが燃えるようなにおいが鼻を刺した。窓ガラスを覆う霜が面積を増していった。世界が白一色に染められていった。やがて、天空を覆いつくす巨大な溶鉱炉が蓋を開いた。真っ黒な心臓が星々を呑みこんでは焼きつくし、粉々の熾《おき》に変えていった。

　ぼくはたぶん、この世界にアレルギー反応を起こしていたのだろう。目に見えない敵がぼくの目と皮膚とを攻撃していた。宙を漂う微小な黴の胞子が肺を満たしていた。気管支喘息《ぜんそく》の発作だと言う医者もいた。喘息による急性気管支炎だと言う医者もいた。ぼくはトウモロコシやキュウリや卵の摂取を禁じられた。そのときはじめて気づいた。これまでなんとも思っていなかった食べ物が、どれほど大好物であったかということに。

「卵が食べたい……卵が食べたいよ」ジュースとトーストを前にして、ぼくは不平を鳴らす。牛乳は痰がでやすいため、乳製品も避けなきゃならない。週に二回、注射を打ちに病院通いもしなきゃならない。医者は滅菌器から注射器を取りあげると、透明な液体の入った小瓶を手にして、ゴム製の蓋にステンレスの針を突き刺す。注射に痛みは付き物だけど、ぼくは気にしない。医者が授けてくれた奇跡を思えば、たいした代償ではない。ぼくにとっての奇跡――運動を禁じる旨を記した診断書。こうしてぼくは、体育という名の地獄から解放された。不器用でひ弱で臆病者のぼくには、シュートもドリブルもバッティングも、何ひとつまともにできた例《ためし》がない。ぼくをめがけて飛んできたボールは、運がよければ手にあたって跳ねかえる。日光の照りつける場所では、火がついたように目が熱くなり、視界がぼやけはじめる。バットをうまく振りまわせるはずもない。すぐに充血してしまう目を紫外線から守るため、両親はぼくにミラーサングラスを買い与えた。体育の授業のあいだ、ぼくは運動場の隅にすわり、本を読んだり、癲癇《てんかん》持ちのビルとお喋りをしたりしてすごすようになった。

週末のあいだは家のなかで読書に耽った。陽が落ちたあとの一時間か二時間だけ、外で遊ぶことが許された。自転車を押して一階のロビーを通りすぎるとき、例の老人を見かけることがあった。老人は郵便受けの列を睥睨するぼろぼろの肘掛け椅子にもたれかかり、いつもいびきをかいている。そのたびに母さんは小さく舌打ちをして、また酔いつぶれているのを見かけたと父さんに報告する。でも、ぼくにはわかっている。老人があそこで本当は何をしているのか。だから、サングラスを買ってもらうときにも、老人がかけているのとそっくりなものを選んだ。ほかのみんながねぐらに帰るころ、ようやくねぐらを抜けだすぼくにはわかる。老人も闇の訪れを待っているのだ。ほかのみんなが視力を奪われるとき、自分だけが自由を取りもどす瞬間を。

みんなはぼくのことをしきりに気の毒がった。だけど、ぼくは心ひそかに喜んでいた。今後は誰かに強要されて、何かに参加したり、何かをしたり、自分を変えようと努力したりする必要もない。恐怖も退屈も感じることなく毎日をすごすことができる。読書に飽きることなど、誰にできるだろう。ぼくはどこへ行くにも本を携えた。電車に乗るときも、買い物に行くときも、収穫感謝祭のディナーの席でにぎやかな親戚たちに囲まれていても、非常用脱出口のハッチをあげるがごとく表紙を開き、そのなかへ逃げこむことができた。ぼくは自分の気配を消すために本を読み、スパイが歯の隙間に青酸カリをひそませるように本を持ち歩いた。本を愛する者にとっては、言葉こそが毒となる。ぼくらは一冊の本を閉じるたびに墓穴から這いだし、新たな命を生きているのだ。

ある日の放課後、ノーザン・ブールヴァードへ寄り道し、クリスティーンと砦ごっこを始めた。車道の雪は煤や糞尿にまみれているが、ぼくらの肩は真新しい雪のショールをまとっている。除雪車に掻きよけられてできた巨大な雪だまりには、一緒に掘りだされた無数のゴミが埋もれている。その陰にうずくまって、ぼくらは雪を握り固め、何十もの爆弾をこしらえた。援軍の到着までは何日もかかるだろう。それまで持ちこたえるためには、敵の兵站《へいたん》部隊を狙撃するしかない。クリスティーンのブロンドの髪は一度も鋏を入れられたことがなかった。瞳は酷寒のブルー。風に煽られた長い髪が帽子のまわりを舞っている。小さな耳と小さな鼻の先端が真っ赤に染まっている。

「撃て！」車道を走りぬけていくトラックをめがけて、ぼくらは攻撃を開始した。雪つぶてがトラックの横っ腹にあたって、大きな音が鳴り響く。見事な直撃弾。続いてバスがやってくる。

「撃て！」ぼくらはすっくと立ちあがり、バスの窓に狙いを定める。やってきたのは高速バスだ。爆弾を投げる瞬間を目撃されたとしても、運転手にはバスをとめてぼくらをとっ捕まえることができない。雪つぶてをぺったりと貼りつかせたまま、バスは走り去っていく。次いで、一台の車が近づいてくる。今度はタイミングが早すぎて、雪つぶてがボンネットにぶちあたった。車が大きく横すべりし、凍りついた路面をしばらく進んでから急停止した。運転席から男が飛びだしてくる。髭面の大男だ。

「このくそガキどもめ！」

「退却！」ぼくらは〈ウールワース〉というスーパーマーケットの脇へ飛びこんだ。細い路地を駆けぬけ、ゴミバケツを踏み台にして、塀を乗り越えた。反対側の通りに出ると、めざす建物に走り寄り、いつも鍵が開けっぱなしになっている窓から地下室へもぐりこんだ。激しく息を切らしながら、傷やへこみだらけのコンクリートの壁に背中を押しつけた。やがて、目が暗がりに慣れてきた。

「追いかけてくると思う？」クリスティーンが喘ぎながら言った。胸が大きく波打っている。

「しいっ……」ぼくは頭上の通りに耳をそばだてた。雪を踏みしめる音やタイヤの軋る音にまぎれて、髭面の男の声や足音が聞こえはしまいか。暗がりのなかに、荷箱の山と蜘蛛の巣が浮かびあがっている。傍らの床に視線を落とすと、分厚い埃をかぶった白い煙草の吸い殻と空き瓶が雪明かりを受けて、かすかな輝きを放っている。病院で注射される薬瓶のものとそっくりな、ゴム製の蓋が目にとまる。ぼくはそれを拾いあげ、証拠品としてポケットにしまいこんだ。

息を殺して荷箱の上に立ち、窓枠の下から目だけを出して、外の様子を覗き見た。いつのまにやら日が暮れはじめている。青白い薄闇のなか、街灯が白い光を発している。粉雪が静電気みたいに電球にまとわりつき、その光を霞ませている。いくつもの足が通りすぎていく。凍てついた黒い小山と窪みに覆われた路面をガタガタと車が駆けぬけていく。

「ここに入るところは見られてないと思う。でも、もうしばらく隠れていたほうがいいな。まだぼくらを探しているかもしれないから」ぼくは床の上に尻を戻し、湿った手袋をはずした。ズボンはびしょ濡れになっている。マフラーをまた失くしてしまったらしい。砦に置いてきてしまったのだろうが、いま探しに戻るわけにはいかない。クリスティーンがコートのポケットに手を突っ込み、エム・アンド・エムズの袋を取りだしながら言う。

「あんたも食べる?」

「うん」

「あのね、あたし、ときどきこんなことをするの」マーブルチョコを色ごとに選り分け、ぼくに赤い粒の半分を渡しながら、クリスティーンは続ける。「お菓子を枕の下に隠しておいてね、歯磨きを終えて、お祈りとかも全部済ませたあと、それをこっそり食べるんだ」ぼくは首をかしげる。お祈り? ぼくも歯は磨くけど、お祈りなんてしない。

「お祈りって、なんのためにするのさ?」

「眠ってるあいだにあたしを殺さないでくださいって、神さまにお願いするのよ。寝てるときに死んじゃったら、自分が死んだことにも気づけないじゃない」そう説明する声を聞きながら、ぼくはコーティング・シュガーを舌で融かし、なかのチョコが漏れだしてくるのを待っていた。黄色い粒をかぞえ終えたクリスティーンがぼくを見あげて問いかける。

「エリオット？」

「うん？」

「あんたの十二宮星座は何？」

ぼくは困惑して眉根を寄せた。

「そんなの知らない。ぼくはユダヤ人だから」

「ふうん」とクリスティーンはつぶやいた。ぼくの返答に納得しているみたいだ。それを見ながら、ぼくは考える。そうか、だからぼくはお祈りもしないのかもしれない。神さまはむやみにユダヤ人を殺したりしないから。ただし、母さんによれば、神さま以外はほとんどみんながユダヤ人を殺したがっているらしい。

「エリオット？」

「うん？」

「キスの仕方を知ってる？」

ぼくは肩をすくめた。そんなもの、知るわけがない。

「あたしも知らない」クリスティーンが言う。沈黙が垂れこめる。血管がどくどくと脈打つ音が鼓膜に響く。滝の真上で足をすべらせた気分だ。何か言いたいのに、何も思い浮かばない。

「試してみない？」クリスティーンが言う。ぼくはうなずく。ぼくらは顔を近づける。頬を撫でる花びらのような、ふわりと舞いおりてくる温かな雪片のような吐息を感じる。ゆっくりと唇が重なる。クリスティーンの唇は柔らかく、チョコレートの味がした。なかなかいい感じだ。もう一度ぼくらは試してみる。クリスティーンの腕がぼくの肩を包みこむ。これが現実だとはとても信じられない。ぼくはクリスティーンの頬にキスをする。クリスティーンはうっとりとした表情を浮かべている。ぼくは首にキスをする。クリスティーンの首すじは頬っぺたよりも白くて、すべすべしている。ひんやりと冷たくて、ほんのり薔薇色に染まった白い肌。その下にひそむ熱。まるで雪が燃えているみたいだ。

「エリオット、やめて。痛いわ」声が聞こえて、ぼくはわれに返った。目に涙をにじませながら、クリスティーンが言う。「どうして首を噛んだりしたの？」

「わからない」

「あたし、もう家に帰らなきゃ」

空は黒いマントをまとっている。星々は、そこから漏れだす涙の雫。遥か彼方の世界から光の粒を放っている。ぼくは頭《こうべ》を垂れたまま、全速力で家へと走った。


その晩は、何ひとつ口にする気になれない。肺に氷の結晶が詰まって、息をするたび、焼けるような痛みが走る。雪だまりが気道をふさいでいる。母さんがぼくの額に唇をつけ、ずいぶん熱が高いと言う。ぼくをベッドに寝かしつけ、背中の下に枕を三つ押しこんで、呼吸が苦しくならないようにしてくれる。ベッド脇の小卓の上で、加湿器が湯気を噴きだしている。排気口にはヴィックスヴェポラッブが塗りたくられている。天井でコウモリの影が躍りはじめる。すべてが闇に呑まれる。混濁した意識が狂ったように渦を描き、悲鳴をあげだす。ぼくはうわごとのように祈りを唱えた。どうか眠っているあいだに殺さないでください。ぼくの祈りは神さまではなく、最上階に暮らすヴァンパイアに向けられている。

真夜中を過ぎたころ、曝首《しゃれこうべ》が微笑みかけてくる。からっぽの眼窩が砂糖粒みたいにちらちらときらめく。窓の向こうを手のひらがよぎる。冬の月にも劣らぬほど青白く、長い指にはさまざまな形の指輪がはめられている。髑髏《どくろ》に目玉。薔薇に星。加湿器がシューシューと湯気を吐きだし、メンソールのにおいが満ちていく。巨大な影が壁に浮かびあがる。影がぼくの肩をマントで包みこみ、空へと飛びたつ。陽の光が覆い隠していたすべてのもの——偽りの色とまやかしとでぼくらの目をくらませていたすべてのもの——が闇に融けだし、本来の姿を呈しはじめる。影は自分の目に映る世界をぼくにも見せようとしているのだ。

この夜、目にしたもののことを、どう言いあらわせばいいだろう。見慣れたはずのクイーンズの街並みは、まるで、いびきをかいて眠りこける肥満体の貴婦人だ。ぼろぼろにほつれたレースのスリップ姿で無造作に手足を広げ、夢に抱かれてすすり泣いている。陰部を盗み見ようと思えば誰にでもできる。眼下では、頭から雪をかぶり、白い小山に足をうずめた家々の屋根がきらきらと輝いている。真っ白い街並みは、さながら空が均《なら》したベッドのようだ。そのなかで街路が背中を丸め、頭までシーツをかぶっている。見あげた空は、水嵩の増した急流だ。おぼろな月と星々が流れに呑まれ、その身を激しく揺さぶられている。視線を落とせば、建物の張出しも窓枠も、消火栓も木々の枝も、物干し綱もアンテナも電線も、シュガーパウダーをまぶされたケーキみたいに、雪の結晶をきらめかせている。

道端の公衆電話ボックスのなかでは、ひとりの男が言いわけを並べたてている。両手で受話器を握りしめ、送話口を手のひらでかこっている。相手に電話を切られたら、つかんだ手を離されたら、荒波に放りだされてしまうとでもいうかのように。透明なガラスの箱のなかで無防備な姿をさらす男の姿は、岬の突端に建つ灯台を思わせる。通りの先では、ふたりの男がこぶしを浴びせあっている。泥酔しすぎて攻撃をかわすこともできないらしく、チークダンスを踊るみたいにまっすぐ向かいあったまま、なけなしの力を込め、全体重をあずけたパンチを互いの顔めがけて繰りだしあっている。ふたりの身体を支えているのは、互いのこぶしのみ。足もとには血だまりができている。救急車が通りかかり、男たちのそばで速度を落とす。ハンドルを握る隊員が首を伸ばし、怪我《けが》の程度をたしかめたあと、肩をすくめて走り去る。ネオンサインの灯るバーの戸口にひとりの女が立ち、殴りあうふたりの男を見守っている。ピンクとブルーに輝く女の顔は、恍惚の光をあふれさせている。

ぼくはさらに周囲を見まわす。痩せこけた木々を彩る銀と黒は、息絶えた大蛇の遺骸《むくろ》。路地を見おろす、かしいだ建物。目をまわして空き地にへたりこむ雪。橋の下にぽっかりと開いた氷の洞穴。悲鳴をあげる列車。走りまわるネズミの群れ。ネズミたちの住まう街は、へこみだらけのゴミ缶と黒いポリ袋の山とから成っている。山に埋もれたポリ袋のひとつが、皮膚の下で跳びはねる筋肉みたいに、殻のなかで雛が育ちすぎた卵みたいに、ひとりでに動きはじめる。てっきり死んでいるものと思いこまれ、誰かに捨てられてしまった何かが袋のなかで目を覚まし、身じろぎを始めたのだろう。

この夜、人々は共通の夢を見ている。一枚の冷たい毛布を分けあっている。いつの日か土に還るときのように、本棚に並ぶ書物みたいに、建物のなかで折り重なっている。閉ざされた扉の内側で、共通の文字を組みあわせた寝言をつぶやいている。とつぜんの尿意に眠りを破られ、手探りで廊下を進む寝ぼけまなこの者もまた、眠りの霧のなかを何マイルもさすらわねばならない。白紙の本を抱えた盲目の男が、図書館の書架のあいだを当て所《ど》もなくさまよい歩くように。けれども、ヴァンパイアにはすべてが見えている。ヴァンパイアは手にした本のページをめくる。ときおりため息を漏らしながら、静かに唇を動かしつづける。きみの頭のなかに言葉を響かせる。きみが一度も耳にしたことのない言葉を。きみは困惑の雲に包まれる。図書館の棚から分厚い辞書を引っぱりだし、ひび割れた黒い表紙を開いて〝外陰部〟や〝臓物〟や〝鼠径部〟の意味を調べるときのように。

ぼくを夜の街へと連れだした影は、通りの角を曲がってノーザン・ブールヴァードに入り、そこから左に折れて、クリスティーンの家へとたどりつく。習いごとからの帰宅途中らしいクリスティーンの姿を見つける。クリスティーンは怯えているが、影にそうしたそぶりはない。なぜなら、影はヴァンパイアだから。ヴァンパイアには人間の十倍の力があるから。影はオオカミに姿を変えて、追跡を開始する。クリスティーンの足跡をたどり、みずからの吐息である霧のなかからクリスティーンのにおいを嗅ぎとる。そのとき、夜は森と化す。家へ帰りつくために、かならず通りぬけなければならない暗い森。耳に響くのは、自分のブーツが雪を踏みしめる音だけ。彼方から降りそそぐ月明かりも、枝葉に阻まれた光の断片でしかない。クリスティーンはようやくアパートメントの表玄関にたどりつき、階段をのぼって自分の部屋に入る。そんなことはしたくないのに、影のために窓を開け放つ。ヴァンパイアに抗うことは誰にもできないからだ。クリスティーンはそのままベッドに横たわり、お祈りを唱えてから、毛布を首まで引きあげる。

影はアパートメントの窓の前をゆらりと通りすぎる。クリスティーンの両親は寝室のベッドで絡みあっている。ヘッドボードが小刻みに壁を叩く。明かりの絶えた室内で、闇に怯えるかのごとく、ふたりの両目は固く閉ざされている。毛布がすべりおちて、父親の裸体があらわになる。汗ばんだ背中と毛むくじゃらの太腿が、母親のたるんだ尻に覆いかぶさっている。母親の爪がマットレスの隅を覆っていたシーツを剝ぎとり、染みをしぼりとろうとでもするかのように、手のなかでねじりだす。

廊下の先では、クリスティーンがせわしなく寝がえりを打っている。まっすぐに伸びた小枝のような脚で毛布を跳ねあげ、細い腕を曲げては伸ばす。背後の壁ソケットには、聖母マリアをかたどって夜光塗料を塗ったプラスチック製の終夜灯が差しこまれ、あたりに聖なる光を投げかけている。そのとき、クリスティーンの目蓋が開く。ぼくはパニックに陥る。それから思いだす。ヴァンパイアのマントに包まれたぼくの姿は、人間の目には映らないのだということを。クリスティーンが身体を起こす。ブロンドの髪が背中に垂れる。クリスティーンは枕の下に手を入れ、ネスレのサウザンド・ダラー・バーと、ピクシー・スティックスと、バブル・ヤムを取りだす。包み紙を引き裂いて、チョコレート・バーにかぶりつく。歯に挟まったキャラメルを吸いとる。ストローの先端をむしりとり、色のついた砂糖を口のなかへそそぎこむ。舌と唇がしだいに紫色に染まっていく。壁の向こうから、父親のうなり声とバスルームの扉を閉める音が聞こえてくる。クリスティーンはすばやく毛布にもぐりこむ。手にした菓子を毛布の下に押しこみ、枕に頭を載せる。白い喉があらわになる。赤ワインをこぼしたみたいに、紫色の染みが口のまわりをかこんでいる。その唇が淫らに割れる。あいだから舌が伸び、唇の襞に入りこんだチョコレートをむさぼるように舐めとりだす。

ある日の教室で、タンネンバウム先生に名前を呼ばれた瞬間、ぼくはみずからの不運を悟った。ルーズリーフを受けとると同時に〝A〟の文字を隠しつつ、バインダーにすばやくしまいこんだ。自分が優等生であることを示す高評価を獲得したことと、それが〝Aプラス〟でなかったことの両方が恥ずかしくてならない。そのとき、いちばんすばらしい詩を書いた生徒に罰を与えると先生が宣言する。ぼくの名前を呼び、前に出て作品を朗読しろと命じる。もはや逃げ場はない。ぼくは断頭台へと続く長い道のりを歩きだした。通路の横から、ロナルド・シュズニックが「マヌケ野郎」とささやく。テリー・オフリンが「肺病持ちめ」と毒づきながら、鼻くそを弾き飛ばしてくる。黒板の前にたどりつき、ぼくはルーズリーフを見おろす。両手が激しく震えだす。自分の書いた詩がいつのまにか中国語に書きかえられてしまったかのような錯覚に陥りながら、やっとの思いで声をしぼりだす。「おお、冬の風よ。あまりに冷たいおまえよ。おまえが若いゆえなのか。それとも老いたるゆえなのか……」拍手の音を聞きながらちらりと視線をあげる。級友たちの目の奥に疎ましさが読みとれる。ぼくはかろうじて自分の席まで戻る。失神することもなく。横から突きだされた何本もの脚に蹴つまずくこともなく。だけども心臓は、土中に埋められた棺の蓋に激しくこぶしを打ちつけている。終業のベルが鳴るのを待ち焦がれながら、ぼくは自分の命が尽きようとしていることを知った。

校庭に出ると、男子生徒たちは肩にさげていたバックパックと上着をフェンスぎわに放りだし、ハンドボールやスティックボールをしに駆けだしていった。大気は絶え間ないざわめきに満ちていた。一カ所に掻き集められた灰色の雪山によじのぼり、まばゆい冬の太陽のもとでじゃれあうヤギみたいに陣地を奪いあっている生徒もいる。女子生徒たちはいくつかの輪に分かれて、縄跳びをしたり、バービー人形やら口紅やら謎の物体やらを鞄から取りだしたりしている。ぼくは誰にも気づかれないことを願いながら、校舎の脇を忍び足で進んだ。トラックくらいの大きさがある大型ゴミ容器《ダンプスター》に近づき、鼻を突くすっぱいにおいや、鉄の錆びた箇所から漏れだして雪に染みこんだ汚水に耐えながら、その陰に身をひそめた。ぼくにとっての最悪の時間——休み時間、昼食、体育、通学時に放課後。定められた場所がないということは、居場所がないということだ。ひとりぼっちを寂しく思うことはない。ぼくがまわりから完全に浮いてしまうのは、集団のなかにいるとき。同類であるとされる同級生にかこまれているときのほうだから。同級生の輪に加わることが、なぜだか恥ずかしすぎてぼくにはできない。ボールが宙を飛んでいるとき、こぶしを高々とあげて歌をうたっているとき、そしてあろうことかダンスを踊っているとき、みんなが夢中で楽しんでいることが、ぼくには楽しめない。われを忘れることができない。頭のなかには、とめどない独白が響きつづけている。その声がやむのは、本のなかの人物の声が聞こえてきたときだけだ。

ならば、詩とはなんなのか。ぼくの心を占めるもの。頭蓋骨のてっぺんに満ちた光と酸素を求めて、窒息しかけた心が死に物狂いで水を掻きだす現象。それぞれの段落は詩節《スタンザ》と呼ばれる。かならずしも韻を踏む必要はない。詩とは、ひとりでいるとき声に出して読みあげるもののすべてを指す。当然ながら、ぼくもまずは古典作品からの影響を受けた。ホラー、SF、ウェスタン、カンフー。初期に創作した作品はこんなふうだ。ひと皿の豆料理をめぐって殺人を犯してしまう男を主人公とした『屁の密告』。武術の達人が敵の肋骨の砕き方を実演してみせる『東洋の殺人流儀』。解説不要の『ゴジラ対フランケンシュタイン』。そしていまは、ほとんど理解できないほど古い小説のなかの独特な言いまわしに、不思議と惹きつけられている。耳にこだまする言葉の魔力。印刷された文字の古めかしい表情。行間に隠された真意。あちこちにちりばめられた手がかりが、冷静な頭脳が、澄みきった視点が、ぼくには見える。表紙を開くなり一陣の風が吹きぬけ、ぼくの心を木の葉のように舞いあげる。この世の裏側に隠された世界へと、ぼくをいざなう。ゴミと、太陽と、鉄錆と、壮麗なる退廃の迷宮。その世界で、ぼくは秘められた真実を知る。この世の理《ことわり》を知る。

そのとき、ダンプスターの陰からロナルド・シュズニックが姿をあらわした。テリー・オフリンがその隣に進みでて、ぼくの退路を断った。男子生徒の一団がそのあとに続いた。女の子たちも少し離れたところに集まって、こちらの様子を窺っていた。そのなかにクリスティーンの姿もあった。

「おお、冬の風よ」オフリンがアイルランド訛の軽快な抑揚で唱えだした。「あまりに小便臭いおまえよ。おまえがマヌケなせいなのか。ママのオッパイをしゃぶってるせいなのか」みんなが爆笑の渦に包まれる。ぼくよりもオフリンの考えた詩のほうが、みんなの好評を得たことは疑いようもない。正直なところ、ぼくもそれに同感だ。みんなと一緒になって、笑い声まであげてみせる。けれど、それがかえってシュズニックの逆鱗に触れる。

「何がおかしいんだ、みそっかす」

「べつに何も」ぼくはぼそぼそと答える。口もとから笑みが消えていく。

「だよな?」

シュズニックが前に進みでて、ぼくの肩を突いた。ぼくはふらふらと後ろによろめく。次のパンチが顔にあたる。頭のなかで銅鑼《どら》が鳴り響く。残響のなか、喝采が聞こえる。こぶしの連打を浴びながら、ぼくは必死に反撃を試みる。やみくもに腕を振りまわしてはみるけれど、恐怖のあまりぎゅっと目を閉じたままで狙いを定めるのは難しい。とはいえ、自分の身に起ころうとしていることを目にするなんて耐えられない。いまできるのは、意識の消失がすみやかに、安らかに訪れてくれるのを祈ること。一生残る醜い傷だけは負わないようにと祈ること。それから、病院のベッドに横たわったぼくのおでこをやさしく撫でるクリスティーンの姿を思い浮かべることだけだ。そのときとつぜん喉が詰まり、息をするのも忘れてしまう。あばら骨に木の葉が引っかかっているみたいな音が、ヒュルヒュルと喉の奥から漏れはじめる。

「気をつけろ!」大きく胸を波打たせ、激しく咳きこみはじめたぼくに気づいて、人垣からオフリンがわめく。「そいつの咳を浴びると、病気が感染《うつ》るかもしれないぞ!」

ふたたび爆笑の渦が湧き起こる。そのとき、恐怖の靄《もや》がかかった頭のなかで、あるアイデアが形をなしていく。「ああ、そうさ」ぼくは震える声をしぼりだす。「ぼくの病気はひとに感染るんだ。きみもぼくみたいになるぞ」

とどめを刺そうと、シュズニックが前に進みでた。

ぼくはとっさの機転を働かせた。気管に詰まった痰をここぞとばかりに吸い集め、腕を振りあげるシュズニックめがけて吐きかけたのだ。

いまのぼくは喧嘩に勝てないかもしれない。ボールをキャッチすることも、バットにあてることもできないかもしれない。だけども、喘息持ちの少年にできることがひとつある。いじめっこどもに痰を浴びせることだ。ぼくは後ろ足で立ちあがったペガサスさながらに首をめいっぱいのけぞらせてから、腐った牡蠣にそっくりの、黄色いまだらの入りまじった灰色の粘液を大量に吐きだした。粘液は空中にきれいな放物線を描き、シュズニックの不細工面にあたって弾け飛んだ。髪に、シャツに、飛沫《しぶき》が飛び散った。スパイダーマンの蜘蛛の糸にとらえられた悪玉みたいに、シュズニックが悲鳴をあげはじめた。「うわあ！　取ってくれ！」それから、火がついたみたいに走りだした。高みの見物を決めこんでいた野次馬までもがパニックに陥った。悲鳴や怒号をあげつつ、着ていた服を剝ぎとりながら駆け寄ってくるシュズニックから逃れようと、互いを押しのけはじめた。ぼくはふたたび大きな咳をして、次の発射準備を整えた。オフリンのいたほうへ顔を向けるが、こちらはすでに退散したあとだ。宿直の先生を見つけて走り寄っていくシュズニックの姿が見える。アルパカ先生が昇降口のそばで新聞を読んでいる。

「なんだ、それは？」駆け寄ってくるシュズニックに気づいて、先生は顔をあげ、慌てた様子で声を張りあげた。

「痰を吐きかけられたんです！」

「なら、こっちに近づくんじゃない！」先生は新聞を振りまわして、シュズニックを追い払った。「まったく、汚いやつだ。保健室で診てもらいなさい。それか、用務員さんに頼んで、ホースで水をかけてもらえ」

この言葉に、またも盛大な笑い声があがる。校舎へ突進していくシュズニックのあとを追いながら、級友たちが笑い、跳びはね、嬉々として野次を飛ばしはじめる。信じられない。ぼくが喧嘩に勝つなんて。〝勝つ〟というのはいいすぎだろうか。だけど、少なくとも負けはしなかった。人生で最高の瞬間だ。なのに、誰ひとりとしてぼくに駆け寄ろうとはしない。勝者に対していつもしているように、やんやと囃したてようとも、背中を叩こうとも、肩にかつぎあげようともしない。それどころか、みんなはいまいくつかのグループに分かれて、遠巻きにぼくを眺めながら、ひそひそとささやきあっている。そのなかにクリスティーンの姿もある。大きく目を見開き、真っ青な顔をしている。そちらに一歩踏みだしたぼくに気づいて、いったんは顔をそむけるものの、肩越しにこっちを振りかえってから、意を決して走り寄ってくる。ブロンドの髪が揺れる。頬に赤みがさしている。ひょっとして、ついに校庭のヒーローとなったこのぼくに愛の告白をしようというのだろうか。そうとも、ありえないことではない。いまのぼくなら、クリスティーンとふたり手に手をとりあい、筏で急流をくだることだって、森の洞窟で暮らすことだってできるはずだ。

「なんであんなことしたの？」とクリスティーンは言った。

「やあ」とぼくは挨拶をかえした。

「なんであたしにキスなんてしたのよ？　そんな病気にかかってるくせに。あんたの病気が感染《うつ》っちゃってたらどうするのよ！」

「ち、ちがうんだ」ぼくは慌てて説明しようとした。

「あれはとっさに――」

「大きらい！」目に涙を浮かべてクリスティーンは言った。「金輪際あたしに話しかけないで。それと、キスしたってこと、誰かに話したら承知しないから！」

その晩はなかなか眠ることができない。そのくせ、悪夢にうなされつづける。全身が汗にまみれている。これ以上は耐えられない。どんな犠牲を払おうと、あの老人と話をしなくちゃならない。ぼくは忍び足で廊下を進み、両親の寝室の扉に耳を押しあてた。ふたりぶんの寝息が聞こえた。子供部屋へ戻り、静かに窓を押しあげた。ひんやりと冷たい避難梯子の横板に素足を載せた。眼下の通りに人影はない。凍てつく風に目が潤む。足の裏に鉄錆が貼りつく。四階までのぼり、窓のなかを覗きこんだ。スペイン人の女が枕に顔をうずめて眠っている。シーツの上に黒髪が広がっている。ぼくは梯子をのぼりつづけた。ヴァンパイアの不在を願いながら。

部屋の明かりは消えているけれど、テレビから漏れだす光で室内の様子は窺えた。父さんと母さんが寝室に使っているのとおんなじ造りの、大きな部屋。四方の壁は、裸の女の絵を掛けた一ヵ所を除いて、書物で埋めつくされている。床はむきだしのまま。ベッド脇の小卓の上には、正体不明の小瓶や薬瓶がひしめいている。火のついた煙草が一本、灰皿に載っている。ベッドは大人用のものとは思えない。ぼくのと同じくらい幅が狭い。その上に老人が横たわり、目を閉じている。皺くちゃの手を伸ばして、灰皿から煙草を拾いあげる。それを口に運んだあと、灰皿に押しつけて火を消す。吐きだされた煙の靄《もや》が室内に充満していく。

窓をノックしろと命じる自分がいた。引きかえせと命じる自分もいた。ぼくはぶるぶると身を震わせながら、梯子にしがみつきつづけた。吐息がガラスを曇らせる。歯が鳴りだす。脚が痙攣をはじめる。とにかくここから動かなくては。ぼくはこわばった膝の力を抜き、体重を移動した。それと同時に、何かが梯子を転がりおちた。カラン、カランと音を立てながら、下へ、下へと落ちていく。小石かもしれないし、剝げおちたペンキの欠片《かけら》かもしれない。ぼくはその場に凍りついた。老人が身体を起こし、大きく目を見開く。白濁したブルーのビー玉が宙をさまよいはじめる。悲鳴をあげたい衝動に駆られた。けれど、逃げても意味がないことはわかっていた。ヴァンパイアはかならずぼくを見つけだすだろう。老人が手を伸ばして、ランプをつけた。

「入りなさい。そんなところにいたら、死んでしまうぞ」

ぼくははっと息を呑んだ。

「いいから入りなさい。鍵なら開いておる」

ぼくは静かに窓を開け、暖かな室内にあがりこんだ。

「窓を閉めてくれ。わしの血はおまえさんほど濃くないのでな」

血という言葉に慄然としながらも、ぼくは振りかえって窓を閉めた。

「おまえさんの名前は?」言いながら、老人は煙草のパックに手を伸ばした。

「エリオットです」

老人は煙草を口にくわえると、小瓶の林立する小卓の上を手探りしながら、ぼくに顔を振り向けた。よどんだ目玉がぺろぺろキャンディーみたいにぐるぐると渦を巻いている。

「いや、おまえさんが火を持っているわけもないか」

老人は卓上ランプを持ちあげて、数本のマッチを見つけだした。壁の影が大きさを増し、形を変えた。「おお、あった。よし、では本題に入るとしよう」

あのままベッドで眠っていればよかった。後悔しても、もう遅い。ぼくはいまここにいる。これが現実なのだ。

「さて、エリオット。ここへ何をしにきた?」骨ばった手がマッチを擦り、煙草の先端へ火を近づけた。少し迷ってから、ぼくはおずおずと口を開いた。

「ぼ、ぼく、おじいさんに訊きたいことがあるんです」

老人が頭のてっぺんを手のひらで撫でる。

「ならば訊いてみなさい」そう言って、にやりと笑う。鋭い牙が黄色いきらめきを放っている。

「おじいさんは……ヴァンパイアなんでしょう？」

なかなかかからないエンジンみたいな声で、老人は笑いだした。目から涙を拭いつつ、なおも笑いつづける老人を前にして、ぼくは顔を赤らめた。視力を失った目でも涙を流せることをはじめて知った。そのとき、とつぜん老人が咳きこみはじめる。ベッドの上で身体を起こし、どんどんと胸を叩いてから、床に痰を吐き捨てる。その灰色の粘液をぼくは見つめた。ぼくと同じだ。老人の吐いた痰にも、そっくりおんなじ形状の斑点が入りまじっている。


「そうとも、おまえさんの言うとおりだ」老人が身体を起こし、枕にもたれかかりながら言う。

その答えを聞くなり、無意識に片手が持ちあがり、パジャマの襟をつかんだ。顔から赤みが消えていった。やっぱり思ったとおりだった。間違いならいいと思っていたのに。

「本当の本当に？」

「うむ、それこそずっと昔からだ。おまえさんが生まれるよりも、ずっとまえから。おまえさんの祖父さんや祖母さんが生まれるよりも、ずっとまえから。その間、わしは世界じゅうを渡り歩いてきた。ヨーロッパ、アジア、アフリカ。この世に訪れたことのない土地などない」

パジャマの襟をつかんでいた手が、今度は喉を包みこんだ。「本当に、人間の血を吸うの？」

煙草の煙を吸いこんでから、老人は口を開いた。

「ふむ、致し方のないことでな。ただし、誰の血でもいいってわけじゃあない。穢れなき血でなけりゃならんのだ」

「空を飛ぶことは？　コウモリやオオカミに変身することもできるの？」

「ああ、なんだってできるとも。だが、ヴァンパイアとして生きるのはたやすいことではない。どこへ行こうと、かならずや居所を突きとめられる。遅かれ早かれ、ここにもやつらがやってくるだろう」

「やつら？」

「ヴァンパイア・ハンターだ。やつらはわしが眠っている隙を狙って、心臓に杭を打ちこもうとする。前回はからくも寸前で太陽が沈んでくれた。目が覚めたときには、五人もの敵にかこまれておったがな」

「それで、どうなったの？」

老人はひょいと肩をすくめた。「全員の首をへし折ってやった。そのあと、ここへ越してきた。ようやく安住の地を見つけたと思ったのだが、おまえさんに正体を知られたとなると、いずれやつらの知るところとなるだろう」

「ううん、ぼくは誰にも話したりしません。ぼく、あなたみたいになりたくてここに来たんです」ぼくは老人のベッドに走り寄った。そのときはじめて顔をあげた。どういうわけかぼくの姿が見えているにちがいない虚ろな瞳を真正面から見すえた。もう引きかえすことはできない。老人はじっと動かない。それからいきなり、弾かれたように笑いだす。

「つまり、おまえさんもヴァンパイアになりたいと？　まあ、気持ちはわからないでもない。しかし、ひとつ訊かせてくれ。どうしてわしがヴァンパイアだとわかった？」

その問いかけに、ぼくはにやりと微笑んだ。「牙を見たから」そう答えながら、そっくりおんなじ牙を生やした自分の姿を思い描いて、恍惚とした。老人は煙草を揉み消し、口のなかに指を突っこむと、そこから牙を取りだしてみせた。ぼくははっと息を呑み、後ろに跳びのいた。老人がまたも笑いだした。

「心配はいらん。嚙みついたりはせんよ」そして、牙をもとに戻してから、こう続ける。「もっとこっちへ。もうひとつ見せたいものがある」

ぼくはいつでも逃げだせる用意を整えながら、恐る恐る身を乗りだした。老人がガウンの前をはだけた。痩せこけた胸に、こんもりと盛りあがったでこぼこの傷痕が走っている。

「ある医者につけられた傷だ」

ぼくはその傷痕から目が離せない。乳白色の皮膚を切り裂く真っ赤な傷痕。針の通った箇所まで見てとれる。

「金を払って、医者にこの身を切り刻んでもらった。このなかには、あるものが詰まっておった。腫瘍というやつだ。そいつが身体のなかを食い荒らしておった。だから、医者にそいつを取りだしてもらったのさ。摘出した腫瘍には毛が生えておった。歯まで二本も生えておった。そいつこそ、わしがヴァンパイアと呼ぶものの正体だ」

老人が今度は小さく笑いながら言う。「さあ、もう家に戻りなさい。それから、ここへ来たことは誰にも言うんじゃないぞ」

ぼくはしぶしぶ窓を開けながらも、未練がましく後ろを振りかえる。

「わしの言ったことが聞こえなかったのか。さっさと出ていくんだ」

ぼくは窓枠をまたぎ、避難梯子をくだった。子供部屋のベッドにもぐりこみ、頭のてっぺんまで毛布をかぶった。ボールみたいに身体を丸めて、ぎゅっと目を閉じた。

母さんとぼくはエレベーターの前に立ち、数字から数字へと移動していく小さな矢印を見あげていた。買い物から帰ってきたところで、母さんは両腕に紙袋を抱えている。ほどなく、エレベーターのドアがするりと開いた。

「道をあけてください」つなぎを着た大男が言いながら、後ろ向きにエレベーターをおりてきた。男はキャスター付きの担架を引いている。黒い布に覆われた人間の形が見てとれる。

「あら、六C号室の目の不自由なおじいさん、とうとうお亡くなりになったのね」車輪を軋ませながら通りすぎていく担架を見おろし、母さんが言う。

「眠ってるだけかもしれないよ」とぼくはつぶやく。だって、今日はまだ太陽が沈んでいないから。

「そうね。眠っているようなものかもしれないわね。二度と目覚めることがないというだけで」と母さんは応じる。

ある記憶が脳裡をよぎる。目が覚めたとき、自分のものではないブロンドの長い髪が一本、唇のあいだに挟まっていたこと。息をするとときどき、牙が食いこむような痛みを胸におぼえること。老人がかつて君臨していた、擦り切れだらけのビロードの玉座をぼくは振りかえった。老人が夜の闇を孤独に支配していた場所。ぼくにはわかる。どこか近くで、新たな人生がぼくを待ち伏せている。それからぼくは、例の言葉を小さく唱えた。胸に刻んだ〝腫瘍〟という言葉を。

この場所と黄海のあいだ

Between Here and the Yellow Sea

ニック・ピゾラット／東野さやか 訳

ニック・ピゾラット

「この場所と黄海のあいだ」はニック・ピゾラットの初期の短篇のひとつで、二〇〇四年に《アトランティック・マンスリー》誌に掲載され、のちに同タイトルの短篇集に収録された。テキサス州からカリフォルニア州までを車で旅するふたりの男性を描いた一種のロードノベルだが、ピゾラットは過去と現在を自在に行き来しながら、記憶がいかに不確かで、願望によって脚色されるかを描いている。このモチーフは、その後に発表された長篇『逃亡のガルヴェストン』にも受け継がれている。そのもっとも顕著な例が、本作の主人公ロバート・コレッシがハイスクール時代に好意を寄せていた女性を訪ねる場面だ。『逃亡のガルヴェストン』ではこの場面をふくらませ、中年男ならではの淫靡さをプラスして、主人公をかつての恋人と再会させている。いわば本作は、『逃亡のガルヴェストン』の原点と言えるだろう。

（訳者）

深夜のインターステート一〇号線の西行き車線。いまはエル・パソだ。デュプリーン監督はこのまま朝まで運転してもかまわないと言う。前方にがらんとしたアスファルトがのびているが、ぼくの目に映っているのはハイスクール時代のアマンダだ。チアリーダーのユニフォーム、ぺたんこの胸、鳶色《とびいろ》の髪と緑色の目、そしてそばかす。風景は草原から砂漠にかわり、紫とオレンジが蜃気楼のようにぼんやりと浮かびあがる。真っ平らな大地を覆う夜空の果てしなさに、だだっ広い場所を怖がる人がいるのも無理からぬことだと思う。

「見ろよ」監督が言う。

「え？」

監督はフロントガラスに弧を描くように、ホセ・クエルボのボトルを振り動かす。「星が全部隠れちまった。真っ暗闇だ」

ウィンドウから顔を出すと、ぴりぴりした空気がただよっている。監督の言うとおりだ。周囲は闇にすっぽり包まれ、空の様子も見えないが、嵐が近づいているのはわかる。「雨になりそうですね」

監督が持っていたテキーラを寄越す。「なんでわかる？」

ぼくは顎の傷を軽く叩く。「ここの古傷がうずくんです」

大気の状態が不安定になると、下顎に埋めこんだボルトがぴくぴくする。自信満々だった十四歳のときにフットボール部の入部テストを受けたせいで、ぼくの下顎には金属がX字形に入っている。七年前のことだ。

当時、監督はまだポート・アーサー・トリアドールズを指導していた。テストにはパスできなかったぼくだが、試合には何度も足を運んだ。大声でわめく父親たちにまじって前の席に陣取り、赤と青のユニフォーム姿のチアリーダーが足を蹴りあげたり手を叩いたりするのをながめていた。なかでもいちばんのお気に入りがデュプリーン監督の娘、アマンダだった。蜂蜜色の肌、笑うときに目を閉じる癖。チアリーダーにはめずらしく、スコアを気にかける娘だった。ほかの女の子たちは髪をいじったり、打ちあげにはなにを着ていくかなんて話ばかりしていたけれど、彼女だけは試合の行方をちゃんと見守っていた。

「おまえの言うとおりだ」監督のその言葉に、ぼくは独り言を言っていたかと不安になる。監督が顎で示したフロントガラスに、雨粒が落ちている。ぼくは独り言を言うのが癖で、車で移動しているときにはとくにひどい。ポート・アーサーにあるアラモ下水処理会社に勤めているぼくは、日々、田舎道を走りまわっては、河川のリンとアンモニアの濃度を記録し、農家が敷地にニワトリの糞を撒いていないか目を光らせている。夜には〈ペトロ・ボウル〉や〈チリズ〉みたいな店で小学校教師や秘書を相手に酒をふるまうこともあるけれど、仕事では五時間から七時間、ひとりで運転する。そういうときは自分の頭のなかを実況中継し、目にしたものを物語に変えていく。リルケは言っている。〝あなたの孤独を愛しなさい。なぜなら孤独は困難だからだ〟と。ぼくは独り言を言うんじゃないぞと自分に言い聞かせる。

雨脚はしだいに強まり、ラス・クルーセスの街の手前でどしゃ降りになる。水のカーテンで道路が見えない。下顎のボルトがのたうちまわる。ワイパーはほとんど役に立たず、監督はフロントガラスに顔をくっつけるようにして目をこらしている。彼は茶色いプラスチックの瓶から錠剤を一錠出す。

「夜もずいぶん更けたな」そう言って薬を飲みくだす。叩きつける雨のなか、車を路肩に寄せる。監督はサイドウィンドウにもたれ、野球帽のつばを引きおろす。いまはもう監督業から足を洗っているが、ポート・アーサー高校から多額の年金を支給され、スポーツ・コーディネーターという形ばかりの肩書も授けられている。東テキサスでは、それが八回の地区優勝と三回の州王者の見返りだ。見ると監督は穏やかな寝息をたてている。雨のせいで車のウィンドウはちょっとした川のようだ。ぼくはすやすや眠るこの男と、廊下の端や試合中のサイドラインぎわで頭から湯気を出していたいかつい顔の指揮官を結びつけようとする。あの彼がこうなるにいたったいきさつをあれこれ考える。そんなことをするのは、いまのぼくは因果関係だとか経緯を知りたがる年頃だからで、そうすれば答えが見つかるとばかりに過去をほじくり返してばかりいる。車で同じところをぐるぐるまわったり、詩人や著名人の言葉を額面通りに受け取る、そんな年頃なのだ。ぼくは高校を卒業して四年、祖母が遺した家で暮らしている。答えを求めるのをやめるのは、まだしばらく先、監督とロサンゼルスに到着したあとのことだ。

頬をウィンドウに押しあてると、ひんやりしていて顎のうずきがいくらかやわらぐ。監督がいびきをかきはじめる。

彼女が家を出たとき、ぼくもその場に居合わせた。当時のぼくは芝刈りが仕事で、問題の日曜日はデュプリーン監督宅の隣家の庭で働いていた。監督の家のドライブウェイに赤いシボレー・ブレイザーが駐まっていた。その車には、同じ学校の男が四人乗っていた。箱やらバッグやらでうしろが沈みこみ、サーフボードも積んでいた。彼らはハイスクールを卒業し、カリフォルニアに向けて出発するところだった。玄関で見送る監督は、走りだした車に手を振らなかった。

いま思えば、あのときシボレーを停めるべきだった。

秘密でもなんでもない。彼女はいま、マンディ・ルロックという芸名で映画に出ている。ぼくは一本だけ観たことがある。

平原に稲妻が光り、雨に濡れたウィンドウに自分の顔が浮かびあがる。いま気がついたが、まだ話していないことがあった。物語はふたつある。ひとつめの物語のぼくは、デュプリーン監督が運転する車の助手席にすわっている。ぼくたちは、監督の娘を連れ戻すためにロサンゼルスに向かっている。

もうひとつの物語では、ウィンドウに映るこのぼくはボビーという名のティーンエイジャーで、だだっ広い牧草地で母とそのまた母の女二代と暮らしている。この少年はエアコンのない部屋で眠り、芝刈りのアルバイトで小遣いを稼いでいる。学生アスリートだが、トラック競技しかやっていない。学校の成績は良好で、ノートに同じ絵を何度も何度も、アングルを変えて描いている。南ヴェトナムの海岸から砲火を浴びせられるアメリカ海軍駆逐艦の絵。

このふたつの物語を結びつけるのが、すべての発端であるアマンダ・デュプリーンだ。ぼくと彼女は一年のときに実験でコンビを組んでいて、生物の授業は昼食休憩後にあった。ぼくはどうしても解剖の実習ができなくて、アマンダがやってくれる。アンモニアとホルムアルデヒドがただようなか、ぼくは彼女の髪と首筋に安らぎを見いだす。シャンプー、ローション、汗のにおい。金曜日、彼女は決まってチアリーダーのユニフォームを着ている。午後の一時から二時あたり、陽射しがアマンダの脚のうしろ側を移動していくのをながめるだけで、長い一日も苦ではなくなる。この娘をぼくは捜している。

のちに、第二の捜索もおこなわれる。

その捜索は、ぼくたちが地元に戻ったのち、ヒューストンにある人捜し専門の調査会社が担当する。社名をリユニオンズ社といい、ぼくは三百ドルを請求され、結果が出るまで二カ月を要する。報告書は大きな白い封筒で郵送され、その封筒には会社のシンボルマークが、広げたふたつのてのひらのなかで、燦々と輝く黄色い太陽のもと、三人が手をつないでいる絵が描いてある。

話をいまに戻すと、ぼくらはラス・クルーセスの手前で滝のような雨に降りこめられている。監督は眠っていて、息をするたびに耳障りな音をさせる。ぼくは読むものを持ってくればよかったと後悔する。慣れ親しんだ孤独感。仕事中、車のなかで昼食をとりながら、本、たとえばサン＝テグジュペリが書いた砂漠の飛行士の本を読んでいるときに感じるたぐいのものだ。食事を終えると会社の車を未舗装の道に向ける。何マイル走っても家一軒なく、くすんだ金色のコードグラスと穀物畑が地平線まで広がっている道を行く。地下水のアンモニア値や藻の発生の有無を調べ、無人の助手席に向かってあれこれ物語を聞かせながら。

熱しすぎた色で田園風景が波打っている。地表は爆弾で一掃されたかのようだ。ぼくたちはトゥーソンのサービスエリアで身なりをさっぱりさせてきていた。そこでもらったパンフレットでぼくは名前を調べる。ウチワサボテンにグリースウッド。ヤマヨモギにソルトブッシュ。雲が全部、マリコパ山脈の特定の山の頂に集まっているさまは、火山そっくりだ。シーバに着き、魚を釣って夕食にしようという話になる。そろそろ夕方で、ヒーラ川の細い支流が青々とした丈の高い草地を突っ切るように流れている。

監督がトラックの荷台に積んだビニールシートや道具類の山をかきわける。「おまえ、オープンフェイスでキャストできるか？」

「いえ。釣りにはうとくて」

「本当かよ？」

「ええ」

「じゃあ、どんなことならくわしいんだ？」

「くわしいものなんかないですよ」

「たしか、クローズドフェイス・リールが積んであるはずなんだが。ポート・アーサーで生まれ育ったくせに、釣りを知らないなんてばか言うなよ」

ぼくは肩をすくめ、監督がかぶりを振りながら釣り竿を探すのを黙って見ている。どう答えろというんだ？　大人からさんざん釣りの話を聞かされて育ったとでも？　釣り用語はぼくには秘密の暗号にしか聞こえない。先糸《リーダー》にストリーマーにスピナーにDライン。まわりの草は丈が高くて、やわらかい。小川がさらさらと流れ、光を集める。

監督が釣り竿を見つけだす。「おれが糸を結んでやる」

彼は石錘のつけ方を教えてくれる。ゴムでできた蛍光色のサンショウウオを釣り針にうまくつける方法をやってみせる。ボタン式のキャストリールは簡単だ。

手首をさっと動かすと、サンショウウオがちらちら光る糸を引き連れながら飛んでいく。

かくして、アンドレ・デュプリーン監督とロバート・コレッシのふたりはヨシュアノキとペンキを塗った石にまぎれ——法律違反だろうけど——釣り糸を垂れている。ぼくは監督の手首を食い入るように見つめ、キャストするのとほぼ同時に引きあげはじめるのを見て、その動きをまねる。

まねることと反復練習はなにを学ぶうえでも基本だと、監督なら誰でも言うだろう。だが、生まれてから十七年間、香水やおしろいのにおいがこもった部屋で寝起きしていた少年は、なにをまねすればいいのか？　たとえば、洗濯ひもに干した自分の服の両脇でブラジャーと女もののショーツがひらひらしている。レースのついたちっちゃな母の下着に、やたらと横幅のある、船の帆みたいにばかでかいのは祖母の下着。あるいは特定のものを常に意識させられる——湿ったストッキングのにおい、口紅の赤、タンポンの包みといったものを。出しっぱなしのヘアアイロンでやけどしたことは数知れない。

しじゅうびくびくしてばかりいるが、理由は自分でもわからない。生物の授業はその極致だ。放課後のバスの待ち時間、スポーツ選手を見つめるチアリーダーたち、焦熱のフィールドで繰り広げられるしなやかな動きの数々。

十四歳になる年の春、ヘミングウェイの『われらの時代』を読んだ二週間後に、フットボール部の入部テストを受け、エリック・デンプシーに顎の骨を折られる。同じ年の秋、アマンダの母がこの世を去る。

すっかり夢想にふけっていたせいで、あやうく釣り竿が持っていかれそうになる。「やばい」ぼくの声に、監督が引きあげろ、竿を引け、リールを巻けと命じる。釣り糸がぱっとひらめいたかと思うと、水面《みなも》を乱して、動きが止まる。糸がたるみ、引きあげるとサンショウウオがずたずただった。監督が釣り針を掲げる。

「やられたな。引きがあったらしゃくって、針を確実に引っかけろ。そうしたら、しばらく様子を見る。魚が暴れて釣り針がさらに深く食いこむのを待つんだ」監督は新しくサンショウウオをつけてくれ、五十フィートほど離れた自分の場所に戻る。さっきの引きでぼくはすっかり気をよくする。そのあとはずっと、竿を持って、ばかみたいににやけている。監督はマスを二匹釣り、ぼくは最初のにくわえてさらに二匹、取り逃がす。

監督が空き地で火を熾し、その上で獲物を焼く。車に積んだ服の下から監督がホットソースを見つけてきた。太陽はほとんど沈みかけている。時刻は九時。青のグラデーション。

「いいにおいがする」ぼくは言う。

「きっとうまいぞ」監督は新しくあけたホセ・クエルボのパイント瓶を手にしている。魚がパチパチと音を立てる。「さてと」彼は言う。「いまから作戦を練ろうじゃないか」

ぼくはうなずく。炎にあぶられ、ぼくらの顔はオレンジ色にほてっている。

　作戦はこう決まる。まず、ぼくが持っているビデオの住所を見つける。アマンダの映画を製作している会社、〈アメリカン・エクスタシー〉の住所を。それをとっかかりに、彼女を見つける。監督は化学実験室からクロロホルムを盗んできていた。そのあとは脱洗脳の専門家を雇う。七〇年代には脱洗脳の必要な人が多かったらしく、監督はそれにかなりの期待を寄せている。

　ぼくらは弱まりかけた炎を囲んで、この晩、二本めのホセ・クエルボをまわし飲みする。ぼくは強い酒を飲み慣れていない。ふだん、〈ペトロ・ボウル〉でボウリングのピンのやかましい音をBGMに、秘書の女の子に声をかけるときに飲むのは、せいぜいローン・スターだ。「なんだって次から次へと新しいのが出てくるんです?」

「出発前に買いこんでおいたんだよ」監督は煙草に火をつける。えび茶のイールスキンの上等なカウボーイブーツに、もっと痩せていた時分に買ったデニムシャツという恰好。砂色の髪はまだたっぷりあって、それをいまだに角張ったクルーカットに刈っている。彼はぼくにテキーラを寄越す。「親父さんは軍にいたんだったな」

「海軍です」ぼくはぐびりとラッパ飲みする。

「おれはジェット機に乗っていた」

「知ってます」

　監督は長々とあおる。「親父さんの身になにがあったんだ?」

「駆逐艦ムリニクスに乗ってました。クアンチ奪還の際に反撃に遭って。父は下士官でした。一度も会ったことはありませんけど」生まれてこの方、ぼくはこの話を信じていたから、いまだにすらすらと口をついて出る。「トラヴィス・コレッシは行方のわからなくなった五人のうちのひとりでした」

「気の毒に」監督はぽつりと言い、ボトルを傾ける。

　ほんの五カ月前、膵臓癌で死の床にあった祖母から、トラヴィス・コレッシは駆逐艦ムリニクスに乗船していなかったと聞かされた。一九七三年に一週間だけポート・アーサーに寄港した商船の一船員にすぎなかった。当時、母は十五だった。ふたりは一度だけデートした。

監督がたき火に煙草の灰を落とす。クモの巣のような皺のなかで目玉が光り、ぼくはその皺の一本一本を刻んだ出来事を想像する。ヴェトナムの上空を飛んだこと、十五年にわたってポート・アーサー・トリアドールズの監督をつとめたこと、マーガレットという名の奥さんを脳炎で亡くしたこと、たったひとりの子どもをカリフォルニア州に奪われたこと。目のまわりの皮膚は胸をえぐられるような悲嘆のカタログなのだ。彼は数時間おきにヴァイコデンを服んでいる。もしも息子がいたなら、もっと前向きになれたろうに。

いつの間にか、ぼくが顎の骨を折った日のことに話がおよぶ。

「よく覚えてるよ」監督は言う。「おまえだったのか？」そこでにやりと笑う。「デンプシーにのされたんだったな？」

ぼくはアマンダのことに話をそらす。ふたりとも飲むペースがはやくなる。

監督のくわえた煙草が小刻みに震える。「おまえも知ってのとおり、とにかく元気いっぱいな娘だった。女房がよく言ってたよ」彼は煙草を長々と吸いこんでから吐き出す。「愛嬌たっぷりの子だと」

ぼくはうなずく。「いつもにこにこしてました」

「ああ」監督の顔に皺が寄る。「だがな、気が短いところもあったんだ。なんでも思いどおりにならないと気がすまない性分だった」監督は気取ったように手を振る。たき火はくすぶる灰と化し、赤い熾火が、ぼくの携帯イオン測定器のバッテリーランプのように消えかかっている。ぼくたちはしばらく黙りこむが、やがて監督が煙草を投げ捨て、苦しそうな声を絞り出す。

「刑務所送りになるなんてことはないよな」

「ええ」ふた晩前、今度のことのきっかけとなる会話のなかで、いまのと同じやりとりをしたのを思い出す。ぼくと監督は〈ペトロ・ボウル〉で別々に飲んでいた。学校のロゴ入りスタジャンを来た長身の若者が仲間の輪を離れ、奥にいた監督に歩み寄った。残りの連中は、仲間が監督になにか尋ねるのをにたにた笑いながら見ていた。監督がそいつののど首をつかんでテーブルに押し倒した。ぼくはあわてて引き離し、腕のなかでもがく監督の耳にささやいた。「監督、ぼくも彼女が好きでした」そのあと、バーボンをひと瓶買い、監督のトラックのなかで彼女の思い出を大声で語り合ったのだった。

火明かりのなか、監督が首をがっくりと垂れる。両のこぶしを膝に置いてため息をつく。「おまえらがデートしたのはいつだったけか？」

「デートなんかしてません。ただの友だちです」

彼はうなずき、タイヤに手をかけて立ちあがる。テールゲートをあけて乗りこむ。金属がきしみ、がらくたがガチャガチャとけたたましい音をさせる。「なあ、身代金を要求しなくても誘拐になるのか？」

「なります」

またガチャガチャ音がしたかと思うと、やがて監督の規則正しい寝息に変わる。ぼくは枝で燃えさしをかきまわす。ぼくたちは正しいことをやろうとしていると信じたい。西海岸にいるあの娘はいまも、ハイスクール時代の娘のままであり、本来の彼女を呼び覚ましてやればいいのだと。〝このはるかな過去の沈んだ感動を浮きあがらせるようにお努めなさい〟とリルケは言ったが、あとになってこれはなんともつかみどころのない忠告だとぼくは気づくことになる。記憶はどうとでも解釈できるのだから。のちにぼくは、記憶がたくわえられているシナプスは願望や欲望が存在する場所と同じであり、ときに記憶はそのふたつを達成する道具と化すこともあるのを悟るのである。

しかし、すっかり灰になって冷えつつあるたき火を前にしながらも、ぼくは自分の動機にいまひとつ確信が持てずにいる。こんな性格になったのは顎の骨を折ったのが原因だ——顎に埋めこまれた小さな十字形の金属が、やりたいこととやれることとはまったく別だぞと釘を刺してくるのだ。これを理解するには、十四歳のぼくを想像してもらわないといけない。身長五フィート八インチ、体重百三十ポンドの体にばかでかい肩パッドをつけ、スナップをはずさなくても脱げるヘルメットをかぶったぼくを。

四月の陽光がフィールドを覆いつくしている。チアリーダーたちはスタンド席にすわっておしゃべりに興じ、隠れて煙草を吸っている。ぼくは思わずマウスピースを強く噛む。そのころはニック・アダムズが戦争に行って撃たれる小説を読んでいた。ぼくは自分には根性があると思い、痛みと名誉を天秤にかけながら、あざけるようなまなざしを受けとめる。オープンフィールドのタックルをやる段になると、ぼくはいのいちばんに手をあげる。

デュプリーン監督は相手としてエリック・デンプンーを選ぶ。怪物並みにでかい地区最優秀のラインバッカー。意地が悪いという見方もできるだろう。だけどこのときのぼくは、監督に目をかけられたと思う。チャンスをあたえられたんだと。

ホイッスルが鳴り、監督がエリックにボールを投げる。ぼくは思いきっていく。重心を低くし、頭を肩より下げて顔を上向け、背中をまっすぐにのばす。よける動きもせず、相手の膝を取りにもいかない。

いきなりぶつかってこられ、自分の骨が折れる音がはっきりと聞こえる。目から火が出るほどのすさまじい痛み。ぼくは地面を転げまわる。陽射しが目に突き刺さり、芝が口に入る。生暖かい鉄の味、泥。気を失う寸前、スタンドにいる女の子たちが目に入る。一列に並んだ小さな色の点となって。

そういうわけで一十一歳のぼくがこれまで学んだも

っとも重要な教訓は、願望もほどほどのところで抑えておかなくてはいけないということだ。大きくなりすぎると、いずれ、顎の骨を折るようなことになる。十字形の金属がうずくたび、期待が恐怖色に染まる。暗闇のなか、ぼくはあちこちに視線を動かす。丸太、月、岩をかすめる風の音。監督は寝入っている。幻聴が何度となく聞こえる。ボウリングのピンが倒れるけたたましい音、駆逐艦の前部甲板に大砲が撃ちこまれる音。顎のうずきが止まる。雨はあがっている。

電柱が陽に浮かぶ十字架を思わせる。大きな緑色の看板に〝カリフォルニアへようこそ〟の文字が躍る。監督は頭を何度もこっくりさせている。またヴァイコデンを飲んだのだろう。

「こんな西まで来るのは初めてです」ぼくは言う。

監督はなにも言わず、ぼんやり道路を見つめる。カーラジオを操作して、マール・ハガードの『ママ・トライド』を流している局を選ぶ。アマンダの母親が死んだ日、彼女は生物の授業中に校内放送で呼び出された。プラスチックの防護眼鏡をはずして白衣を脱ぐ様子から察するに、覚悟していたようだった。下校する彼女のうしろ姿をぼくは窓から見送った。コンクリートの通路を歩いていく彼女に窓から手をのばし、悲しみを癒してやりたいと思いながら。

サン・ディエゴでハイウェイ一五号線に乗り換え、北に向かう。やがて、宣伝文句とけばけばしい原色の看板が立ち並ぶ小高い場所に出る。まわりは車だらけだ。ぼくの母もこんなところまで来たのだろうか。最初のころの葉書はどれも、ネヴァダで投函されたものだった。全部で五通ある葉書は靴箱に入れて、自室のクローゼットの床に置いてある。想像してみてほしい。ハイスクールの最終学年も終わりに近づいたある日、家に帰ると母親がいなくなっている状況を。祖母が、お母さんはしばらく遠くに行くことになったのよと説明する。短い書き置きは〝あなたも十七になったことだし〟で始まり、人は誰でも〝自分の心のままに生きる〟必要があると説いていた。その後二カ月は、週に一度電話がかかってきた。いまではもう葉書を読み返すこともない。靴箱はあけられないまま放置されている。

ぼくらは車の波にのみこまれ、コンクリートの坂を上へ上へとのぼっていく。見おろすと一面の駐車場で、まるで駐車場しかない街の上を飛んでいるようだ。周囲はまばゆい宵闇へと変化し、真っ白な霧がおりてくる。巨大ビルがもやった空気にのみこまれる。なにかが燃えているのか、むっとする腐敗臭がただよっている。

監督の顔がゆがむ。「ひでえにおいだ」呂律がまわらない。車線をまちがえ、ボルボにクラクションを鳴らされる。ハイスクールの最終学年の二月、陸上部の更衣室でうわさ話がささやかれた。いわく、アマンダがふしだらになったと。バスケットボールの試合から部のバスで戻る途中、正気とは思えないことがあったらしい。どよめきと笑い声があがる。ぼくは大急ぎで着替え、そんなのは嘘に決まってると自分に言い聞かせた。

車がタイヤを鳴らしながら路肩に寄る。監督はギヤをパーキングに入れる。「いまどこにいるのか、まずはそいつをたしかめなきゃな」彼の瞳は血走ったよどみに浮かんでいる。「おい――おまえが運転しろ」

ぼくは運転席におさまる。エンジンがとどろき、監督はウィンドウにぐったりともたれる。ハンドルを握ると、生まれかわってえらくなった気分になる。こんな風景が見える。干上がったコンクリートの貯水池、あたり一面のアスファルト、暑さでゆがんだ空気。メキシコ人。サングラスのせいで昆虫のように見える人々。コンビニエンスストア、褐色に日焼けした筋骨たくましい肉体や胸の谷間の写真を使った大型広告。ぼくは自分の貧弱で生っちろい二頭筋を一瞥する。

冠水したフットボール・グラウンドを、裸足で水を蹴りあげながら歩いていくアマンダを見たのをきっかけに、ぼくは一年で筋力をアップさせる計画を立てた。自分を鼓舞する標語がいまも家にべたべたと貼ってある。〝一片の果たされるべき義務によって大いなる不安が回避できる〟〝すべての苦痛は欲望に起因する〟〝人は概してなりたいだけ幸せになれる〟だがロサンゼルス行きののちしばらくして、ぼくはそれらの標語を全部はがす。乾いた音をさせながら紙を丸め、家じゅうに響くほどの足音をさせて硬材の床をのし歩く。

ガソリンスタンドで監督を車に残し、ぼくはイラン人に地図を見せて道を訊く。そいつによれば、九一四一一という郵便番号は〝山間《ヴァレー》のもの〟だそうだ。かなり西に行かなきゃならない。監督はヴァイコデンを二錠、口に入れる。車道も歩道もフライパンのように熱を発している。

〈アメリカン・エクスタシー〉はサン・フェルナンド・ヴァレーとして知られる界隈の、ショッピングセンターの一画にある。会社の名前は曇りガラスのドアに、赤でそっけなく書いてあるだけで、ガラスはなかがのぞけないよう色がついている。駐車場に数台の車。夕闇。ショッピングセンターのいちばん奥が小高くなっていて、そのてっぺんにレストラン・チェーンの〈TGIフライデーズ〉が建っている。監督はさっきからずっとウィンドウの外を一心に見つめている。爪でドアをコツコツと叩き、クロロホルムの茶色い瓶をなでさする。道を教わってからというもの、一度も口をひらいていない。

「監督は車で待っててください」ぼくは言う。「ぼくが行って聞き出してみます」

監督は下を向いたまま、よろよろと車を降りる。

「おれが行く」

「待って。ぼくに交渉させてください――うまく話を持っていきますから。まかせてください、いい作戦があるんです」監督の運転免許を預かり、もう一度、まかせてくださいと告げる。監督は車に寄りかかったたままぼくを見送る。

オフィスに敷かれたライムグリーンのカーペットはかなり使いこまれ、おまけに煙草の焦げ跡がいくつもついている。消毒用アルコールとワヤリンのにおいがどこからともなくただよっている。受付のうしろのドアは閉まっている。ポスターが壁に所狭しと貼ってある。『ゴッドドーター・パート・ツー』に『バックエンド・トゥ・ザ・フューチャー』、マンディ・ルロックが透明なレインコート姿で傘を差しているのは『レインウーマン5〜嵐の目』だ。胸は本物じゃない。受付の人が声をかける。陽にさらされすぎた肌——オレンジ色でかさかさしている——の年配女性。大ぶりの眼鏡をかけている。

「いらっしゃいませ」

ぼくはほほえみながら、監督と自分の運転免許を見せる。「テキサス州ポート・アーサーから来ました。ここまでずっと車を運転してきたんです」

「ご用件はなんでしょう?」

「あそこに男の人がいるのが見えますか?」窓の外で監督が車のテールゲートに寄りかかり、煙草の煙をせわしなく吐き出している。「あの人の娘が女優でして」ぼくは『レインウーマン』のポスターを指差す。「本名はアマンダ・デュプリーンといいます。テキサス出身の。彼女を捜しています」

「ごめんなさいね、そういうお問い合わせには——」

「あのですね、ぼくたちとしてもご迷惑をかけるのはとても心苦しいんです。でも、実を言いますと……あの人はもう先が長くありません。死期が迫ってて、死ぬ前にひとり娘の顔が見たいだけなんです」

受付女性はぼくのうしろ、窓の外に目を向ける。駐車場の監督は酔っぱらっているように見える。背中を丸め、口を押さえて咳きこむ。周囲にただよう煙がしだいにほぐれ、夕暮れの光のなかに消えていく。本物の病人のようだ。

「居場所を知りたいんです。それだけです。誰にも迷惑はかけませんから」

受付女性はなぜか声を落とす。「なんなの？」

「なんなのって？」

「なんの病気？」

「膵臓癌です」

「まあ、そう」彼女は口を手で覆う。「ちょっと待っててもらっていい？　すぐに戻るわ」彼女はぼくらの免許証を手にすると、奥の部屋に向かい、自分が通れるだけドアをあける。すぐに彼女は戻ってくる。「どうぞ、お入りください」心臓が跳ねあがるが、ドアをくぐるとデスクがひとつあるきりで、痩せっぽちの若い男がすわっている。〈マクドナルド〉の紙袋からこぼれたフライドポテトがデスクに散らばっている。

ニキビだらけの顔をしたその男はぼくらの免許証をじっと見ている。「マジかよ？」彼はそう言い、指先を噛む。受付女性が戸口のところで手を握り合わせている。

ぼくはデスクに積まれたビデオテープの山に目をやりながら、監督が癌におかされている話を繰り返し、彼を乗せてポート・アーサーからここまで来るのがいかに大変だったかを説明する。相手はフライドポテトを口に運びながら、ぼくの話に聞きいる。最後に彼は連絡先の電話番号を尋ね、アマンダに伝言するくらいしかできないんだと告げる。悪いが、そう簡単に住所は教えられないと言う。とくに家族には。

出口のところで受付女性がぼくを引きとめる。黄色い紙を一枚、差し出す。「これの出所は不明ってことにしてちょうだいね」彼女はぼくの腕を軽く叩く。紙には住所が書いてある。

監督はうなずき、倒れこむように座席にすわる。ふたたびハイウェイに乗ると、クロロホルムの瓶をじっと見つめて言う。「どうしたらいいんだ。なにもかもわからん」

教えられた住所を見つけるのに、さらに二時間かかる。

ヴァン・ナイズに建つランチハウス。パルメットにシダ、表面が畝になった葉のないヤシの木。ドライブウェイには黄色のコルヴェットが一台。出窓から射す淡いレモン色の光が、きれいに刈りこんだ緑の芝生に三つの長方形となって落ちている。周囲は似たような家が建ち並び、むっとする空気がただよっている。ぼくらは通りの向かいに車を停めて、ライトを消す。

「さて、どうしますか?」

監督が仰向けていた頭をゆっくりとめぐらす。「帰ろう」

「ばか言わないでくださいよ。いますぐ訪ねますか? 彼女が出てくるまで待ちますか?」

皺とたるみにのみこまれた監督の目は、まるでラッカーを塗った点のようだ。

「監督?」

彼は目を閉じる。苦しそうな息づかい。「見てこい」

「ぼくが?」

「見てこい」彼は追い立てるようにクロロホルムの瓶を振りかざす。

玄関の明かりは消えていて、ドアベルが淡いピンクの光を放っている。まるでトンネルの終点のようなそのドアベルに向かって、ぼくは窓と窓のあいだの暗がりを歩いていく。

きっとあの緑の目と、笑うと必ずそれを閉じる癖がふたたび見られるにちがいない。ブンゼンバーナーの揺らめく炎に照らされた彼女の顔や、紙吹雪のようにはじける笑顔がありありとよみがえってくる。彼女がジュニア・ウェンデルの手を引っぱたいてスカートから払いのけるのを目撃したときには、十代の少女の内面が伝わってきたものだ。彼女の頭のなかは欲望が渦巻いていた——せつないほどの思いがしだいに頭角を現わし、斜面を転がり落ちるタンブルウィードのように、砕土した郊外の土地を抜け、ショッピングモールも広大な牧草地も通り過ぎ、車の後部座席やトラックの荷台へと彼女を連れ去ったのだ。

ドアをノックする。もう一度。「どなた?」と、分厚い木の向こうから声がする。

「アマンダ・デュプリーンさん?」

「どなた?」同じ問いが返ってくる。

「あの……ロバート・コレッシだけど。ポート・アーサーの」玄関の明かりが点灯し、ぼくはまぶしさに目がくらむ。ドアがチェーンの長さだけあいて、その隙間から犬の黒い鼻面がのぞく。女の充血した茶色い目がぼくをざっとながめまわす。ドアが閉まって、チェーンがはずれる音がする。

ドアが大きくあく寸前、ぼくは自分の容姿が気になるが、もうニキビ面ではないし、髪型もハイスクール時代よりましになっているのを思い出す。目の前の彼女は褐色の肌で、赤みがかった髪をうしろでひっつめている。ばかでかい茶色のロットワイラー犬の首輪をつかんでいる。室内の明かりが体のラインを浮かびあがらせ、化粧着を透明に近い青に見せている。なつかしいが、以前よりもかすれて太い声が言う。「見覚えのある顔ね」

光のなかから足を踏み出した彼女が、ぼくの頭のなかから現われたみたいにはっきりとした形をとる。ととのえた眉はきれいな弧を描き、頬と胸がてかっている。彼女は赤いひびの入った目をこらし、小首をかしげる。「見覚えのある顔ね」

「ロバートだ。ハイスクールで一緒だった。実験でコンビを組んでたろ?」

犬が憐れっぽく鼻を鳴らし、彼女はかがんで耳をかいてやる。「静かになさい、ピート」彼女は顔をあげる。「ボビー? ボビー・コレッシなの?」

「ロバートだ。もうボビーとは呼ばれてない」

「こんなところでなにしてるの?」

「きみに会いたかったんだ。ふたりして車ではるばるやってきた」

彼女はぼくのうしろに目を向ける。「ふたりして?」

「ぼくときみのお父さんだ。お父さんも来てるんだよ。ぼくたち、きみに会うために車で――」

「なんですって?」アマンダはぼくのわきをすり抜ける。監督は暗闇のなか、車の向こうに立っているが、ぼんやりとした輪郭しか見えない。彼女は監督がいるほうをいまいましそうに指差す。「なんであいつを連れてきたの? どういうつもり? さっさと連れて帰ってよ!」

ぼくが言い返すひまもなく、男が玄関に現われる。背丈はぼくと変わらないが、筋肉が引き締まって、肌が真っ黒に焼けている。白いタンクトップにジョギングパンツ、イヤリングを大量に着けている。つやのある短い髪をツンツンに立てている。そいつはアマンダの腰に腕をまわし、ぼくをにらみつける。「どうかしたか、ベイビー?」

彼女は男をろくすっぽ見もしない。「なんでもない」それからぼくに問いかける。「なんだってあいつを連れてきたの?」彼女はぼくのうしろに向かって怒鳴る。「そこから動かないでよね! 家に近づいたらただじゃおかないわよ!」犬は落ち着きなく跳ねまわり、飛びかかろうとしては自分の首輪で喉をつまらせ、ただならぬ様子の飼い主の声音に反応して吠える。彼女の隣の男は視線をぼくから監督へ移し、またぼくに戻す。こんな状態だというのに、ぼくは彼女がいいにおいをさせているのをはっきりと意識する。

彼女はぼくに目を向けて詰め寄る。「どうなのよ?」

「アマンダ。少し話せないかな。頼むよ――ほんのちょっとでいい。はるばる運転してきたんだ。とにかく話がしたい」

彼女は疑わしそうに目を細め、犬がぼくの股間をくんくんと嗅ぐ。

「頼む」

彼女は荒々しくため息をつく。「ちょっと待ってて」彼女はドアを閉め、ぼくは玄関に落ちた円錐状の弱々しい光のなかにひとり残される。家のなかからぼそぼそと声がする。監督の煙草の煙が車の反対側から、まぼろしのチューリップのように立ちのぼる。

ドアがふたたびひらくと、アマンダはぼくのうしろを指差す。「あいつは入れないからね。外で待たせておいて」隣にいた男が外に出てきて、すれちがいざま、ぼくの肩にまともにぶつかる。「トニーも外で待っててもらう」男はぼくのうしろに立って腕を組む。

彼女と犬が片側によけ、ぼくはしゃれた大理石のテーブルにドライフラワーを飾った玄関の間に足を踏み入れ、均一な光とジャスミンと思われる香のにおいのなかへ歩を進める。居間には茶色の分厚いクッションのソファが置かれ、テレビの青い画面がちかちかまたたいている。えび茶色の壁、風景写真の数々、キッチンからただようにおい。まさか本当にやりとげるとは。自分がいまここにいるのが信じられない。

アマンダはテレビの音を消す。ぼくにソファを勧め、自分は膝を折ってすわり、部屋着で脚を隠す。犬のピートがぼくたちのあいだのクッションに寝そべる。ぼくは胸が締めつけられるのを感じる。彼女の唇が蜂に刺されたように見えるのは、コラーゲンかなにかを注入してるせいだろう。部屋着に隠れた胸は異様なほど丸くてはりがある。目の色は茶色だ。

「じゃあ」彼女は言う。「いまから五分だけあげる」

「ぼくたちは——いや、ぼくはきみを助けに来たんだ。家に連れ戻すつもりで」

彼女は目をむいて笑いだす。「まあ。それはそれはご親切だこと」

「聞いてくれ——」

「聞くのはそっちよ。どういうつもり――あたしに文句でもあるわけ？　パパを連れてくるなんて、いったい――」彼女は鼻をさすり、早口でまくしたてる。室内は涼しいのに、彼女の額には汗の粒がびっしりと浮いている。「だいいち、あんたになにがわかるの？　そのときに実験でコンビを組んでただけでしょ。それであたしのことをわかったつもりになってるわけ？」彼女の笑い方は皮肉っぽく、昔と全然ちがう。目の下にくまができている。その目にぼくは違和感をおぼえる。

「いまはコンタクトレンズをはめてるの？」

「はめてないわよ」彼女はぼくの質問に面食らう。

「いいこと？」そう言うと部屋全体を示すように手を振り動かす。「あたしが助けを必要としてるように見える？」彼女は犬をかいてやる。「もう一年近くもドラッグを断ってんのよ」紫に塗った足の爪に目を落とす。足首のところに楔形文字のタトゥーが見える。

「映画も四ヵ月撮ってない。もう撮ることもないし。たぶんね。いろいろオファーが来てんのよ、テレビやなんかから」彼女は髪を引っ張り、ソファのクッションからなにかを払い落とす。髪を引っ張る癖はよく覚えている。しょっちゅうやっていた。昔と変わっていないところがあまりにも少ない。

「でも、しあわせじゃないはずだ。きみにはもっとふさわしい――」

彼女は両手を振りあげる。「ほらね。あたしが言ってんのはそれよ。いきなり訪ねてきたのは、あたしの生き方がお気に召さないからなんでしょ？」

「ばか言うなよ――」

「ばか言ってるのはそっちじゃないの。よく聞きなさいよ、ボビー。いいことを教えてあげるから。世界はテキサス州ポート・アーサーよりもずっとずっと大きいの。わかる？　ずっとずっと大きいの。あたしがどうやって稼ごうが、あんたの知ったことじゃないし、外にいるくそったれの知ったことでもない」

「トニーのこと?」

彼女は苛立ったように顔をしかめる。「とにかくあたしの人生の人生だから。あたしのものなの。あんたは自分の人生のことよ」そう言って鼻をさする。「パパのこと配をしてればいいの、わかった? どう生きるべきか、あたしが教えてあげるわよ。あんた、どんな仕事をしてるの?」

一瞬の間。「アラモ下水処理に勤めてる。地下水の調査の仕事をしてるんだ」

彼女は手を叩く。「へええ。それはそれは。つまり、町の外に出たことがないんだ、ちがう?。大学も行ってないいんじゃない?」

「まあ、いまのところは。でも――」

彼女は片方の手に頭をくっつけて含み笑いをする。

「あんたが訪ねてくるなんて、まだ信じられない。おまけにパパまで連れてくるとはね」彼女は冷ややかなまなざしでぼくをにらむ。「いい度胸してるじゃないの」

ぼくは壁にかかった写真を、がらんとした街並みやうらさびしい海岸線を撮ったモノクロ写真に目をやりながら心を決める。いまもまざまざと覚えている話をして彼女を説得しよう、カリフォルニア入りして以来何度となく練習してきた科白を言おう。「きみのことで記憶に残ってることがあってね。二年生のときのことだ。二年になってわりとすぐだった。きみは八時限目の授業を取ってなかったみたいだった。とにかくその時間に雨が降りだしてさ、ぼくは終業のベルが鳴るのを待っていた。退屈だったし、空は気味の悪い灰色をしてて、太陽は出てるけど青空じゃなくて、とにかく家に帰りたくてしょうがなかった」

アマンダが親指の爪をいじる。

ぼくは風景写真に目をこらしながら先をつづける。

「それで窓の外に目をやったら、きみが見えた。ユニフォーム姿のきみがフットボール・グラウンドを歩いてた。靴を脱いで。きみはのんびり歩きながら、つま先で雨水を蹴りあげてた。ぼくのところからでも小さな水しぶきが見えたよ。きみはときどきくるりとまわっては空を見あげていた。ガラスごしだと、きみがひなたに入ると見えなくなる。やがてひなたから出てきたきみは、スカート姿で水を蹴りあげ、心ここにあらずという顔をしていた。きみがきれいだったせいじゃない。たしかにきれいだったけど、そのせいじゃない」積もり積もった年月が言葉として吐き出される。ぼくはまだ彼女を更生させられると、本気で信じている。「あのとき、こんなふうに思ったんだ。なぜきみが上の空なのか、ぼくにはその理由がわかるってね。まあ、なんて呼ぶのかわからないし、うまく表現できないけれど、とにかくすごく穏やかな気持ちになれた。ぼくは本来やたらとびくびくするたちだったわけだけど、きみと同じ視点で見られるんだったら、世の中も悪くないと感じたんだ」

犬がぼくの脚にすり寄って、むせぶようなか細い声で訴える。テレビではニュースキャスターが無音のニュースを読みあげている。

アマンダは部屋着の前を少しかき合わせ、ぼくの頬に触れる。「ボビー。あんたっていい人ね。本当にそう思う」彼女は目もとをぬぐいながら、ぼくの記憶にあるのとほぼ同じ響きの小さな笑い声を漏らす。「でも、あのときはただハイになってただけだと思うわ。当時はアシッドをそうとうやってたから」

彼女の指がぼくの下顎をなぞり、顎先で止まる。「あんたはいい人よ。でもそろそろ帰って」

ぼくは彼女以外に見るところがなくて、目を閉じる。ここでぼくのすべての物語がひとつになる。経験と記憶のはざまで失われたあらゆる瞬間が一点に集約する。顎のなかの十字形のボルトに、彼女の指がショットガンの銃口のようにあたっている。

「……あと五分、いいかな？」

「だめ」

怒鳴り声が聞こえ、ぼくは目をあける。

ぼくたちは声がした外へと急ぐ。さほど離れていない場所、明かりのついた玄関のすぐ先で、監督が頭を抱えて芝生にすわりこんでいる。トニーが両のこぶしを握りしめ、彼を見おろすように立っている。

トニーが顎を突き出す。「こいつが入れろと騒いだ。だからだめだと言ってやった」

芝生にぐったりとすわりこみ、てのひらでやたらと目をこすっている監督に同情するなと言うほうが無理だが、ぼくはどうにか我慢する。近づこうとすると、トニーがぼくの前に立ちはだかる。「おまえもやられたいのか？」

「トニー――」アマンダがうしろから呼びかける。

「やめてよ。もういいの。あんたはなかに入ってて」

監督はぼくの足もとに大の字にのび、御利益のないささげものであるかのようにクロロホルムを掲げている。玄関のドアが閉まり、芝生にいるのはぼくらだけになる。

ぼくは監督に、車に乗ってくださいと言う。

運転席にすわり、ウィンドウからクロロホルムを投げ捨てる。監督は左目の上を腫らし、助手席のドアにもたれている。「上々の首尾だったな」彼は言い捨てる。

ぼくは監督の顔をのぞきこみ、目で皺をなぞっていく。目が合ってもなお、見つめつづける。監督はウィンドウに顔を向けるが、ぼくはしばらく彼を見つめたのち、ようやくキーをまわす。

エンジンがかかり、車はとどろくような音を響かせて発進する。

その後、もうひとつの捜索を実行する。

ポート・アーサーに戻ったぼくは、ヒューストンにあるリユニオンズ社という探偵事務所の広告を見かける。答えを知りたいもうひとつの疑問、わからないままではいたくない謎があったから、そこに連絡を入れる。その後二カ月間、ぼくはアラモの仕事をつづけながら待つ。だだっ広い土地とどこまでもつづく大空が、露光オーバーしたフィルムのコマみたいに行き過ぎていくのをながめ、独り言を言うこともなく、土壌サンプルを採取し、汚染の徴候はないかと鼻で大気を嗅ぎながら過ごす。その間、ほんのときたま、デュプリーン監督のことをなつかしむ。

帰りの車中はずっと無言だった。ぼくが運転し、監督はウィンドウに顔を押しつけたままだった。赤土のメサと紫色の地平線。遠くの靄に包まれ、半分だけ姿を見せている山々。監督が罪悪感でいっぱいなのは、ぼくらを乗せた車が走る道路のように明らかだった。

もう二度と彼と会うことはないだろう。

リユニオンズ社から報告書が届き、ぼくは三百ドル請求される。それが入った封筒はその日一日、キッチンのテーブルにほったらかしにされる。会社のシンボルマークがぼくをにらみつけているように感じる。ビールを五本飲んだところで、封筒をあけ、二枚の紙を取り出す。内容はこうだ。

トラヴィス・コレッシの行方け不明。最後に所在が確認されたのは上海発の貨物船、レスリー・チャールズ号の船上で、一九八九年に黄海上で行方がわからなくなった。だけどそんなことは、とうの昔にわかっていた。けっきょく、父が海で命を落としたことに変わりはない。

家じゅうに貼った標語のたぐいをすべてはぎ取り、握りつぶしてひとつにかためながら思う。物語はひとつだけなんだと。いまより前のことはすべてひとつづきの長い物語であり、それがまだ終わっていないならば、次の十年もその前の十年と似たようなものになる。恐怖がってばかりでなんの行動も起こさなければ、窮地に陥ったネズミのようにびくびくとうずくまり、自分にはできなかった生き方を思って嘆くだけになってしまう。

そんな人生をいくら分解したところで、争いごとがないのが特徴といえば特徴の、ほとんど記憶に残っていない場面が並ぶばかりで、やがてはいまの人生だって、あの緑色の目のようになるだけだ。長い夜にさまよいながら、こんな夜遅くに車を走らせているなんていったいなにをやっているのか、どうやって家に帰ろうかと考えているときに、自分に向かってまたたいたと思いこんでいるあの緑色の目のように。ちゃんと覚えていないのは、真の悲しみをでっちあげの郷愁でごまかすことに明け暮れていたからだ。

だからこの家は売りに出されている。昨夜、一切荷造りをしないことに決め、通りの向こうの、フェンスで囲まれたプレーリーをぼんやり見つめて過ごした。

いまは次の物語、すなわち第二の物語を思い描いているかもしれないが、あまり具体的にしないほうがいいし、執着しそうなビジョンを描いたり、自己陶酔しそうな計画を立てるのは避けるべきだ。地図をながめては黄海はどのくらい深いんだろうかと考えてはいけないし、そこの波はどんな形だろうかと想像をめぐらしてもいけない。いなくなった両親や去っていった女の子たちのことをうじうじ考えるのはやめよう。彼らの物語を解明したくなってもがまんしよう。答えと解決は同義でなく、物語は単なる言い訳にすぎない場合もあるといずれ悟るのだから。

どうしてもというならば、この物語の情景を自分なりに思い浮かべるといい。こういうことが起こってもおかしくない場所はどこかとか、空模様はどんなだとか。そこは、少なくともきみがいまほど孤独でなく、幻想以外にも心の支えになるものが存在する世界だと自分に言い聞かせたらいい。あくまで、どうしてもというならば、だ。

とにかく、気が変わらないうちに出発しよう。

彼の両手がずっと待っていたもの

What His Hands Had Been Waiting For

トム・フランクリン&
ベス・アン・フェンリイ
／伏見威蕃 訳

トム・フランクリン、ベス・アン・フェンリイ

トム・フランクリンは一九六三年アラバマ州生まれの作家。九九年に短篇集『密猟者たち』でデビュー、表題作でアメリカ探偵作家クラブ賞最優秀短篇賞を受賞。歴史小説を二作発表した後、第三長篇『ねじれた文字、ねじれた路』を刊行。同書は、少年時代に親友同士だったものの疎遠となっていた二人の男の人生が、ある事件をきっかけに再び交錯する様子を描き、英国推理作家協会賞ゴールド・ダガー賞（最優秀長篇賞）を受賞するなど高い評価を受けた。ベス・アン・フェンリイは七一年ニュージャージー州生まれの詩人・作家。ノートルダム大学を卒業した後、アーカンソー大学で芸術修士号を取得。現在ミシシッピ大学で創作を教える。本作は夫妻でもある二人の合作で、キャロライン・ヘインズ編纂のミステリ・アンソロジー*Delta Blues*に収録された後、ハーラン・コーベン、オットー・ペンズラー編纂の*The Best American Mystery Stories 2011*に再録された。（編集部）

一九二七年七月

被災地荒らしの盗賊の死体を家のなかに残し、ふたりして大股に自分たちの馬のほうへひきかえしながら、ハム・ジョンソンが三〇 - 三〇口径のライフル銃に弾薬を込め直していると、猫の鳴声のようなものが聞こえた。

「猫じゃないな」インガソルがいった。

「ああ」ハムが、ライフル銃の装塡口に、弾薬をカチリと押し込んだ。さらにもう一発押し込んだ。

ふたりは、その家の斜《かし》いだ輪郭の前を通り、鳴声をたよりに進んでいった。家の持ち主が知恵をはたらかせて、洪水の流れが通り抜けるように、扉も窓もあけてあった。家の裏手の日除け樹が、バターに差し込んだなにかのように見える。上のほうの枝に、鶏の死骸でいっぱいの鶏小屋がひっかかっていた。

とにかく、猫じゃないというのは当たりだった。赤ん坊だった。

ふたりは目を丸くした。低い枝にのった一斗《ブッシェル》かごの下に、真っ赤な顔をしたやつが収まっていた。かごの下のぬかるみに、そいつが蹴飛ばしたぼろぼろの毛布が落ちている。

「たまげたな《マザー・オヴ・ゴッド》」インガソルがいった。

「こいつのおふくろは、神さまとは縁もゆかりもねえぞ」ハムがいった。右腕をあげて、ライフル銃を家の扉に向け、片目を閉じた。「あの女だ。ちくしょう。おれたちが来るのを聞きつけて、こいつをここにのっけて、家に隠れたにちげえねえ」

　インガソルは、赤ん坊をしげしげと見た。おむつがねじれているし、男か女かわからない。つるっ禿だ。泣いていたせいで真っ赤になっている。泣声も聞こえないくらい、自分たちがわめいていたのだと気づいた。

「この天気だ」ハムがそいつにいった。「運を天に任せたほうがいいぞ。コヨーテの群れが連れてってくれるかもな。おまえ、そうだったんだろ、インガソル？ツンドラでコヨーテの群れがおまえを見つけて、自分らの子供として育てたんだろ」

　ハムが、盗賊たちから奪った銀の盆を鞍袋に入れた。六尺《フィート》以上という長身の白人、あざやかな赤毛は短く刈り、末広がりの頬髯を生やして（それも赤毛）、本人はもみあげだといっている。沼狸《ヌートリア》の腹毛の山高帽をかぶり、それがちょっと自慢で、きれいにしておくよう心がけている。インガソルの帽子は、もっと大きくて実用的な黒のステットソン・ダコタだ。

「こんな南にコヨーテはいないよ」インガソルはいった。

「いるさ」ハムがいった。長靴《ちょうか》の底革がめくれているのを蹴り戻し——革が水に長いこと浸かっていたので、腐っている——長靴を鐙にかけると、勢いをつけて鞍にまたがった。

「山犬はしこたまいるけど、ハム。コヨーテはいない」

　インガソルは、家の向こうに目を向け、干上がった内陸の海や乾きかけのぬかるみを眺めた。かつてはそこで、綿がハンカチみたいな白い拳をふっていた。いまは見るからに痛ましい。無慈悲な茶色の地面はまっ平らで、ひび割れ、粗末に投げ捨てられた土器《かわらけ》みたいに見える。死体の腕がそこから突き出しているのを、インガソルは二度見ていた。

　堤防が破れたのは四月で、マウンズ・ランディングの決壊箇所の二十五哩《マイル》南東のここですら、波は六尺に達した。コーヒー色に泡立った怒濤が轟々と砕け、建物も木も根こそぎ押し倒して、すべてを一掃した。まるでヨハネの黙示録みたいに。インガソルは、ヤズー・シティの泥に埋もれた道を思い出した。溺死して腹がふくれた雌馬、その鼻先の水でふくれた聖書。まるで終末がわが身にふりかかったときの出来事を、その馬が証言しているみたいだった。

「坊やにお別れをいいな」ハムがいった。

「どういうことだよ？」

「そのうちにだれかが通りかかって、この赤ん坊を連れてくだろうってことさ。おれたちは、ずらからなきゃいけない」

弱い風に揺れている二斗かごを、ハムが肩ごしに見た。「子守唄にもあるだろ。〝枝が折れたら、揺りかご落ちる。赤ちゃん、揺りかご、みな落ちる〟」

「ハム――」

「さあ」ハムがいった。「行こう。盗賊どもの盗んだもんを使っちまえる場所があるといいな。外人女はどうかって思ってるんだ。見つかればロシア人がいい。ビフテキをおごって、おねんねする。それから新しい長靴を買う」

「赤ん坊を置いていけない、ハム」

「ニューオーリンズまで連れてけるわけないだろ、イング」

東からの臭い風が、傾いたラバ小屋を抜けてうめいた。

「アディオス、坊や」ハムがそういって、踵で月毛の腹を蹴った。「息災でな《バヤ・コン・ディオス》」

インガソルは、脚をバタバタさせている赤ん坊を、まるで遠い昔に自分にも赤ん坊がいたとでもいうように見おろした。それに妻も。

でも、どっちもいなかった。インガソルは二十七になる。どこにも身寄りがいない。赤ん坊に触ったこともない。

「えい、くそ」といって、しろめ色の空を見あげると、含み笑いみたいな雷が鳴った。

山犬の群れが跟《つ》けてきた。ハムにきいたら、コヨーテだというだろう。最初の二時間、インガソルは相棒の四分の一哩うしろで馬を進め、両腕に抱いているやつの金切り声が、大男の相棒には聞こえないだろうと思っていた。そいつは小便のにおいがして、やくたいもない拳をふりまわし、脚をばたつかせていた。馬を進めるあいだ、そいつがずっと拳をふり、蹴っていたので、インガソルは感心した。このいたずら小僧、闘志満々じゃないか。

一時間泣き叫んだあと、赤ん坊はおとなしくなって、しゃっくりをしながら眠り、インガソルの馬は、ハムの月毛が刻んだくっきりと深い蹄跡をたどった。アーカンソー州マークト・トゥリーでハムが盗賊を見つけて始末してから、インガソルはハムの導きを信頼するようになった。マークト・トゥリーのつぎの仕事は、ミシシッピ州グリーンヴィルに近いオールド・ムーア大農園だった。騒乱を起こし、水かさを増すミシシッピ川を忘れ去って北へ行きたがっているニグロどもに目を光らせるよう、ふたりは命じられた。しかし、そうなったらだれが綿を摘む？　結局、綿摘みのほうは心配するにおよばなくなった。マウンズ・ランディングとは何哩も離れていたが、そこが決壊したとき、すさまじい轟音が聞こえ、あっというまに地面が見えなくなった。教会のとんがり屋根、肢をばたつかせているラバがつながれたままの荷馬車、ハートのなかに〝ジニー〟と彫ってある学校の机が、流されていた。

いま、馬がよろめき、びっくりして目を醒まし、腕を大きくのばしてふりながら泣きだした赤ん坊を、インガソルはつかんだ。馬がまた泥にはまった。おりて蹄を抜いてやらないといけない。だが、赤ん坊はどうする？　ハムはずっと先にいて、姿も見えない。

「ハム？」

五十尺うしろで蹄鉄が岩を打つカタンという音がして、インガソルはうなだれ、首をふった。

「赤ん坊のこと、注意しただろうが」ハム・ジョンソンが、インガソルの背中に向けてどなった。「いつもの勘はどこへ消えた」

「おれが決めることだ」インガソルは、肩ごしに大声でいった。「人がいたらすぐに捨てる」

ハムが水をはねかしながら、泥にはまって筋肉が張りつめ、どうしていいかわからず目をひん剝いているインガソルの馬の横へ来た。インガソルは甲高く泣き叫んでいる赤ん坊をつかんで、鞍から滑りおりた。赤ん坊の顔はぞっとするくらい赤く、こびりついた泥に涙の跡がついている。

「腹が減ってるんだ」インガソルはいった。

ハムが身をかがめ、唾を吐いた。「おれもだよ」馬の腹を踵で蹴った。跑足《だくあし》で離れてゆくとき、インガソルの首に泥の珠をはねかけた。

インガソルは、ステットソン・ダコタをひっくりかえして泥の上に置き、泣きじゃくる赤ん坊をその山《クラウン》に入れて、馬の正面に立ち、足を踏ん張ってしゃがみ、両手で馬の肢をつかんで泥から引き抜いた。苦しげな意地汚いゴボッという音をたてて、泥がいうことをきいた。

長い午後になった。ふたりは鳥も飛ばない茶色の泥景色を南に進んでいったが、いっかなその涯にたどり着けなかった。四時に雨が降りだし、赤ん坊が目を醒ましたが、ふたりはそのまま馬を進めた。雨を通り抜け、すこし涼しさを味わい、蚊が点々と空中を舞い、やがてまた暑くなった。インガソルの馬は、ふくれあがった山羊の死骸を二度跳び越え、不安と疲れのために、歩幅を縮めようとしなかった。先端が弓なりだったり、歯のようだったりする奇妙な石が、泥のなかに寄り固まっているところを通り、墓地にちがいないとハムがいった。馬を進めながらインガソルは、痛くなった曲げた腕から、反対の痛い曲げた腕に、赤ん坊を移した。馬がすなおで、扶助がほとんどいらないのが、ありがたかった。

ずんずん南に進みながら、インガソルは革水筒の砂糖水を赤ん坊に吸わせた。そのために先刻ウィスキイを捨てた。おしめのなかも覗いて、ちっちゃなおちんちんを見て、水溜りにひたしたボロ切れで尻を拭いてやり、ハンカチで替えのおしめをこしらえた。

どんどん水かさを増している沢を見下ろす崖沿いで、ふたりは馬をおりた。まだら模様の岩に、攪拌しているバターみたいな流れがちょこまかとからみついている。馬が遠くへ行かないように、ハムが二頭とも肢を縛り、鞍は置いたままにした。インガソルは、腐りかけているステットソンを脱ぎ、額の茶色い泥は拭かなかった。鍔《つば》の裏に腕をのばした格好で赤ん坊をステットソンに収めると、温泉に浸かってくつろいでいる男みたいに、赤ん坊が一吋《インチ》くらい沈んだ。ハムが、小さくはぜる焚き火をこしらえた。パンという音がして火花が散り、くるくる飛ぶ何匹もの蛾に見とれている赤ん坊が、曲げた一本指で指差した。

ふたりはビーフジャーキイをくちゃくちゃ食べ、水筒の水を飲み、寝袋をひろげた。ハムがメスカルを入れた革水筒の栓を抜き、腰を据えて長話をするときにいつもやるように、足を突き出した。泥がこびりついた長靴が、ふつうの倍の大きさになっている。インガソルは、鞍袋に手を入れて、マンドリンを出した。丸胴の裏がコロラドハムシみたいな縞模様で、表板がメープル、あとはマホガニーの美しい楽器だ。湿気から守れないので、いまはかすかにたわんでいる。ヤズーに打ちあげられた兵舎用物入れにはいっていて、鍵を撃ってあけた。インガソルはそれを一音半低く調弦してあり、ブルースの音階をすべての調で弾くことができる。

　短い節回しをいくつか奏でた。赤ん坊は気に入ったようだった。「本名はなんていうんだ、ハム？」

「だれも知らねえ。だれも生きちゃいねえ」

　そのあとをきくのが、インガソルはいつも楽しみだった。というのも、いろいろとつじつまの合わない話が出てくるからだ。「それじゃ、どうしてハムって呼ばれるようになった？」

　ハムが、メスカルをごくりと飲んだ。「あのな、赤ん坊ってやつは、いいにおいがするだろ。頭を嗅ぐと、甘いにおいが。それでな、おれが赤ん坊のとき、頭が腿肉《ハム》のにおいだったのさ」

「ああ、そうか」ハムの言葉のあいまに、インガソルはつなぎの音階を二小節入れた。赤ん坊の目が裏返って細くなり、こっくりこっくり眠りかけている。温泉に浸かったじいさんのこびとが、やはりメスカルでも飲んでいるみたいに。

「ああ。豚の腿肉みてえなにおいだった。上等の腿肉を焼いたみてえな。おれのまわりにいると、みんな腹が鳴ったもんだ。息なんだろうな。体んなかから出てきたんだ。それで、何年もたったら――」ハムがまたメスカルをあおり、インガソルはブルースの節回しをひとつ鳴らした。「何年もたったら、おれはひとの風下に立つようにしてた。大きくなったら、うまそうな腿肉のにおいは弱くなったが、いまでもそばに来りゃにおうぜ。ばくれん女みたいにくっついたらな。それどころじゃねえ、あのころ、こんな洪水が起きてたらどうなったか。こんなふうにみんな飢えて人肉食らうようになってたら、おれはまっさきに食われてただろうな。やつらが首をふりふりいう。〝いやまいった、ハム・ジョンソンはうめえ朝飯だった〟ってな」

　インガソルは、E調の終わりの和音展開を二小節ほど弾いた。最初にギターを手に入れたのは、十の齢だった。歯抜けのマーリーは、このギターはおれの魂と取り替えたんだとみんなにいっていたが、じっさいには豚一匹で手に入れていた。そのギターを抱いていると、インガソルは、だれかが自分の体の欠けたところにそれを取り付けたんだという気がした。十六のときには、クラークスデイルでブルースを弾いて暮らしを立て、余業で博打もやっていた。だが、一九一六年に第一次世界大戦に出征するときに、ギターを置き、連邦政府支給のモスバーグ製散弾銃を手にした。両手が利き、頭は冷静、音程に寸分の狂いもなく、空気のようにしなやかな手先で扱い、ギターとおなじようにそれにもなじんだ。

酔っ払ったハムの話が、くどくなっていた。「不穏分子をひっとらえなきゃならねえ」

「わかってるよ」

「やつら、あっちにいる」ハムが、親指で南を示した。「ダイナマイトを百五本持ってる。ダイナマイト百五本あったら、どんな堤防でも吹っ飛ばせる」

「わかってるよ」火の勢いが弱まり、インガソルはそっと弾いていた。

とうとうハムがげっぷをして、胸を叩き、革水筒の口をステットソンに収まっている赤ん坊に向けた。

「赤ん坊らしく眠ってるじゃあねえか」

インガソルは、鞍袋のほうへ行って、丸胴のマンドリンをしまい、予備の菜っ葉服のシャツを出した。それでステットソンのなかの赤ん坊をくるんだ。呼吸がすこし浅いような感じだった。「早くミルクを見つけなきゃならない。あした」

ハムが、嘆息を漏らした。脚を引き寄せ、立ちあがった。「最初の張り番をやるか？」

インガソルは、親指を赤ん坊の掌に差し込み、指で締めつけられるのを感じていた。親指を動かしてみると、赤ん坊の握る力が強いのがうれしかった。「ああ」

「じゃ、おれは寝るぞ」

「いいよ」

ハムがすぐに眠り込み、インガソルはステットソンごと赤ん坊を膝に抱いていた。火がはぜて、燃えさしが泥の地面でシュウシュウ音をたてていると、赤ん坊が目をあけた。そいつがむずかりはじめたので、インガソルは持ちあげて、肩のあたりに掲げ、堤防に砂嚢を積んでいる工兵隊の歌を口ずさみながら、揺らした。堤防で働いてるんだ、ママ、夜も昼も。水が出ないように一所懸命働いてるんだ。意地悪なおんぼろ堤防に泣かされ、うめいてるんだ。いとしい彼女や楽しい家をあとにして。


翌朝、最初に着いた自作農家は、打ち捨てられていた――破れた戸口の奥の溜まり水と、のろのろと円を描いて泳いでいる一匹の鼠が、鞍上から見えた――だから、馬をおりもしなかった。インガソルは心配になった。香りのいいオリーブ林に覆われた緑なす小山を馬で登り、大きな乳房がぶらさがっている乳牛がそこにつないであるのを見つける、という夢を昨夜見ていた。それに、不穏分子探しなど、どうでもいいという気持ちになっていた。そいつらが酪農でもやっているのならべつだが。赤ん坊は、夜のあいだに蚊のご馳走になって、刺された痕だらけなのに我慢していた。泣かないし、熱があるようだ。馬を進めながら、インガソルはそいつの頭をずっと触っていた。

つぎに行き当たったところも、打ち捨てられているように見えた。石造りの家に、覗き穴のような細い窓があった。下のほうを緑色の苔の顎鬚に覆われた、小さな堡塁のようだった。動きはなにもない。

だが、ハムがいった。「待て」

インガソルは、赤ん坊を背中にまわし、一六番径の散弾銃を窓に向けた。

ハムがすでに馬をおりて、ピストル二挺を抜き、壁に向かって立っていた。体をまわし、丸太の扉を蹴りあける。インガソルは、馬を遮蔽物にして、地面に伏せた。うしろにまわしている赤ん坊が、むずかりはじめた。

「はいるぞ」ハムが呼んだ。

インガソルは、自分の体で赤ん坊を護りながら、ヨコバイガラガラヘビもどきに這っていった。単銃身の散弾銃を家のなかに向け、ハムの視線を追うと、隅にうずくまっている四人が見えた。痩せた白人で、ボロをまとっている。男が三人。そのうしろにもつれ髪の女がいた。部屋は小便のにおいがした。家具は材木一本残っていない。大きな洗面器と、土間に掘った炉の残り火があるだけだ。不穏分子ではなく、まして盗賊でもなかったが、ハムは用心深い目で見ていた。赤ん坊がかすれた声で泣いていた。

女が進み出た。「それを抱かせてくれる?」

女は痩せていたが、ぼろぼろの普段着の下の乳房はかなり大きかった。乳首のところが濡れている。

「なんだと?」ハムが、インガソルのほうをちらりと見た。

「さあ」インガソルは、女に赤ん坊を渡した。

女が赤ん坊を受け取り、男たちに背を向けた。赤ん坊の甲高い泣き声が一瞬くぐもり、泣きやんで、おっぱいを吸う音に変わった。女が立ち、左右に体を揺らした。

「ほほう」ハムがにやりと笑い、ピストルをおろした。

「あんたもしまいなよ、若いの」男たちのひとりが、インガソルにいった。「おれたちゃ銃は持ってねえ。棒だけさ」

べつの男が、自分のを持ちあげて見せた。貧弱な杖。

インガソルは、長靴の内側の革鞘《ホルスター》に、散弾銃をしまった。

「あんたらのいきさつは?」いちばん年かさらしい男に、ハムがきいた。もっとも、三人とも、どれほど年かさなのか(それとも若いのか)、見分けがつかなかなかった。

「いきさつだと？」その男が、まわりを見た。両腕をふる。「ご覧のとおりさ。おれ」指差した。「あいつ、あいつ、その女。この小屋。四十口間、昼夜雨が降りつづけ、方舟《はこぶね》はない。六日近く屋根の上で、アライグマ猟犬が鳴きどおしで、そいつが死んだから、おれたちは食った。もう雨のほかに食い物けねえ。そこへ赤ん坊と銃を持ったおかしな野郎がふたり来た。それがおれたちのいきさつさ」

「あの女の子供はどうした？」インガソルは、女のほうを顎でしゃくってきいた。

女が身をこわばらせ、肩ごしにインガソルのほうを見た。

「死んだ」男のひとりがいった。

「どういうふうに？」

男は顔を伏せた。

「赤ん坊が死ぬようにさ」年かさの男がいった。「真夜中にな」

「あんたら、あの女のおっぱいを飲んでたんだな？」ハムがきいた。

男が、ハムの強い視線を受けとめた。「飢えてるときにゃ、それより重い罪もあるさ」

インガソルとハムは、顔を見合わせた。

「そうだろうな」ハムがいった。

インガソルは、女のほうを見た。赤ん坊の手が首を登って、指を一本、女の口にひっかけるあいだ、目を閉じてただ揺れている。インガソルは、いちばん若い男のほうを向いた。「パーチマン刑務所の脱獄囚四人を見なかったか？　足枷をはめてるでかいやつらだ。馬に乗って。武器を持って」

男は首をふった。「だれがおれたちを助けにくるっていうんだ？　だれが食い物を持ってくる？」

インガソルは首をふった。「避難所へ行け。みんなグリーンヴィルへ行くといい。テントと食料をくれて、堤防の修理で一日七十五セントもらえる」

赤ん坊は女に預けることになった。インガソルとハムは、焚き火用のマッチ、砂糖、ラード、ビーフジャーキイをあたえた。男たちは即座に食らいついた。

「ゆっくり食え」ハムがいった。「でないと、そのまま出ちまうぞ」

女は、なにもほしがらなかった。インガソルは、女をしげしげと見た。赤ん坊が指をひっかけているのもかまわずに、女は笑みを浮かべ、そろった小さな歯が見えた。「名前は?」

「ディキシー・クレイ」

「だいじょうぶかい、ディキシー・クレイ?」

女は答えなかった。

「こいつはだいじょうぶ」若い男がいった。

インガソルはハムを見て、女の緊張した面持ちにハムが気づいているのを知った。「ずらかるぞ」ハムがいった。ピストルの銃身で山高帽の鍔に触れ、戸口に向かった。

インガソルは、女を見守った。一瞬、女がインガソルのほうに身を乗り出し、激しい目で見つめたが、若い男が、その前に進み出た。

「ご親切、ありがとう」男がいった。

「また来る」インガソルはいった。「赤ん坊のようすを見に」

馬をならべて進むあいだ、インガソルは黙りこくっていたが、ハムがしきりと誘い水をかけた。

「新聞で読んだが、マウンズ・ランディングから流れ込んだ水は、ナイヤガラ瀑布よりもすさまじかった。知ってたか?」

「いや」

「事実だ。四分の三哩決壊して、そのときそこで堤防工事の連中が三百人流された。新聞が嘘じゃなけりゃ」

「嘘つく新聞もある」

「不穏分子が決壊させたのかもな」ハムがいった。

　インガソルは答えなかった。壊れかけた丸太の扉が自分と女のあいだで閉ざされたときの女の目と、赤ん坊を胸にきつく抱き締めていた女のようすが、目に残っていた。

　暗くなりはじめていたし、野宿にちょうどよさそうな場所だと、ハムがいった。ふたりは馬をおりて、ハムが長靴をひっぱり、脱げたときに水を吸うような音がした。ハムが靴下を脱ぎ、ふやけてキノコみたいになっている爪先を見た。

　インガソルはマンドリンを出し、赤ん坊がそばにいて、ステットソンに収まり、聞いていてくれればいいのにと思った。弦巻をひねって音を合わせ、短い節回しをひとつ弾いてから、また音を合わせた。ハムは火の世話をしていた。

　また曇った夜。「星が見えないのにはうんざりだ」インガソルはいった。

「雨が降らないだけいいと思え」ハムが、メスカルの革水筒の栓を取った。

　インガソルがようやく弦をはじきはじめると、ハムがお気に入りの話をはじめた。「かわいいパティ・ヘイズがミシンがほしいと思ったときの話はしたっけ？」

　インガソルが答える前に、ハムが警戒する姿勢になり、三〇‐三〇口径のライフル銃に手をのばした。一秒後に、インガソルにも聞こえた。乾いた泥が割れる音。ふたりとも、横に転がって焚き火から離れ、音が聞こえた闇に狙いをつけた。

「撃たないで。赤ちゃんを連れてきた」

「まったくもう」ハムが、暗闇に向けて吐き捨てるようにいった。「おまえ、頭を吹っ飛ばされるところだったぞ。だいいち、メスカルをこぼしちまったから、当然の報いだっただろうよ」

ディキシー・クレイが、火明かりのなかに進み出た。赤ん坊を抱き、額からすこし血が出ていた。インガソルのほうを見た。

「だいじょうぶかい?」インガソルはきいた。

「ええ」

「やつら、追ってくるか?」

「いいえ」

「怯えてるな」

「赤ちゃん……あそこだと危ない。あのひとたちといると」

インガソルは、ハムのほうを見た。ハムは目を向けようとせず、火の前に座っている。枝で長靴の泥をこそげ落としはじめた。

インガソルは、ディキシーがつづきを話すのを待ったが、つづきはなかった。「あいつら、あんたの赤ん坊を食ったんだな?」インガソルは、ついにそうきいた。

ディキシーが、うなだれた。

「そうなんだな? おい。あんたにきいてるんだ。答えなかったら、あそこに連れ戻すぞ」

「ええ」

「なにが?」

「ええ。食べたの。あの子は死んでたし、食べないと、飢え死にするからって」

「でも、こいつは食わねえさ」ハムがいった。「食い物がある。すこしはやったからな」

ディキシーが、胸の上のほうに赤ん坊を抱き直した。インガソルのシャツにまだくるまっていた。

「そうだろ?」ハムが、返事をもとめた。

ディキシーは、インガソルを見ていた。「あのひとたち、どうかしてる。なんか狂ってる」

ハムが、また長靴の泥を落としはじめた。

「座れ」インガソルはディキシーにいって、自分の寝袋を指差した。赤ん坊を抱いたまま、ディキシーがどた。

さりと座った。赤ん坊が大きなあくびをした。血色がよくなっている。

インガソルは、背嚢をあけて、林檎を差し出した。

「いらない」

だが、インガソルは林檎を投げ、ディキシーは赤ん坊を揺らさずに片手で受けとめた。

「食べろよ。さもないとそのちびもあんたも、犬死にすることになるぞ」

ディキシーがひと口かじり、腕に抱いた赤ん坊を見てから、視線を戻した。「あたしたち、どうなるの？」

インガソルも、おなじことを考えていた。


翌朝、インガソルが目を醒ますと、ハムがとっくにコーヒーをいれて、五十ヤード離れた泥水溜まりに向けて小便をしていた。インガソルは、焚き火の燃え殻のほうを見た。昨夜、ディキシーのために、火のそばに寝袋を敷いてやった。ディキシーは赤ん坊に添い寝して眠り、額の血が赤ん坊の頬にくっついて乾いているのが、曙光のなかで見えた。あの子の名前はなんだろうと、インガソルははじめて考えた。

すばやく起きあがり、ハムが鞍袋を載せているところへ行った。ふたりは、太陽の端っこが茶色い平らな世界の上にやっとのことで昇り、泥水溜まりが銅の塊みたいな光沢を帯びているほうを向いて立った。「おまえ、どうする気だ？」ハムがきいた。

「ふたりを置いていけない」

「置いてけるさ」

「できない、ハム」

「おまえはふたりを結び付けて、赤ん坊の命を救ったじゃねえか。どこかで、自分の仕事に戻らなきゃならねえ。おれたちの仕事にな」

インガソルは、朝陽を眺め、無言で立っていた。

「くそ」ハムがつぶやいた。

「おれは死んだといってくれ。戻ったら」

ハムが、溜息をついた。「そいつはまんざら嘘じゃねえ。自分の予言どおりになるだけのこった。盗賊や無政府主義者の不穏分子やパーチマンの脱獄囚に殺られなくても、クーリッジ大統領《おやじ》に消されるさ。よけいなことを見過ぎたからな」

「なんでも、やらなきゃならないことをやってくれ」

「そうするさ、イング。こんちくしょう」

ふたりは握手を交わし、長いあいだたがいの目を見つめていた。インガソルは、ハムの目になにひとつ見えなかったので、自分の目にはなにが見えたのだろうと思い惑った。ハムがこっちを殺しても、それはたんに職責を果たしているだけだということに、はじめて気づいた。だが、ハムはただうなずいて、向きを変え、インガソルも向きを変えて、燃え殻をかきたてにいった。それから、眠っているディキシーの上に身をかがめた。恐怖から解き放たれて安心した顔で、泥と血にまみれていても愛らしかった。大きな茶色の目と茶色の髪で、きれいにしようと思えば、きれいにできるはずだ。赤ん坊も眠っていて、ディキシーの乳首をくわえた口がゆるみ、舌に水っぽい乳がついている。インガソルは身を起こして、ひび割れた革のような大地の向こうで、ハムが鞍の腹帯を締めているのを見やった。

「これが最後だぞ」ハムが大声でいった。めくれた長靴の底を蹴って直し、勢いよく月毛にまたがると、歯を見せて笑った。「ロシア女は、あそこで煙草をすぱすぱ吸えるんだ。五ドル余分に出しゃ、あそこにつっこませてもらえるぞ」

「いや」インガソルも、にやにや笑いながら答えて、片手をあげた。ハムが尻を持ちあげてから馬首をめぐらし、離れていった。月毛が輪形の泥をうしろに撒き散らした。

ディキシー・クレイが目を醒ますと、インガソルは額の手当てをしてやった。そのあいだにディキシーが親指をなめて、赤ん坊の頬の泥と血を落とした。ハムが去ったことを話すと、インガソルは、ディキシーが乳を飲ませられるように、焚き火にかけて温めていた豆の缶詰のほうを向いた。マンドリンをかき鳴らし、ブルース歌手のバーベキュー・ボブに教わった歌を口ずさんだ。ガニ股の女といっしょに泳ぐという滑稽な歌で、歌詞の意味もよくわからなかったが、インガソルも自分の気持ちがよくわかっていなかった。

ふたりは馬にまたがった。ディキシー・クレイが、赤ん坊を抱いて鞍の前に乗り、インガソルは馬首を西に向けた。あと二カ月で十八になると、ディキシーがいった。あそこにいた三人のうちのひとりが亭主だ、と。

「どいつだ?」

「左右の目の色がちがう男」

「名前は?」

ディキシーが口を閉じた。「一回だけいう。でも、二度とその名前をいえっていわないで。わかった?」

「わかった」

「ジェシ・スワン・ホリヴァー」ディキシーが、赤ん坊の額から、蚊を払った。それからふりむいて、インガソルを見あげた。「いまのほうがずっといい」

すこししてから、鞍の上で前を向いたまま、くりかえした。「いまのほうがずっといい」

インガソルの両腕がこしらえたかごのなかでディキシーが眠り込んだあとも、インガソルは馬を進めながら、その言葉をずっと考えていた。リーランドの家で被災地荒らしの盗賊たちを殺したことを思い出した。赤ん坊の母親を殺したことを。その女は、金メッキの四五口径ピストルを持っていて、こちらを撃とうとしていた。だが、こっちが女を撃った。インガソルは、空想のなかで、もう一度女を撃った。女を撃ち、その前に撃った男を撃ち、その前に撃った男、マークト・

トゥリーの盗賊、フランダース沿岸のドイツ兵を撃ち、殺人とマンドリン弾きの人生をずっと遡っていった。ディキシーの亭主とあとのふたりも撃ち殺すべきだっただろうし、殺さなかったのをそのうち悔やむかもしれない。しかし、まだ正午にもなっていなかったし、怪物のような川からもう十五哩も離れて、すこしは星が見える土地に近づいていた。荷が重くなったのに、馬までもが元気になったようだった。

　ディキシーは鞍で眠りながら、舟を漕いでいた。インガソルは、メンフィス・ミニーのブルースを思い出した。シカゴへ行くよ、悪いけど、あんたは連れていけない。それを低く口ずさむと、ディキシーが目をあけた。

「あんた、あたしを捨てるの?」背すじをのばし、首をめぐらして、インガソルの顔を覗き込んだ。

　起きぬけの息がにおった。ディキシーの背中がくっついていた胸が温かい。

「それはなさそうだ」インガソルはいった。

　ディキシーが、角頭に置いたインガソルの手に手を重ねて、指をからめた。胼胝《たこ》だらけなのに気づいただろうかと、インガソルはふと思った。この手が得意な物事を忘れ去るのにはもう手遅れだろうか。いまみたいにディキシーがほほえんでいるときに白く光る、唇の半月型の傷痕のことを不思議に思った。そのうち突きとめればいい。

　赤ん坊を抱いているディキシーの膝もとを覗いた。眠りながら瞼がひくひく動いているが、寝息はやすらかで、胸をふくらましている。その小さな鞴《ふいご》が、自分のこれからの日々を奏でてくれるのだと、インガソルにはわかった。

「夢を見てる」ディキシーがいった。

「そうだ」インガソルはいった。「そうにちがいない」

訳者の補足　この物語は、一九二七年四月に起きたミシシッピ大洪水に題材を得ている。当時、多くのフォーク（or/and ブルース）シンガーがそれを題材に曲をつくった。一九二九年にメンフィス・ミニーが録音した When the Levee Breaks がよく知られていて、レッド・ツェッペリンが演奏している（邦題は〈レヴィー・ブレーク〉）。インガソルが子守唄に口ずさむ工兵の歌が、それである。また、インガソルは、ミニーのブルースだとして、「シカゴへ行く」と歌うが、一九二九年のミニーの録音にその歌詞はなく、これはその後シカゴで活躍したミニーをリスペクトしてツェッペリンがつけくわえたものらしい。それに、ミニーの録音は、この短篇の設定の二年後。とはいえ、一九二七年にすでに歌われて人口に膾炙し、そこに「シカゴへ行く」という歌詞が含まれていた可能性も、ないわけではない。そのあたりは、作者の裁量の範囲であろう。ついでながら、「ガニ股の女」の歌は映画「マッシュ」でも歌われており、ブルースではなく米海軍の春歌らしい。

悪魔がオレホヴォにやってくる

The Devil Comes to Orekhovo

デイヴィッド・ベニオフ／田口俊樹 訳

デイヴィッド・ベニオフ

本篇が収録されている短篇集『99999(ナインズ)』があちらで出たあと、著者ベニオフは本篇を基にした長篇を構想中という噂が流れた。結局のところ、その長篇とは『卵をめぐる祖父の戦争』で、本篇を下敷にしたわけではなかったようだが、ともにロシアを舞台に少年の眼を通して戦争が描かれている。愚かにも人がむごたらしく殺されるのが戦争だ。が、ベニオフの手にかかると、ただそれだけでは終わらない。本作など無意味な人殺しを描きながら、やりきれなさの中にそこはかとないユーモアさえ漂っている。人生はクローズアップで見れば悲劇だが、ロングショットで映せば喜劇というのは、チャップリンの名言だが、悲しみの中に可笑しみを、可笑しみの中に悲しみを見いだすベニオフの身構えのしなやかさ。加えて、人を冷静に観察しながら人を断じないその眼の温かさ。これこそこの作家の作品のなによりの特長だろう。(訳者)

犬たちはすでに野生化し、人里を離れたところでは群れをなしていた。爪《つめ》は長く伸び、濃い毛並みにはブラシがかけられることもなく、アザミのとげがからまっていた。夜明けに行軍が始まると、レクシは見かけた犬の数を数えはじめた。暇つぶしに。しかし、四十匹まで数えたところでやめてしまった。いたるところにいるのだ。用心深く雪の中にうずくまったり、聳《そび》え立つ松の木々のあいだを走りまわったりしながら、レクシたちのブーツの跡を嗅《か》いで、あとを追ってきていた。残飯を狙《ねら》って。

そうした犬たちはレクシを落ち着かなくさせた。時々、彼はうしろを振り向いて一番近くにいる犬たちを指差し、小声で言った。「待て」彼らはまばたきもせず、ただ彼を見上げた。彼らの眼には飼い慣らされていない何かが宿っていた。それは奇妙なほどで、彼らには飼い慣らされた彼らの兄弟たちに見られる特性——みんなで一緒になって人間のご機嫌を取ろうとする性質——が欠けていた。日常的で家庭的な戒律とは無縁の生きものになってしまっていた——キッチンで糞《ふん》をするな。人を咬《か》むな。紫の首輪がまだつけられたままの銀色の毛の雌犬が一匹いたが、その奴隷《どれい》のバッジをほかの犬にからかわれているのではないだろうか。レクシはそんなことを思った。

三人の兵士の中では十八歳のレクシが一番若かった。そんなレクシを最後尾に、彼らは十メートル間隔で——真ん中がニコライ、先頭がスルコフ——一列になって歩いていた。グレーと白の冬用の野戦服を着て、雪が降ってきても濡《ぬ》れないよう、大きな背嚢《はいのう》の上にパーカを掛けていた。みんな猫背の老人みたいだ、とレクシは思った。ライフルのストラップが何度も肩からすべり落ちるので、最後には手袋をはめた手で銃を持っていなければならなくなった。彼はまだライフルの扱いに慣れていなかった。朝取り上げるときにはさほど重く感じられないのに、午《ひる》になると、寒さにもかかわらず汗が下着からしみ出すほどになり、銃の重さのために腕が痛んだ。

学校の友達みんながそうだったが、レクシも軍隊に入隊するのが待ち遠しくてならなかった。十四歳にもなると、彼のクラスの女の子は誰もが兵士に夢中になった。兵士は銃を持ち、制服を着て、軍用車両を乗りまわす。戸外のカフェで兵士が脚を組むと、丈の長い黒いブーツがきらりと光る。十八になっても兵士でない者は女だ。兵士でも女でもなければ障害者だ。入隊してからレクシは一度も故郷に帰っておらず、いつになったら戸外のカフェで脚を組み、くすくす笑っている女の子にグラスを掲げてみせられるようになるのだろう、と思っていた。

そんなことのかわりに今あるのは、雪、雪、雪、雪、雪だ。レクシにはどこも同じに見えた。果てしなかった。どこに向かっているのかということにはまるで注意を払っていなかった。ただひたすら年長の兵士のあとについて歩いていた。顔を起こしたら年長の兵士がいなくなっていたなどということが起きたら、右も左もわからなくなって、この原野から抜け出す望みはまったくなくなるだろう。どうしてこんなところに住みたがる人間がいるのか、彼にはまるで理解できなかった。こんなところのために戦争をするなど言うに及ばず。

彼がチェチェン山地を初めて見たのは、ひと月まえ、彼の所属する歩兵師団を乗せて中央コーカサスを横断していた輸送車隊がダリアル峠の頂《いただき》で、兵士に用足しをさせるために停車したときのことだ。兵士たちは道路沿いに長い列をつくり、狂った人間のように飛んだり跳ねたりしながら宙に小便を飛ばした。雪だらけの広大な彼方《かなた》に身をひそめる敵に向けて、脅しや罵《のの》りのことばを叫びながら。

その日の午後は寒かった。それ以来、朝も夜もずっと寒く、今も寒かった。あまりに寒く、歯まで寒かった。口で息をすると、咽喉《のど》が痛んだ。鼻で息をすると、頭が痛くなった。しかし、三人の中では彼が一番若くて、彼は兵士だった。だから一度も不平は言わなかった。

一方、スルコフとニコライは始終文句をたらたら垂れていた。ふたりは午前中ずっと互いに怒鳴り合ってもいた。ここの丘々には武装ゲリラがひそんでいる。それぐらいレクシにもわかっており、首領——現在この地を支配している盗賊、〝力を持った盗賊〟——ヴォル・ヴ・ザコーニエ——にロシア兵をひとり差し出すごとに報奨金が支払われると聞いたことがある。実際、自分のペニスを口にくわえさせられたロシア兵の死体が時々電柱に磔《はりつけ》にされているのが発見される。また、グロズヌイやウラジカフカスでは少数派のロシア人の家の玄関先に、切断された兵士の頭が置き去りにされたりすることもある。だから、レクシにはスルコフとニコライが無謀にも大声で怒鳴り合っているのがどうしても理解できなかった。ただ、彼らは古参兵だった。ふたりとも大規模な戦闘の経験者だった。だから、レクシはあえてふたりに問い質《ただ》そうとは思わなかった。

「フレブニコフに指揮を執らせりゃいいのさ」と今スルコフは言っていた。「そうすりゃ、こんなところは二週間できれいになる。ここには十二人の豚野郎がいて、ほかの豚野郎全員にあれこれ指示を出してる。フレブニコフに任せりゃ、その十二人をさっさと片づけちまうだろうよ。パン、パン、パンってな」スルコフは人差し指と親指で銃をつくり、見えない十二人を撃った。彼は手袋をしていなかった。ニコライもしていなかった。レクシはそんな彼らの赤くなった剝《む》き出しの手を見ただけでよけいに寒くなった。

スルコフは痩《や》せていたが、疲れを知らない男だった。ずっと文句を垂れながら、歌を歌いながら、深い雪の中を休みなく何時間も歩くことができた。左右対称でない顔をしており、片方の眼がもう一方の眼よりいくらか上にあった。そのため始終何かを疑っているように見えた。ぼさぼさの茶色の髪が白い防寒帽の下からこぼれていたが、その帽子はリヴァーシブルに——内側が夜間行動用の黒になっていた。レクシは規定どおりにまだ頭を剃《そ》っており、ヘルメットがないといかにも無防備な気がしたが、ヘルメットめがけてスルコフとニコライに小石を投げつづけられた挙句、あとに置いてきていた。古参兵でヘルメットをかぶっている者はひとりもいなかった。ヘルメットというのは男らしくないものと考えられていた。シートベルトのように。ヘルメットは国連監視団とフランスのジャーナリストだけのものだった。

ニコライは、スルコフよりさらに髪が長く、がっしりとした骨格で、眼は青く、まるでアメリカの映画スターのようだった。口を開かないかぎり。ひどい乱杭《らんぐい》歯《ば》なのだ。そのことを気にしていたとしても、本人がそうした素振りを見せることはなかったが。しょっちゅうその乱杭歯を見せて笑い、それはまるでそのギャップを指摘できるならしてみろと挑んでいるかのようだった。これまでのところ、そんなことをした者はいなかった。

「フレブニコフがここに投入されるわけがない」とニコライが言った。「おまえは何かといや、フレブニコフ、フレブニコフだけどさ。だからなんなんだよ？　そんなのありえないんだよ。フレブニコフは戦車だ。戦車なんかここには投入されない。こんなことには」

——ニコライはそこでレクシを無視して、自分とスルコフの行軍を手で示した――「おれたちがやってることにはなんの意味もないんだよ。これはゲームさ。ほんとうのこと知りたいか？　モスクワにしてみりゃ、おれたちが死んだほうがいいのさ。おれたちが死にゃ、新聞がわめきたて、政治家がテレビに出てわめきたて、それでもって、ほんとの戦争が始まるって寸法なのさ」

〝モスクワ〟ということばを口にするとき、ニコライとスルコフは決まって何かを冒瀆《ぼうとく》するように言った。通常の罵りことばはいかにも気楽になめらかに出てくるのに、〝モスクワ〟には掛け値なしの悪意と毒が込められた、まるで呪詛《じゅそ》のように口にした。古参兵の大半がそういう物言いをし、彼らのその感情の激しさにレクシはいつも驚かされた。ニコライとスルコフはたいていのことを真面目《まじめ》に考えておらず、スルコフはガールフレンドから来た手紙を声に出してよく読んだ。わざと高くした声を震わせて。「あなたが恋しいわ、ダーリン。朝起きたときからもうわたしはあなたを恋しがっている」そのあとニコライとふたりで馬鹿《ばか》笑いをするのだ。ニコライのほうはある夜、骨ガンで長く辛《つら》い闘病生活の末に亡《な》くなった自分の父親の話をしたあと、肩をすくめ、ウォッカを垂らしたコーヒーをマグから飲みながらこんなことを言った。「まあ、親爺《おやじ》も長生きしすぎたのさ、お迎えはもうとっくに来てたのに」

一週間前、彼らは未舗装路を進んでいた。人員輸送車両のタイヤ跡の上を歩いていた。雪道は溝ができて平らになっているところのほうが歩きやすいからだが、そこで痩せこけた犬の死骸《しがい》に出くわした。すると、スルコフがその犬の前肢《まえあし》を持って道の真ん中に引きずり出した。クロウタドリがその犬の眼と睾丸《こうがん》を抉《えぐ》り出していた。スルコフは片手で犬の首をつかみ、その凍った死体を持ち上げて後肢で立たせ、人形つかいの人形に見立てて、ファルセットでザーナ・マトヴェイエヴァの歌を歌いはじめた。

「〝どうしてわたしから去っていくの、ダーリン、どうしてわたしから去っていくの、わたしの眼はあなたしか見えない、ダーリン、わたしの眼はあなたしか見えない〟」

ニコライは体を折って、手を両膝《りょうひざ》について笑い転げた。頭上を旋回していたクロウタドリが飛び去るまで笑いつづけた。レクシも笑みを浮かべた。笑みを浮かべないと礼を失することになりそうだったので。それでいて、眼を抉られた犬の顔から眼が離せなかった。誰かが犬の額を撃っていて、コイン大の穴があいていた。装甲兵員輸送車隊の誰かが射撃練習でもしたのだろう。

レクシはとても迷信深かった。世界には動物がたくさんいて、その動物たちはみなお互いをよく知っており、野生の世界には秘密の会議があってそれぞれの動物の問題が話し合われ、討議される、などと祖母に教えられたあと、学校の仲間がパチンコで鳩《はと》を撃って殺してしまい、その一年後にその仲間の姉が交通事故で死ぬということがあった。レクシはそれを事故とは思わなかった。ほかの鳥たちが共謀して復讐《ふくしゅう》を果たしたのだと信じて疑わなかった。

「アレクサンドル！」

レクシは雪から眼を上げた。ニコライからずいぶん遅れてしまっていた。彼は慌《あわ》てて小走りになり、転びそうになった。ライフルを持っていると、体のバランスを取るのがむずかしかった。年長の兵士の後方十メートルばかりにまた近づくと、彼は立ち止まってうなずいた。が、ニコライは指を曲げ、もっと近づくように身振りで示した。スルコフは坐《すわ》り込み、その場でにやにやしながらふたりを見ていた。

「誰がおれの背中を見てる？」レクシが近づくと、ニコライは言った。

「自分です。すみません」

「ちがう。もう一度言ってみろ。誰がおれの背中を見てる?」

「自分です」

ニコライは首を振り、ちらっとスルコフを見やった。スルコフは肩をすくめた。「誰もおれの背中を見てない」とニコライは言った。「おまえは雪を見てる、犬を見てる、空を見てる。まあ、よかろう、おまえは芸術家なんだろうよ、きっと。で、頭の中で構図でも描いてるんだろうよ。そういう気持ちはわからないでもない。だけど、言ってくれ。おまえがそういう絵を描いてるとすれば、誰がおれの背中を見てる?」

「誰も見てません」

「ああ、そこが問題だ。わかるか、おれはスルコフの背中を見てる。だから誰にもスルコフをうしろから襲えない。おれが彼を守ってるからだ。だけど、おれのことは誰が守ってくれてる? おまえが傑作を描いてるあいだ、誰がおれを守ってくれてる?」

「すみません」

「おれはこんなくそみたいなところで死ぬつもりはないんだよ、アレクリンドル。わかったか? おれはこんなところで死にたくない。だからおまえがおれを守って、おれがスルコフを守る。それでみんなもう一日生き延びられる。わかるか?」

「はい」

「おれの背中を見てるんだ」

また行軍が始まり、スルコフとニコライはもとの歌詞を猥褻《わいせつ》なものに変えてビートルズの曲を歌いだした。レクシはすぐに思った。だったら、おれの背中を見てくれてるのは?

三人の兵士は松の小さな森のはずれ、大きな屋敷の建つ丘を一キロたらずくだったところで立ち止まった。モルタルを塗った高い石塀がその屋敷の敷地を取り囲み、彼らがいるところからだと、どんなに頑張っても板葺《いたぶ》きの屋根と煙突しか見えなかった。邸宅と彼らのあいだには雪原が延々と広がり、その日最後の陽の光を受けた高い木々の影が雪原に伸びていた。

スルコフが双眼鏡をレクシから取り戻し、のぞき込んで言った。「あそこからだと谷全体が見渡せる。煙突から煙は出てない。だけど、おれたちが煙を探すとぐらいやつらだって知っている」

ニコライはスルコフの背嚢から煙草《たばこ》の葉と巻き紙を入れたビニール袋を取り出し、木の幹にもたれて煙草を巻いていた。暖かい部屋の中で椅子《いす》に坐り、テーブルの上で巻き紙をたいらに伸ばしてもよければ、レクシにもまともな煙草を巻くことができた。が、ニコライは風の中でも闇《やみ》の中でもどこでも一分以内に巻いて、煙草の葉を少しもこぼさなかった。レクシはそれにはいつも驚かされた。ニコライは、車を運転してでこぼこ道を走っているようなときでさえ、ラジオに合わせて歌を歌いながら巻くことができた。

巻きおえた一本を口にくわえ、スルコフの背嚢にビニール袋を戻すと、ニコライはレクシに火をつけさせ、無精ひげの生えた頬をくぼませて貪《むさぼ》るように吸った。そして、煙を吐くと、煙草をレクシに渡して言った。「情報部によると、ここ三日間あの家に明かりはともってないそうだ」

スルコフが吐き捨てるように言った。「情報部なんて、自分のケツに半分突っ込まれたって、おれのチンポがどこにあるかもわからないようなやつらさ。やつらもやつらの守護神もくそくらえってんだ。アレシュコフスキーが言ってたけど、先週の週末、やつらは何人かでピツンダ（黒海沿岸にある避暑地）にヘリを飛ばしたそうだ、女を買いに。おれたちゃこんなところでタマを凍《こご》えさせてるってのに、やつらはやりまくってやがるのさ」

「だから」とニコライは言った。「やつらはおれたち兵士を三人ここへ送り込んだんじゃないか。つまりやつらの考えはこうだ。A——屋敷が空《から》なら、いただきゃいい。けっこうけっこう、谷を見渡すのに絶好の監視場所が手にはいる。B――テロリスト軍団の半分があそこにいたら、おれたちは死ぬ。けっこうけっこう、これで一気におれたちは意味のある存在になる。おれたちは殉職者になって、そこからほんとうの戦闘が始まる。そういうことさ」

「おれは意味のある存在になんかなりたくないな」とレクシが煙草をスルコフに渡しながら言った。年長の兵士は怪訝《けげん》な顔でいっとき彼を見てから、笑いだした。ふたりが自分を嘲笑《あざわら》っているわけではなく、ほんとうに面白がって笑っていることがレクシにわかるにはほんの少し時間を要した。

「ああ」とニコライがレクシの背中を叩《たた》きながら言った。「それはおれもだよ」

　日が暮れると、彼らは寝袋を広げて交替で睡眠をとった。必ずひとりが見張りをした。レクシは最初の見張り番を引き受けたが、ニコライと替わったあとも寝つけなかった。数分おきに犬が吠《ほ》え、仲間がそれに応じ、孤独な彼らが互いに呼び合う声が丘々にいつまでもこだました。そばの木の枝ではフクロウが鳴いていた。レクシは寝袋にくるまり、松の枝越しに空を眺めた。半月が空を照らしていて、雲のシルエットが視野にはいってきたり、視野から出ていったりしていた。レクシは少しでも寒さを防ごうと膝を胸に押しつけ、風に吹かれた松の落ち葉が頬を刺すたび、身をちぢこまらせた。ニコライが新しく巻いた煙草を吸うのと、眠っているスルコフが歯ぎしりをするのが聞こえた。

　数時間後には、今夜までは見たこともなかった家のために、会ったこともない男たちと戦うことになるかもしれないのだ。レクシはこれまで誰かを侮辱したこともなければ、誰かのガールフレンドとセックスしたこともなかった。金を盗んだことも、誰かの車に自分の車をぶつけたこともなかった。それでも、ここにいる男たちは――ここにそういうやつらがいるとすれば

──彼を殺そうとするだろう。そのことがレクシには、なんとも奇怪なことに思えた。見知らぬ人間が彼を殺そうとすることが。彼のことを知りもしないのに。それでも、彼らは彼を殺そうとするのだ。彼のしてきたことにはまったくなんの意味もないかのように。彼が心に思ったことすべてにもなんの意味もないかのように。彼がキスをした女の子たちにも、父親と一緒に出かけた狩猟旅行にも、彼が七歳のときに母親のために描いて、今でも額に入れて母親の寝室の壁に掛けられている牛の絵にも、幾何のテストのときにカーチャ・ズブリツカヤの肩越しにこっそりのぞき見ようとしたのをルコニン老先生に見つかって、すぐに立たされ、ほかの生徒たちが机を叩いて笑う中、〝ぼくはアレクサンドル・ストレルチェンコです。ぼくはカンニングをしようとしました。うまくできもしないのに〟と大きな声で繰り返し言わされたことにも。確かに、これらの思い出はアレクサンドル・ストレルチェンコの思い出だ。だけど、だからなんなのか？　なんの意味もない。そんなものはどれもここでは現実と言えなかった。今ここで現実なのは雪とそばにいる兵士と丘の上の屋敷だけだ。どうしてあんな家が必要なのか？　そう、谷を見下ろすためだ。だったら何を見るのか。木々、雪、野生化した犬、遠くにぼんやりと見えるコーカサスの山々。レクシは寝袋の中で体をまるめ、切断された自分の頭がグロズヌイのどこかの家の玄関先に置かれているところを想像した。自分の眼が氷の上の魚の眼のようになっているところを。

彼の兄が働いている故郷の壜詰《びんづ》め工場ではちょうど深夜勤務が始まった頃だった。軍隊に入隊してなければ、レクシも今頃そこにいるはずだった。埃《ほこり》のこびりついた鉛ガラスの窓と、柔らかくて安定した頭上の黄色い照明のある暖かい建物の中に。コンヴェヤーのベルトが故障して、彼はその修理を頼まれているかもしれない。壊れたローラーを交換して、ゴムのベルトを溝にまた戻しているかもしれない。ラジオが柔らかな音を出していて、現場主任と政治に関するおしゃべりをしているかもしれない。誰もが誰もを知っている。みんな一緒に育った仲だからだ。もちろん仲のいいやつもいればそうでないやつもいる。でも、それにはみなそれぞれ理由がある。ボボが好きなのは、まあ、ボボはレクシのアイスホッケークラブのゴールキーパーだからだ。ティムールが嫌いなのは、ティムールの奥さんがすごい美人で、ティムールがアメリカにいる兄から送ってもらったリーヴァイスのぴっちりとしたジーンズを穿《は》いているからだ。それぞれ理屈がある。だから人生も意味のあるものになる。夜には自分が冒険をしている夢も見るかもしれない。吹雪の丘のてっぺんに建つ屋敷の夢――チェチェンのテロリストと戦い、ライフルを脇《わき》に置いて雪の中で眠る夢を見るかもしれない。でも、それはただの夢だ。朝になれば、コーヒーを飲みながら、新聞を読み、チェチェン共和国でまた三人の男が殺されたことを知り、悲しげに舌打ちしたりする……

午前三時、彼らは丘をのぼった。背嚢《はいのう》は防水シートにしっかりくるんで雪の中に埋め、折れた枝と松ぼっくりを目印にして、その場に置いていった。月の光が明るく、懐中電灯は要らなかった。スルコフとニコライはほとんど無言で歩いており、まるで別人になってしまったかのようだった。互いの顔を黒く塗り、レクシの顔も黒く塗り、腕時計をポケットにしまい、帽子を裏返しにしてかぶっていた。

石塀までたどり着くと、塀に沿って裏口にまわり込んだ。番犬がいるようなら、もうとっくに吠えはじめているはずで、これはいい徴候だった。裏口の門扉《もんぴ》に鍵《かぎ》はかかっておらず、風に吹かれ、音を立てて前後に揺れていた。これまたいい徴候だった。彼らは足音を忍ばせて敷地内にはいった。まとまりのないだだっ広い敷地で、手入れもされていなかった。雪の重みで屋根がたわんでいる白い東屋《あずまや》が古井戸の脇に建っていた。

屋敷の大きな窓は銅で縁取られ、明かりはどこにもついていなかった。兵士たちは手だけの合図でそれぞれ持ち場についた。スルコフが裏口のドアに近づき、ニコライとレクシは腹這《はらば》いになり、スルコフの両脇を狙《ねら》って銃を向けた。スルコフはちらっとふたりを振り返り、肩をすくめ、ドアノブをまわした。ドアはすんなり開いた。

中には誰もいなかった。彼らは懐中電灯をライフルの銃身に取り付け、一階と二階、それに地下室を調べた。爆弾の仕掛け線の銀色のきらめきとパンケーキ型地雷のつや消しされた灰色を見落とすまいと、ゆっくり慎重に。ベッドの下も、クロゼットの中も、シャワー室も、地下室のワインラックも、モダンなトイレの水槽の中も調べた。レクシは冷蔵庫を開けて、息を呑《の》んだ。庫内灯がついたのだ。

「電気」と彼はつぶやいた。信じられなかった。彼は明かりのスウィッチのところまでいくと、ひねった。キッチンが輝いた。黄色いタイルの床も、木のカウンターも、大きな黒いレンジも。スルコフがブーツの音をタイルに響かせて飛んできた。そして、すぐに明かりを消すと、レクシの顔を平手で叩いた。

「この馬鹿《ばか》」

捜索が終わると、ニコライが基地に無線で連絡を取った。そして、じれったそうにうなずきながらしばらく指示を聞いてから交信を切って、ほかのふたりを見上げた。彼らは書斎にいて、ニコライのそばに集まっていた。「われわれはここにいて待つ」

その部屋は壁が造りつけの本棚になっていて、棚に並べられた本の上にさらに収容量を上まわる本が何冊か重ねられていた。本は部屋の隅にも山積みになっており、革張りのソファの上にも散らばり、大理石の暖炉の炉棚の上にも危なっかしく置かれていた。

レクシの顔は恥ずかしさのためにまだ赤らんでいた。自分が平手打ちに値することをしてしまったことは彼にもよくわかっていた。自分が愚かなことをしてしまったことは。それでも、やはり怒りは収まらなかった。自分のガールフレンドが金を盗んだりしても、スルコフはきっとあんなふうに平手打ちをするのだろうと思い、そんなふうに敬意のかけらもなく扱われたことが苛立《いらだ》たしかった。拳固《げんこ》で殴るのには値しないかのような扱いを受けたことが。

そんなレクシを見て、ニコライが言った。「なあ、スルコフがなんで怒ったか、それはおまえにもわかってるんだろ?」

「はい」

「冷蔵庫を開けるまえにおまえはちゃんと調べたか?」とニコライは言った。「爆弾の仕掛け線が取り付けられていないかちゃんと調べたか? おまけにおまえは明かりまでつけた! これで谷にいる全員におれたちがここにいることがわかっちまった。もっと注意を払うことだ。注意を払わないと、いずれおまえは死ぬことになる。おまえが死ぬぶんには別にかまわない。だけど、おれたちまでその道づれにされるのはごめんだ」

スルコフが笑みを浮かべて言った。「すみませんでした、とおれに言え。そうしたら、おれも謝ってやる。さあ。手を出せ」

いつまでも恨みを抱いていることはレクシにはできなかった。手を差し出して彼は言った。「すみませんでした」

「馬鹿」とスルコフは差し出されたレクシの手を無視して言い、ニコライと馬鹿笑いしてふたりとも書斎を出ていった。

彼らはブルーのタイルが張られたバスルームで、貝殻の形をした石鹸《せっけん》で顔の塗料を洗い落としてグリーンのハンドタオルで拭《ふ》いた。それから戦利品を求めて部屋の探索を始めた。レクシは二階を担当した。しばらくひとりになれるのがありがたかった。興味を惹《ひ》くものには何にでも懐中電灯の光をあてた。そして、以前は屋敷の主《あるじ》が寝ていたと思われる大きな部屋にはいり、感嘆してベッドに見惚《みと》れた。こんなに大きなベッドを見たのは初めてだった。兄が結婚するまで、彼はこのベッドの三分の一ぐらいの大きさのベッドで兄と一緒に寝ていた。

ナイトテーブルの上に青い陶器の電気スタンドがのっていた。その電気スタンドの下に、ソーサーにのせられたティーカップがひとつ置かれていた。カップのふちに赤い口紅がついており、ソーサーの上に紅茶が少しこぼれていた。

壁ぎわに、真鍮《しんちゅう》の把手《とって》のついたどっしりとした黒い化粧簞笥《けしょうだんす》が置かれていた。その上に薬瓶、長い白髪がからまったブラシ、コインでいっぱいの陶器のボウル、カットグラスの香水の瓶、ぴりっとしたにおいのするフェイスクリームの容器、それに銀の写真立てに入れられた写真が置かれていた。その写真の中の一枚がレクシの眼を惹いた。彼はその白黒写真を取り上げた。真っ黒な髪をした女がカメラのレンズをじっと見すえていた。ちょっぴり退屈そうで、それでもまだまだ遊びたがっているようにも見える、彼の故郷の若くてきれいな妻たちがみな浮かべているのと同じ表情をしていた。黒い眉《まゆ》が互いに接近し合っていたが、くっついてはいなかった。

レクシはその写真を見て、奇妙な感覚を覚えた。この女にはいつかこんなふうに見られることがわかっていたのではないか。シャッターが押されたあと何年も何年も経《た》って、今日のような日がやってきて、ライフルを肩に掛けた見知らぬ相手に顔を懐中電灯で照らされ、名前はなんていうのだろう、などと思われることをこの女は予期していたのではないか。

二階のほかの部屋も調べてから、レクシは階下《した》に降りた。写真立てに入れられたその写真をまだ手に持ったままでいることに、暗い書斎にはいってやっと気づいた。マッチの火がついたのが見え、彼はその方向に懐中電灯を向けた。スルコフとニコライは革のソファに寝そべっていた。ブーツも靴下も脱いで、そのくさい足をガラスのコーヒーテーブルにのせていた。彼らはパーカもセーターも脱いでいた。下着のシャツに汗じみがまだらにできていた。葉巻を吸っていた。彼らの脇の床には銀製品が山のように置かれ、レクシが懐中電灯の光をあてるとひんやりとした月影のように光った。給仕用のトレイに燭台《しょくだい》、蓋《ふた》付きの深皿、大さじ、ナプキンリングにデカンター。これらの戦利品をどうやって家まで持って帰るつもりなのだろう、とレクシは思った。もしかしたらそんなつもりはないのかもしれない。ただ宝物を積み上げて、眺めているだけで満足なのかもしれない。ニコライの膝《ひざ》の上には、白いネグリジェを着た、二フィートほどの高さの陶器製のブロンドの人形が置かれていた。ニコライはその人形の太腿《ふともも》を撫《な》でながら、レクシにウィンクをして言った。

「おまえ、暑くないのか？」

そのとおりだった。暑かった。あまりに長いこと寒かったので、暑すぎるぐらいでちょうどよかったのだろう。レクシはライフルを本棚に立てかけ、暖炉の炉棚に慎重に写真を置くと、パーカを脱いだ。

「ここに住んでたやつらはすごく慌《あわ》てて逃げ出したんだよ」とスルコフが言った。「電気もそのまま、暖房もそのままなんだから」彼は葉巻の先を見て、火の具合を点検した。「葉巻まで置いてったんだから」

ニコライが身を乗り出し、コーヒーテーブルの上の葉巻の木箱を取り上げてレクシに言った。「ほら。おまえもやれ」

レクシは一本選んで、端を嚙《か》み切り、火をつけると、火のはいっていない暖炉のまえの絨毯《じゅうたん》に寝転がって懐中電灯を消した。彼らはしばらく押し黙り、暗闇《くらやみ》の中で葉巻をふかした。暖かい部屋の中で寝転がり、上等の葉巻をふかすというのはなんとも気持ちがよかった。外では強い風が吹いており、その音が聞こえた。レクシはここ数週間で今が一番安全な気がした。年長のふたりは彼にやさしくはなかった。が、ふたりには自分たちのやっていることがわかっている。レクシをもっといい兵士に育てようとしているのだ。

「レクシ」とスルコフが眠そうな声で言った。「レクシ」

「はい?」

「冷蔵庫を開けて、何が見えた?」

レクシはこれにもまた何か裏があるのだろうと思って言った。「ねえ、そのことは悪かったたって――」

「いや、冷蔵庫には何がはいってた? ちゃんと見たか?」

「たくさんはいってた。チキンとか」

「チキン」とスルコフは言った。「調理してあるやつか、それともまだのやつか?」

「調理してあるやつ」

「うまそうだったか?」

レクシにはその質問がわけもなく滑稽《こっけい》に思え、笑いだした。ニコライも笑いだした。すぐに三人は腹を抱えて笑いはじめた。

「なんだかなあ」とニコライが言って、葉巻を吸った。先が赤く光った。

「真面目《まじめ》な話」とスルコフが言った。「何ヵ月もそのままになってるみたいだったか?」

「いいえ。とてもうまそうでした、ほんとのところ」

レクシは手を頭のうしろで組んで仰向《あおむ》けになり、チキンのことを思った。それから自分の足のことを思って、ブーツのひもをほどいて脱ぎ、濡《ぬ》れた靴下も脱ぐと、懐中電灯の明かりを爪先《つまさき》にあてて指を動かした。全部そろっていた。長いこと見ていなかった。

「それじゃ」とスルコフが言って上体を起こした。

「そのチキンをいただくとするか」


　彼らは長いダイニングテーブルについて、銀のフォークと木の柄のナイフを使って、ボーンチャイナの皿から食べた。太陽が昇りかけていた。テーブルの上に吊《つ》るされたクリスタルのシャンデリアがその光を反射して、淡いブルーの壁紙にさまざまな色の模様を描き出していた。ニコライのブロンドの人形は彼の横の席に坐《すわ》らされていた。

　ローストチキンは冷蔵庫に入れっぱなしになっていて干からびていたが、悪くはなっていなかった。彼らは骨を噛み砕き、骨髄を吸った。ほとんどまだ手つかずのウォッカを冷凍庫に見つけ、彼らのまえに広がる谷を窓越しに眺めながら、手にずしりと重いタンブラーで飲んだ。

　雪と木々、はるか彼方《かなた》の凍った湖。何もかもが美しく、調和が取れ、純粋に見えた。ニコライが鷲《わし》を見つけて指差し、谷底の上高く舞うその鳥を三人で眺めた。食べおえると、皿をテーブルの中央に押しやり、椅子《いす》の背にもたれ、みな腹をさすった。そして、げっぷを何度もし合い、互いに笑みを交わした。

「で、アレクサンドル」とニコライが親指の爪《つめ》で歯をせせりながら言った。「ガールフレンドはいるのか？」

　レクシはもう一口ウォッカを飲み、アルコールにいっとき口の中を焼かせてから答えた。「必ずしもいないかな」

「なんだ、そりゃ、〝必ずしも〟ってのは？」

「いないってことです」

「でも、女とつきあったことはある？」

　レクシはげっぷをしてうなずいた。「まあ、ちょっちょこと」

「童貞か」とスルコフが自分の名前をナイフでマホガ

ニーのテーブルに刻みながら言った。

「いいえ」とレクシは落ち着いた口調で言った。彼は嘘《うそ》つきではなかった。それは誰もがいずれ気づくことだった。今は彼としても腹を立てるには暖かすぎ、満腹すぎた。「三人の女の子とやりました」

その数に感心したようにニコライが眉を吊り上げて言った。「じゃ、おまえはおまえの故郷じゃもう伝説みたいなやつなんだ」

「キスは十一人」

スルコフがナイフをテーブルに突き立てて怒鳴った。

「この嘘つき野郎！」そう言っただけで、あとはくすくす笑い、またウォッカを飲んだ。

「十一人」とレクシは繰り返した。

「その中にはおふくろさんもはいってるのか？」とスルコフが言った。

「おれ、キスがうまいんです」とレクシは言った。

「みんなにそう言われました」

ニコライとスルコフは顔を見合わせ、笑い声をあげた。「すばらしい」とニコライが言った。「そんなエキスパートとご一緒させてもらえて、おれたちは運がいい。ちょっとやってみせてくれ」彼は人形に手を伸ばしてその髪をつかむと、レクシに放った。レクシはそれを受け取ると、青いガラスの眼をのぞき込んで言った。

「ブロンドは好みじゃないんだけど」ほかのふたりはまた笑った。レクシはジョークがうけて得意になって自分も笑い、ウォッカをさらに飲んだ。

「なあ、頼むよ」とニコライが言った。「おれたちに教えてくれ」

レクシは人形の後頭部を手で支え、上体を倒して色が塗られた陶製の唇にキスをした。眼を閉じて。軍隊にはいる前夜、最後にキスをしたほんものの女の子、十一番目の女の子のことを思い出しながら。

眼を開けると、ニコライが眉をひそめ、手を腰にあて立っていた。「駄目だな」と彼は言った。「情熱はどこにいった？」そう言って、人形の肩を持ってレクシの手からつかみ取ると、怒ったように人形の顔を見つめた。「おまえが愛してるのは誰だい、お人形ちゃん？　アレクサンドルか？　ちがう？　だったらおれか？　おれは信じないぞ。どうして信じられる？」彼は人形の顔を手のひらで包み込むようにして、熱のこもったキスをした。

レクシは大いに感心した。彼のキスよりはるかによかった。それはもう明らかだった。彼としてはもう一度チャンスを与えてほしかった。が、ニコライは人形を脇《わき》に放ってしまった。人形はオーク材のサイドボードの上に乗っかり、仰向けに横たわった。スルコフが拍手をして口笛を吹いた。まるでニコライが自分たちのクラブチームの決勝ゴールを決めたかのように。

「今のがキスだ」とニコライは言って、唇を手の甲で拭《ぬぐ》った。「どんなときにもキスってものは、もう夜明けにはキスが違法行為になるぐらいのつもりでやらなきゃいけない」彼はテーブルの上のウォッカの壜《びん》を手に取り、それがもう空《から》なのに気づいた。「スルコフ！　この呑《の》んだくれのくそが！　全部飲みやがって」

スルコフはうなずいて言った。「いいウォッカだった」

ニコライは悲しそうに壜を見つめた。「冷凍庫にはまだあったか？」

「いや」

「地下室にはワインがいっぱいあるけど」とレクシがサイドボードの端から垂れている人形の小さな黒い靴を見ながら言った。

「そうだ！」とニコライが言った。「地下室だ！」

レクシはニコライに続いて狭い階段を降りた。ふたりともまだ裸足《はだし》のままだった。地下室には窓がなかったので、ニコライは明かりをつけた。部屋の隅にはクモの巣がかかっていた。ビニールのシートを掛けられたビリヤード台が一方の壁に押しつけられて置かれていた。その脇に立てられた黒板には、昔のゲームのスコアがまだ書かれたままになっていた。部屋の真ん中に黄色いおもちゃのダンプカーが横ざまに倒れていた。レクシはそれを取り上げ、動かしてみた。まだ小さい甥《おい》へのいいプレゼントになりそうだった。

ひとつの壁一面がワインラックになっていて、粘土色をした八角形の穴でできた巨大な蜂《はち》の巣さながらだった。それぞれの穴からフォイルで覆《おお》われた壜の先が出ていて、ニコライはそのうちの一本を引き抜いてラベルを見た。

「フランス産だ」彼はレクシに手渡した。「フランスはヨーロッパの淫売《いんばい》だけど、いいワインをつくる」もう二本取り出し、ふたりは戻りかけた。が、階段を途中までのぼったところで、ニコライは手に持っていた二本のワインを上の踏み段に置いて、腰のホルスターから銃を抜き、薬室に弾丸《たま》を送り込んだ。レクシは拳銃《けんじゅう》を持っておらず、ライフルは書斎に置いたままだった。片手にワインのボトル、もう一方の手におもちゃのトラック。何が起ころうとしているのかわからず、彼はただニコライを見た。

「レクシ」とニコライは声を落として言った。「壁に台を押しつけてどうやってビリヤードができる？」

レクシはただ首を振った。年長の兵士が何を言おうとしているのか、皆目見当がつかなかった。

「スルコフを呼んでこい。おまえもライフルを持って戻ってこい」

レクシがダイニングルームにいたスルコフを呼び、書斎からライフルを持って地下室の階段まで戻ったときには、ニコライはもうそこにはいなかった。そこで、ふたりを呼ぶニコライの声がした。「来てくれ、こっちだ。もう終わった」

ふたりが行くと、ニコライははね上げ戸のまえに立っていた。銃はもうホルスターに収められていた。ニコライははね上げ戸から小部屋にはいれるようにするのにビリヤード台を脇にどかしていた。それはもう大変な馬鹿力《ばかぢから》で、レクシにはそのことがあとでわかった。三人の兵士は今、地下のまた地下にある小さな部屋を見下ろしていた。老婆《ろうば》がひとり剝《む》き出しのマットレスに坐っていた。老婆のほうは彼らを見ていなかった。薄くなった白髪をまげに結い、しみだらけの手を膝の上で震わせていた。着ているのは黒のロングドレス、細い銀の鎖につけた黒いカメオを首に掛けていた。マットレスを除くと、電熱器が置かれた小さなテーブルだけがその部屋の家具だった。一方の壁ぎわに缶詰がピラミッド型に積まれ、その横に水がはいっているプラスティック製の水差しがいくつか置いてあり、別の壁にはアルミ製のはしごが掛けられていた。

「ここはあんたの家かい、婆《ばあ》さん？」とスルコフが尋ねた。老婆は何も言わなかった。

「口を利《き》かないんだ」とニコライが言って、しゃがんでドア枠をつかみ、その穴倉のような小部屋にはいった。老婆はそれでも彼のほうを見ようとしなかった。武器を持っていないかどうか、ニコライは紳士的に、しかし、完璧《かんぺき》に老婆の身体検査をした。それから、缶詰のピラミッドを蹴《け》り倒し、ホットプレートの下も調べ、壁の向こうが空洞になっていないかどうかこつこつと叩《たた》いた。

「よかろう」と彼は言った。「婆さんをここから出そう。さあ、婆さん、立ってくれ」老婆は動こうとしなかった。ニコライは彼女の両肘《りょうひじ》をつかんで軽々と持ち上げた。スルコフとレクシは手を伸ばし、それぞれ老婆の片腕を持って引き上げた。ニコライもそのあとから出てきて、三人の男は老婆を取り囲んで見つめた。

今は彼女も彼らのほうを見返していた。その琥珀色《こはくいろ》の眼は大きく見開かれ、怒りに燃えていた。レクシには彼女がわかった。あの写真の若い女だった。

「ここはわたしの家です」と老婆は兵士ひとりひとり

を順に見ながらロシア語で言った。強いチェチェン訛《なま》りがあったが、ひとつひとつの単語を明瞭《めいりょう》に発音した。

「わたしの家です」と彼女は繰り返した。

「ああ、そうとも、婆さん」とニコライが言った。

「おれたちは客だ。だから、おれたちと一緒に階上《うえ》にあがってもらえませんかね」

彼の慇懃《いんぎん》な口調に老婆はいくらか逆にひるんだようで、彼らに大人しく従って階段に向かった。が、ニコライがワインを取り上げると、壜を指差して言った。

「それはあなたのじゃありません。戻しなさい」

ニコライはうなずくと、レクシにワインを渡して言った。「あったところに戻してくれ」

レクシが階上《うえ》にあがると、話し声が書斎から聞こえてきた。書斎にはいると、老婆はソファに坐り、黒いカメオを指にはさんで弄《もてあそ》んでいた。彼女もかつては美しかったと信じるのはむずかしかった。顔の皮膚はたるみ、咽喉《のど》には畝《うね》ができて、しみがまだらに浮き出ていた。そんな彼女の足元に積まれた銀製品が、窓から注ぎ込んでいる陽の光に輝いていた。

スルコフは本棚から革表紙の本を一冊取り出して、一ページめくるごとに指先を舐《な》めながら見ていた。ニコライは暖炉の枠の大理石にもたれ、老婆と向かい合って床に坐っていた。手に鉄製の火掻《ひか》き棒を持っていた。銀の写真立てに入れられた写真はまだ炉棚の上にあった。レクシは戸口に立って、彼女はその写真にもう気づいただろうかと思い、持ってこなければよかったと後悔した。若くて美しい女に自分の将来の姿を見させるというのは恥ずべき行為だ。少しまえにあれほど心地よく飲んだウォッカが今は胃袋の中で燃えていた。

「やめてちょうだい」と老婆が言った。兵士はみな彼女を見た。「それよ」彼女は怒りもあらわに言い、スルコフが指を舐めている仕種《しぐさ》を真似《まね》た。「紙を駄目にしてしまってる」

スルコフは黙ってうなずき、笑みを浮かべ、本を本棚に戻した。ニコライが火掻き棒を持ったまま立ち上がり、一緒に来るようにレクシに合図した。そして、廊下に出ると、ドアを閉めた。ふたりはダイニングルームに向かった。砕かれた鶏《とり》の骨が盛られた汚れた皿が、まだテーブルの真ん中に置かれたままになっていた。ニコライとレクシは高い窓から雪に覆われた谷を眺めた。

ニコライがため息をついて言った。「愉《たの》しいことじゃないが、彼女はもう年寄りだ。今後の彼女の人生はまちがいなくひどいものになるだろう。彼女をアラーのもとに帰してやろう」

レクシは横を向いて年長の兵士を見た。「おれがやるの？」

「そうだ」とニコライは手の中で火掻き棒をくるくるまわしながら言った。「おまえがやることにすごく意味がある。人を撃ったことは？」

「ないです」

「よし。彼女が最初ってわけだ。もちろんわかってるさ、アレクサンドル、おまえだって婆さんなんか殺したくはないよな。誰だってそうだ。だけど、考えるんだ。兵士でいるってことは殺したいやつを殺すことじゃない。それだったらむしろ愉しい、だろ？　憎いやつだけ殺してりゃいいのなら。あの女は、あの婆さんは敵だ。彼女は敵を育て、敵はさらに敵を育てる。彼女に銃や食いものを買い与えられたやつらがおれたちの味方を殺してるんだ。ここのやつら」ニコライは天井を指差した。「ここのやつらはこのあたりじゃ一番の金持ちだ。こういうやつらがテロリストたちに何年も資金提供をしてるのさ。こいつらがテロリストに買い与えた地雷が爆発して、おれたちの戦友の脚を吹き飛ばしてるときに、こいつらは絹のシーツにくるまってぬくぬくと寝てるのさ。テロリストの爆弾がおれたちの酒場やレストランで爆発してるときに、こいつらはフランスのワインを飲んでやがるのさ。つまり、婆さんは無実じゃないってことだ」

レクシは何か言いかけた。が、ニコライは首を振り、火掻き棒でレクシの腕を軽く叩きながら言った。「駄目だ。これは議論しなきゃならないようなことじゃない。今おれたちがしてるのは会話でもない。婆さんを外に連れ出して撃て。ここの敷地内ではやるな。クロウタドリに来られるのは願い下げだ。縁起が悪い。森に連れていって、撃ったら埋めろ」

ふたりは、遠くの湖と、松の木の上で風に吹かれて舞っている雪をただ眺め、しばらく押し黙った。ようやくレクシが言った。「あんたはいくつだったんです？　最初のときは？」

「おれが最初に人を撃ったときか？　十九だ」

レクシはうなずき、口を開いた。が、そのときにはもう言おうと思っていたことを忘れてしまっていた。最後にレクシは尋ねた。「そのときにはどこと戦ってたんです？」

ニコライは笑った。「アレクサンドル、おまえはおれをいくつだと思ってるんだ？」

「三十五？」

ニコライは乱杭歯《らんぐいば》を見せて笑みを広げた。「二十四だ」彼は火掻き棒の先をレクシのうなじに押しつけた。「撃つのはここだ」


彼らは老婆を玄関の間に連れていくと、ブーツを履くように彼女に言った。老婆は両脇に垂らした手を震わせて、彼らを見上げた。かなり長いこと見ていた。レクシは思った。これで彼女がまだ若くてきれいだったら、ニコライたちは彼女をどうしただろう？　さらに思った。彼女がブーツを履くのを拒んだら、どうするのだろう？　どうやって脅すのだろう？　それともここで撃ち殺して森に死体を運ぶのだろうか。レクシはそうなってくれと祈った。彼女がここで寝転がり、立ち上がろうとしなくなり、ニコライとスルコフとしても彼女をここで撃たざるをえなくなることを。しかし、彼女はそんなことはしなかった。ただ彼らを見つめ、最後にうなずいた、あたかも何かに同意するかのように。ドアの脇に置かれた長椅子《ながいす》に腰かけると、毛皮で裏打ちされたブーツを履いた。そのブーツは彼女には大きすぎるように見えた。まるで彼女が子供で、母親のブーツを履こうとしているように見えた。老婆は銀の鎖につけられた黒いカメオをドレスの内側に押し込むと、レクシにはわからない動物の毛皮でつくられた黒っぽいコートを羽織った。

壁に打たれた二本の釘《くぎ》のあいだに、雪掻き用のシャベルが刃を上にして掛けられていた。ヘルコフがそれを取り、老婆に手渡した。老婆は受け取ると、無言でドアから外に出た。レクシはふたりの戦友を見た。これはジョークだと言ってくれることを期待して。誰も今日は殺されないと言ってくれるのを期待して。ニコライが彼の腕を拳固《げんこ》で殴り、この馬鹿と彼に言い、みんなで大笑いするのだ。老婆も笑いながら玄関の間に戻ってくる。彼女もグルだったのだ。すべては悪ふざけだったのだ。しかし、スルコフもニコライもまだ裸足のまま無表情で佇《たたず》み、レクシが出ていくのを待っていた。レクシは外に出ると、ドアを閉めた。

老婆は橇《そり》のようにシャベルを引きずって歩いた。雪は膝《ひざ》にまで達し、彼女は一歩ごとに休まなければならなかった。何度か深く息をついては、また歩きだした。シャベルの刃が彼女の足跡の上で跳ねた。老婆はうしろを振り返ろうとしなかった。ライフルを手に、レクシはそんな老婆の三歩うしろを歩いた。裏門のところまで来ると、右に曲がるように言った。老婆は言われたとおり向きを変えた。しばらく歩いて敷地の表側に出た。ふたりは丘をくだりはじめた。

老婆が立ち止まるたび、レクシは老婆の後頭部を——ヘアピンできれいに結われた白髪のまげを見させられ、それを見るたびだんだん腹が立ってきた。ほかのみんなは屋敷を出たのに、どうして彼女は残ったのか？　みんなに見捨てられたからではない。誰かに助けられてあの地下の小部屋に隠れていたのだから。誰かが現にはね上げ戸の上までビリヤード台を引きずってきているのだから。ただの欲にちがいない。何年にもわたってためた小物――クリスタルカットやらグラスやら銀製品やらフランスワインやら何やらをあきらめることができなかったのだ。屋敷のほかの人間は一緒に出ようと彼女を急《せ》かしたにちがいない。でも、頑固すぎて、理性に耳を傾けることができなかったのだ。この女は頭がいかれているのだ。

「どうして残ったんだ？」と彼はとうとう尋ねた。彼女と口を利くつもりはなかったのだが、気づいたときにはもう言っていた。

　彼女はゆっくりと振り向くと、彼を見上げて言った。

「わたしの家だからよ。あなたこそどうして来たの？」

「もういい」と彼は言ってライフルを彼女に向けた。

「歩け」彼は自分の言うことになど彼女は従わないのではないかと思った。が、言われたとおり、彼女はまた歩きだした。ふたりはレクシたちが背嚢《はいのう》を埋めたところ――屋敷からほぼ一キロほど離れていた――に向かって歩いていた。そこに着いたら、三人分の背嚢を持って戻り、スルコフとニコライの労を減らすのもレクシの役目だった。それは半端《はんぱ》な仕事ではなかった。背嚢を三つも持って丘をのぼるというのは。しかし、こうして丘をくだっているよりずっといい、とレクシは思った。今からしようとしていることは罪だ。彼はそのことを一瞬たりと疑っていなかった。これは邪悪なことだ。老婆の後頭部を撃って、老婆が雪の中に倒れるのを見届け、埋めるなどというのは。これはもう邪悪というほかないことだ。

　自分は臆病《おくびょう》だと彼は長いこと思っていた。夜、兄に幽霊の話をされたりすると、そのあと何時間も眠れなくなったものだ。眠っている兄を揺すって起こし、さっきの話は全部嘘《うそ》だと誓わせたこともある。すると、兄は言うのだ。「もちろんだよ、レクシ、もちろんただのつくり話だ」そう言って、彼が眠りにつくまで手を握っていてくれたものだった。

「彼らはあなたがまだ子供だからあなたを選んだのよ」と老婆が言った。レクシは雪の照り返しに眼を細めながら老婆を見た。

「歩け」

彼女は立ち止まったわけではなかったが。彼女は話しつづけた。「あなたを試してるのよ。あなたがどれほど強いか」

レクシは何も言わなかった。ただ、シャベルが弾みながら斜面をくだっていくのを見つめた。

「彼らにとってはわたしが生きていようと、死んでいようと、どうでもいいことなのよ。それぐらいあなたにもわかってると思うけれど。どうして彼らがそんなことを気にする？　わたしを見て。わたしに何ができる？　彼らはあなたを試してるのよ。わからないの？あなたは利口な人よ。だからわかるでしょ？」

「いや」とレクシは言った。「おれは利口な人じゃない」

「わたしもよ。でも、七十年も男の人たちと過ごしてきた。だから、男の人のことはわかるの。今このときにも彼らはわたしたちを監視してるはずよ」

レクシは丘を見上げ、そのてっぺんに建つ屋敷を見た。老婆の言うとおりのような気がした。ニコライが双眼鏡でふたりのことを見ているような。振り向くと、老婆は苦労しながらも前進していた。吐く息が頭上に立ち昇っていた。今のほうが楽に歩いているように見えた。見かけよりずっと体力がありそうだった。始終立ち止まっていたのは疲れたからではなく、これから起こることをできるだけ遅らそうとしていたのだ。レクシはそう思った。しかし、それは無理もないことだ。レクシもまた結末を恐れていた。

「でも、丘を降りきってしまえば」と老婆《ろうば》は言った。「彼らにもわたしたちはもう見えない。そこであなたはわたしを逃がせばいい。彼らもあなたがそうすることを望んでるのよ。もしほんとうにわたしを殺したがってるのだとすれば、それをあなただけにやらせると思う？　だいたいどうしてこんなに遠くまで、見えないところまであなたにわたしを連れていかせようとしてるの？」

「それはクロウタドリを屋敷に来させないためだ」とレクシは答えて、それが理由にも何にもなっていないことに気づいた。死体は埋めるのだ。なのにどうしてクロウタドリがやってくる？　それに、そもそもニコライは迷信深い男ではなかった。

老婆は笑い、それにつられて後頭部のまげが上下に揺れた。「クロウタドリ？　そう言われたの、クロウタドリって？　これはただのジョークよ、坊や。眼を覚ましなさい！　あなたはからかわれてるのよ」

「お婆《ばあ》さん」とレクシは言ったものの、そのあとに言うことばが見つからなかった。彼女はまた立ち止まると、振り向いて彼を見つめた。微笑《ほほえ》んでいた。歯はまだ全部そろっていたが、黄ばんでいた。歯茎が痩《や》せて、歯が細長く見えた。その老婆の歯を見て、レクシはなぜか無性に腹が立った。数歩すばやくまえに出ると、ライフルの銃口を老婆の腹に押しつけて怒鳴った。

「歩くんだ！」

丘のふもとまであと半分ばかりになったところで、彼女が尋ねた。「どこへ行けばいいか、わたしの孫たちはどうやって知ればいいの？」

「何？」

「わたしのお墓はどこにあるのか、お墓参りにきたとき、どうやれば孫たちにわかるの？」

「何か目印を立ててあげるよ」とレクシは言った。そんなものを残すつもりはなかった。でも、こんな質問をされて、ほかになんて答えればいい？　怒りはもう消えていた。むしろ簡単に怒りを爆発させた自分を彼は嫌悪《けんお》していた。

「この季節に？」と彼女は言った。「そんなことをしてなんの役に立つの？　雪が溶けたら、倒れてしまう」

「だったら、春に立ててあげる」レクシ本人にとってもそのことばは馬鹿《ばか》げて聞こえ、それは老婆にとっても同じだろうことは彼にもよくわかった。が、そんな安請け合いがどれほど現実離れしていようと、老婆は何も言わなかった。

「名前も書いてちょうだい。タマラ・シャシャニ」彼女は綴《つづ》りを言って、レクシに復唱させた。

学校に行っていた頃、レクシはタマラという名の女の子を知っていた。そばかす顔で、肥《ふと》っていて、ロバがいないないいているような笑い声をあげる女の子だった。あの子とこの老婆が同じ名前というのはなんだかありえないことのような気がした。

「それからわたしの生まれ故郷の名前」と老婆はつけ加えた。「それも書いてちょうだい。ジョハール・ガーラ」

「グロズヌイのことだね」

「ちがう。ジョハール・ガーラ。わたしはそこで生まれたのよ。生まれたところの名前ぐらい知ってるわ」

レクシは肩をすくめた。四日前、彼はその市《まち》にいた。チェチェン人はジョハール・ガーラと呼び、ロシア人はグロズヌイと呼ぶ市《まち》に。しかし、チェチェン人が追い払われてしまった以上、あの市《まち》はグロズヌイだ。

「言ってちょうだい」と老婆は言った。「全部覚えた？」

「ジョハール・ガーラのタマラ・シャシャニ」

レクシは眼を半分閉じるようにして、老婆のうしろを歩いていたが、太陽のまぶしさに頭痛がしてきた。

シャベルが雪に小さな跡を掘っており、彼は努めてその跡の中だけを歩くようにしていた。どうしてそんなことに意味があるのか自分でもよくわからなかった。それでも、シャベルが描く平行線からはずれたくなかった。

「悪魔がオレホヴォにやってきた話、あなたは知ってる?」

「いや」とレクシは答えた。

「昔話。わたしがまだ子供の頃に祖父が話してくれたの。悪魔は淋《さび》しかった。で、花嫁が欲しくなった。地獄の宮殿に一緒に住んでくれる相手が欲しかった」

老婆の語り口から、レクシには老婆がその話をこれまでに何度もしていることがわかった。考えて言いよどむことがなかった。適切な言いまわしを探そうともしなかった。老婆が自分の子供のベッドに、次に孫のベッドに腰かけ、彼らの好きな冒険譚《たん》——悪魔がオレホヴォにやってくる物語を語って聞かせている場面をレクシは思い描いた。

「それで悪魔は子分を集めた。世界じゅうに不和の種をばら撒《ま》いてまわってる悪鬼たちをね。集会場に集めて、生きている中で一番きれいな女は誰かって子分に尋ねた。当然のことながら、悪鬼たちは何時間も話し合った。でも、なかなか結論に達しなかった。それぞれが自分のお気に入りを挙げるたびに喧々囂々《けんけんごうごう》、激しい口論になった。悪魔は玉座の肘掛《ひじか》けを長い爪《つめ》でこつこつと叩《たた》きながらそれを退屈そうに見ていた。しっぽがちぎられたり、角がへし折られたりして、それでも最後にやっと年長の悪鬼のひとりが進み出て、ひとりが選ばれたことを声高々に伝えた。その女性の名前はアミナ、オレホヴォの町に住んでいた」

レクシは笑みを浮かべた。聞いたことのある話だった。ただ、彼が知っているヴァージョンでは、その美女はペトリコフ(ベラルーシ共和国の市)に住んでいて、名前はタチヤーナだった。誰から聞いた話だったか、彼は思い出そうとした。

「悪魔は大きな黒馬にまたがり、オレホヴォに向かった。冬のことだった。オレホヴォに着くと、道で出会った子供に、美しいアミナはどこに住んでいるかと尋ねた。そして、その男の子から道順を聞くと、男の子の服の襟をつかんで咽喉《のど》を掻《か》き切り、その青い眼を抉《えぐ》り出してポケットにしまい、死体をどぶに捨てて、また馬を進めた」

そこのところはレクシも覚えていた。見知らぬ人と口を利《き》いてはいけない。それが教訓だ。丘を見上げると、もう屋敷は見えなくなっていた。この女性を逃がしても、それが誰にわかる？　しかし、仲間を見つけたら、彼女は自分の家が三人のロシア兵に占拠されたと伝えるだろう。それで反撃を受けるかもしれない。そんなことになれば、自分が自分で破滅を演出したことを思い知らされながら、死ぬことになる。

「アミナの家を見つけると、悪魔は馬を支柱につないでドアをノックした。肥った女がドアを開け、悪魔を中に招き入れた。悪魔は見るからに紳士らしい身なりをしていたから。女は火の上でぐつぐつと煮えているシチューを掻き混ぜながら尋ねた。〝何を探してるんです、旅のお方？〟悪魔は答えた。〝アミナを探しているのです。大変な美人だという評判を聞いたもので〟

〝アミナはわたしの娘です〟と肥った女は答えた。〝あなたもあの子に結婚の申し込みをしにきたの？　あの子には大勢の求婚者がいるけれど、あの子はこれまでみんな断ってきました。あなたがあの子に捧《ささ》げにに持ってきたものは？〟悪魔は財布を取り出すと、そのひもをほどいた。床に金貨の山ができた。〝これはこれは〟とアミナの母親は言った。〝これでわたしもやっとお金持ちになれる！　あの子に会いにいって。湖にいます。あの子にはわたしの承認はもう得たと言ってちょうだい〟そう言って女が床に坐《すわ》ってお金を数えはじめると、悪魔は彼女のうしろから忍び寄り、彼女の咽喉を掻き切り、青い眼を抉り出して、ポケットにしまった。それから、ひしゃくでシチューをすくい、たらふく食べると、外に出て黒馬にまたがった」

見知らぬ人を家の中に入れてはいけない、とレクシは思った。それに、誰かがうしろに立っているときにお金を数えてはいけない。考えれば考えるほど、レクシにはチェチェン人があの屋敷を攻撃する可能性は低そうに思えてきた。どうしてそんなことをしなければならない？　どんな直接攻撃も迅速な報復攻撃を惹《ひ》き起こす。たとえあの屋敷を奪還できても、それを長く維持することはできない。獲物は車両も大砲も持たないロシア兵三人。多大な危険を冒すには見返りがけちくさすぎる。

「湖にやってきた悪魔は獲物を見つけた。手下の悪鬼たちはまちがっていなかった。アミナは悪魔がそれまでにたぶらかしたどんな天使より美しかった。湖は凍っていて、アミナは氷の上に坐ってスケート靴を履こうとしていた。〝こんにちは〟と悪魔は声をかけた。〝ご一緒させてもらってもよろしいかな？〟アミナは黙ってうなずいた。悪魔はハンサムで身なりも紳士らしかったので。悪魔は馬がいるところまで戻ると、鞍嚢《あんのう》を開けて、鋭いブレードがきらきらと光る、よく磨かれた黒革のスケート靴を取り出した」

子供の頃、この話を聞かされて、レクシは悪魔にはどうしてスケート靴を持ってくることが初めからわかっていたのかと訊《き》いたものだ。誰に尋ねたのだったか。母親だ！　はっきりと思い描くこともできた。ベッドの端に腰かけている母親に、彼は兄と毛布の取り合いをしながら尋ねたのだ。どうして悪魔にはスケート靴を持ってくることがわかっていたのかと。彼が訊くなり、兄がうなって、彼のことを馬鹿呼ばわりした。が、母はとてもいい質問だと言わんばかりにうなずいて答えてくれたのだった——悪魔はその鞍嚢からなんでも出せるの。何しろ悪魔の鞍嚢なんだもの。もし必要だったら、トロンボーンみたいなものでさえ出していたでしょう。

「アミナは悪魔を注意深く観察した」と老婆は続けた。「悪魔が氷の上に坐ってブーツを脱ぐのを。そのとき悪魔の蹄《ひづめ》が見えた。彼女は盗み見たのを悪魔に気取《けど》られないようすぐに顔をそらした。ふたりは湖の真ん中に出てスケートを始めた。悪魔はスケートがとても上手だった。完璧《かんぺき》な8の字を描くことができ、優雅な爪《つま》先《さき》回転ができ、氷上を疾走し、ジャンプして宙でスピンすることもできた。そして、彼女のそばに戻ってくると、大きな青いダイアモンドのネックレスをポケットから取り出し、〝これはあなたのものです〟と言って彼女の首に掛け、留具をとめた。〝さあ、私の国に来てください。私はそこの国王なのです。あなたをこの女王にします。あなたはもう働かなくてもいいのです。国じゅうの人々があなたにひれ伏し、あなたが歩けばいつもあなたのまえにバラの花びらを散らすでしょう。すべてがあなたの望むままです。ただこのことだけを除いて――私の手を取って私の国に来たら、あなたはもう二度と家には帰れない〟」

レクシと老婆は今は狭い沢のようなところを――すべりやすい岩場を歩いていた。太陽に雪が溶け、溶けた水が岩の上を細々と流れていた。危険な足場なのに、老婆は苦もなく歩いているように見えた。まるで山羊《やぎ》のように敏捷《びんしょう》だった。

「アミナは微笑んでうなずき、悪魔の申し出を考えているようなふりをした。そして、気ままなスピードでスケートを始めた。悪魔は彼女のあとを追った。彼女はひたすらすべった。悪魔はそんな彼女をどこまでも追った。先の割れた舌で鋭い歯を舐《な》めながら。しかし、悪魔はその湖のことを知らなかった。彼女は知っていた。魚がはねて蠅や蛾《が》を捕まえる夏の湖も、一部には厚い氷ができ、一部には薄い氷しかできない冬の湖も。

彼女はすらりと痩せた女性で、悪魔は大男だった。彼女は見かけどおりの体重が悪魔にあることを願った」

老婆の話を聞き、その結末を思い出して、レクシは悪魔が気の毒になった。悪魔はそれほどひどいやつなのだろうか。確かに、悪魔は道で出会ったなんの罪もない少年を殺した。しかし、アミナの母親のほうは自業自得《ごうじとく》というものだ。あんなに簡単に娘を売り渡したのだから。そもそも悪魔が望んでいること――それについては誰が悪魔を責められる？　悪魔は世界で一番の美女とただ結婚したいと思っただけだ。そのどこが悪い？

お婆さんは逃がしてやろう、とレクシは思った。ただここから立ち去らせればいい。日が暮れるまでに彼女がどこか安全な場所にたどり着ける確率のほうが低い。でも、チャンスを与えてやるのだ。それ以上何ができる？　これは慈悲だ。ただ行かせてやる。そこまで考えて、レクシはニコライのことを思った。ニコライはきっとどんなふうにやったか訊いてくるだろう。そうなると、嘘《うそ》をつかなければならなくなる。レクシには自分がニコライに嘘をついているところが想像できなかった。レクシは嘘をついたことがなかった。そもそもうまくないのだ。レクシはニコライの顔を思い浮かべ、自分にはあの年長の兵士を欺《あざむ》くことは絶対にできないと思った。かといって、屋敷に戻り、直接命令に従わなかったことを認めるわけにはもちろんいかなかった。

「スケートの下で氷がみしみしと音を立てているのが、ついにアミナの耳に聞こえてきた。悪魔は彼女のすぐうしろにいた。彼女に手を伸ばす悪魔の指の爪と彼女の髪とは数インチと離れていなかった。そして、悪魔が彼女をつかもうと手を伸ばしたそのとき、悪魔の下で氷が割れ、叫び声をあげて悪魔は凍《い》てつくような水中に落ちた。〝アミナ！〟と彼は叫んだ。〝助けてくれ〟アミナはできるだけ早くその場を離れた。そして、湖の畔《ほとり》にたどり着くと、スケート靴を脱ぎ、ブーツに履き替え、町を出てもう二度と戻らなかった」

ダイアモンドを自分のものにして、とレクシは思った。どうせそれはまた目玉に戻ってしまうのだろうが。いずれにしろ、あまりに簡単に罠《わな》にかかってしまう悪魔に子供心に失望したのを覚えている。どうして口から火を噴いて氷を溶かしてしまわなかったのか。

雪溶け水が沢に浅い流れをつくり、レクシのブーツの半分ほどの深さになっていた。レクシは転んで足首でもひねりはしないかと恐れた——捻挫《ねんざ》した足でどうやって丘をのぼって帰れる？ それでも、重たい雪の中を苦労して歩くよりは楽だった。彼は夏の朝早く兄と一緒に起き出して、森の岩の下にナメクジや甲虫を見つけ、それを釣り針に引っかけ、汚染した川にはいって魚釣りをしたことを思い出した。何も釣れず、近くの製紙工場の廃水が魚を汚染してもいたのだが、レクシの兄は朝のあいだずっとジョークを言いっぱなしで、ふたりは川岸に寝転んで、アメリカでプレーしているアイスホッケーのスター選手やテレビに出ている女優のことを話し合ったのだった。

「で、どうなった？」とレクシは老婆《ろうば》に尋ねた。エピローグがあったかどうか思い出せなかったのだ。

老婆は立ち止まると、空を見上げた。彼らの頭上ではクロウタドリが松の枝にとまって、甲高く鳴いていた。「誰も知らない。悪魔は氷の下を泳いで地獄に戻ったっていう人もいるけど。それで、冬になると必ず戻ってきて、アミナの名前を呼んで彼女を探すんだって」

悪魔はほんとうに彼女が好きだったんだ、とレクシは思った。彼はおとぎ話や映画に出てくる悪役をいつも応援していた。彼らに憧《あこが》れているわけでなく、彼らにはそもそもチャンスがないからだ。悪役というのは正真正銘の負け犬だ。絶対に勝てないのだから。

レクシと老婆はしばらくその場に佇《たたず》んだ。吐く息がふたりの頭上で悪霊《あくりょう》のように渦を巻いていた。吠《ほ》え声がして、レクシは聞こえたほうを振り向いた。二十メートルほど離れた大きな岩の陰で、三匹の犬がまだ湯気の立っている鹿《しか》の内臓を貪《むさぼ》っていた。レクシの視線に気づいたようで、三匹同時に頭をもたげると、彼が視線をそらすまで彼のほうを見つづけた。

レクシは丘を見上げた。自分たちはもう丘にはいないことがわかり、足跡を探してパニックになった。狭い沢の岩場に足跡などひとつも残っていなかった。この流れに沿ってどれくらい歩いてきたのだろう？　どこからここに降りてきたのだろう？　眼が届くかぎり高々と伸びている松の木はどれも同じようにしか見えなかった。折れた枝と松ぼっくりが散らばっている溶けかけた雪と木々以外、何もなかった。犬たちに見つめられ、クロウタドリが鳴く中、レクシは方向感覚をまったく失っている自分に気づいた。ライフルを肩からはずして、手袋を取り、コンパスを探してパーカのポケットの中をまさぐった。老婆が振り向いて彼を見た。レクシはできるかぎり冷静を装《よそお》ってコンパスを取り出し、中をのぞき込んだ。そして、真北の方角を見つけると、眼を閉じた。どうにもならなかった。屋敷がどの方向にあるのか、まったくわからなくなってしまっていた。真北がわかっても、そんなことにはなんの意味もなかった。

眼を開けると、老婆が微笑《ほほえ》みながら言った。「昔話だからね、もちろん」シャベルの長い柄を濡《ぬ》れた岩場に放った。「悪魔なんていないと言う人もいる」

レクシは今や急な流れに変わっている小川の岸に腰をおろして思った。きちんと考えを整理できれば、何も心配することはない。きちんと整理できなければ、夜にはここで死ぬことになる。自分の死体の上に雪が降り注ぎ、犬しかその場所を見つけられなくなる。彼はまぶしさから眼を休めようと、膝《ひざ》を見つめた。暑く感じられ、ライフルを地面に置いて、パーカを脱いだ。

太陽が容赦なく顔に照りつけ、青白い頬が火照《ほて》りはじめているのが感じられた。まわりの自然に耳をすました。クロウタドリに向かってうなっている犬たちの声、クロウタドリのはばたき、流れる水の音、松の枝が軋《きし》る音。彼は雪の中に腰をおろして、まわりの自然に耳をすましつづけた。

そして最後に顔を起こすと、案の定、老婆の姿はもうなかった。シャベルが半分水に浸《つ》かっていた。柄をふたつの岩にはさまれ、金属製の刃が水の中で光っていた、大きな魚の鱗《うろこ》のように。太陽はすでに空高く昇り、木々から雪が落ちはじめていた。レクシは立ち上がり、パーカを着て、ライフルを取り上げ、小川を上流に向かって戻りはじめた。自分の足跡がとだえているところを探して。

歩きはじめてほどなく口笛が聞こえた。彼はとっさにしゃがみ、不器用にライフルを構え、手袋をした指を引き金にかけようとした。

「落ち着け、レクシ」ニコライだった。葉の落ちた枝が青い空に向かって伸びている、枯れた松の幹のそばにしゃがんでいた。上着を脱いで、ライフルをじかに片方の肩に掛けていた。吸っている葉巻を指で叩《たた》いて、ニコライは灰を落とした。

「あとを尾《つ》けてたんだ」とレクシは言った。

年長の兵士は何も答えなかった。ただ、レクシの背後に眼を凝らしていた。レクシもその視線を追った。が、何もなかった。その一瞬のち、一発の銃声が谷間にこだました。ニコライは黙ってうなずくと立ち上がり、両腕を頭の上にやって伸びをした。そして、舌についた葉巻の葉を指で取ると、雪の中を小川のほうへ歩いてきた。レクシはまだ中腰の姿勢のままニコライが近づいてくるのを見守った。

ニコライは小川の中からシャベルを取り出すと、それを掲げて言った。「さあ来い、戦友」

うしろから歌声が聞こえてきて、レクシは振り向いた。スルコフがふたりのほうにやってきていた、ビートルズの『ヒア・カムズ・ザ・サン』を歌いながら。黒いカメオのついた銀の鎖をくるくるまわしていた。

ニコライが笑みを浮かべ、シャベルを差し出して言った。「来い、アレクサンドル。おまえにはまだ仕事が残ってる」

四人目の空席

Room for a Fourth

スティーヴ・ハミルトン／越前敏弥 訳

スティーヴ・ハミルトン

作者のスティーヴ・ハミルトンは、アレックス・マクナイト・シリーズの第一作『氷の闇を越えて』で、一九九九年にアメリカ探偵作家クラブ賞（通称、エドガー賞）と、アメリカ私立探偵作家クラブ賞シェイマス賞の最優秀新人賞をダブル受賞した。シリーズは三作目まで翻訳刊行され、その後しばらく紹介の機会がなかったが、ことばを発せない若者を主人公としたノンシリーズ作品『解錠師』で、二〇一一年のエドガー賞最優秀長篇賞と英国推理作家協会賞スティール・ダガー賞を、今回もまたダブル受賞し、日本でも華やかに復活した。計算しつくされた構成と鮮やかな人物造形、軽妙なユーモアを交えつつも緊張感のみなぎった語りのうまさはデビュー以来一貫している。

その技巧は短篇においても同様に生かされ、本作でも、ゴルフ場でのちょっとしたやりとりだけによって、この上なくスリリングな展開で読者の心を虜にしていく。

（訳者）

日曜の朝には、雨が血を洗い流していた。ようやく太陽が顔を出す。ゴルフをするにはうってつけの天気だった。もっとも、コースが営業していればの話だが。車を走らせていると、十二番ホールに警官がふたりいるのが目にはいった。クラブの入口へつづく道路沿いに延びているこの十二番は短めのパー5のホールで、ティーのすぐ前のフェアウェイを小川が横切っている。もちろん、小川は見映えのためだけのものだ。ボールの頭を思いきり叩いたりしないかぎり、プレーには影響しない。ドライバー・ショットをまともに打てば、二打目はフェアウェイ・ウッドでふたつのバンカーのあいだまでボールを運べる。あとはパット二打でバーディーだ。このゴルフコースでは簡単なほうのホールで、右サイドに背の高い湿地植物の茂みがつづく、コース屈指の美しいホールでもある。少なくとも、そこに死体が置かれていない日であれば。

クラブハウスに着くと、三、四十人の会員たちが周囲をうろついていた。アシスタントプロのわたしなら事情を知っているにちがいない、といっせいに近寄ってくる。何が起こっているのか、きのう老サルヴァトーレを発見したのはだれなのか、警察はこんな恐ろしいことをした犯人の目星をつけているのか。ずいぶんな数の会員たちが、コースがいまだに閉鎖されていることに疑問を投げかけていた。サルはきっと、みんながプレーすることを望んでいるはずだ——それが大方の意見だった。こんなにいい天気なのだから、サルはコースをあけたがったにちがいない。もちろん十二番ホールのティーには近寄らず、そこではカップに近いフロント・ティーを使う。なんなら長めのパー4に変えたっていい。コース全体を閉鎖する必要はない。サルを追悼するにはそれがいちばんではないか?

わたしは相槌を打ちながらそんな話にしばらく耳を傾けたのち、できるかぎりやってみると告げた。それでみな満足したらしい。何人かは練習用グリーンでパッティングをはじめた。

刑事がバッグの保管室から頭を突きだし、わたしに向かって小さくうなずいた。きのう話を聞いてきたあの刑事だ。また事情聴取をして、もう一度すべてを語らせたいのだろう。こちらも異存はない。なんでも協力しよう。だが、その前にちょっとした仕事を片づけなくてはならない。

レストランに目当ての三人がいるのを見つけた——アンダーソン、クロウ、サビーノが、いつもの隅のテーブルでいっしょにすわっている。わたしは先にバーまで行って飲み物を受けとり、カウンターにいるジェニーのことばにうなずいた。ああ、恐ろしい出来事だ。そうだな、きょうみんながいてよかったよ。力を合わせて乗りきろう。「みんなサルのことが大好きだったのに」ジェニーが言った。

「まったくだよ」わたしは言った。「サルがもういないなんて信じられない」

三人のテーブルには空の椅子がひとつあった。わたしはゆっくり歩み寄って、腰をおろした。

「みなさん」わたしは言った。「お会いできてよかった」

三人は真剣な話しあいのさなかだったらしい。何を話していたにせよ、全員がはっと口を閉ざし、用心深く笑みを漂わせてこちらへ視線を向けた。

「しばらくごいっしょしてよろしいですか」わたしは言った。

三人は顔を見あわせた。「もちろんかまわないよ」

アンダーソンが言った。「どうぞ」アンダーソンは弁護士なので、最初に口を開いたのもうなずける。この男は大柄で、スイングも大きい。サルが矯正してやる前は、コースで最も危険な男だった。実のところ、プールへボールを打ちこんだ会員はアンダーソンただひとりだ。

「サルのことを話していらっしゃったんでしょう？」わたしは言った。「それから、この出来事にどれほど衝撃を受けたかを」

「そうなんだ」クロウが言った。「きみがいてくれてよかった。会員たちはみな心強く思っているはずだ」

クロウは精神科医なので、この手の台詞が自然に口をついて出るのだろう。クロウの以前のスイングはひどく性急で、バックスイングをほとんどとらなかった。サルはゆっくり打たせようと、スイングするときにベートーヴェン交響曲第五番の出だしの四音をハミングさせた。うまくいくならなんでもやれ。それがサルのモットーだった。

「信じられない出来事ですね」わたしは言った。

「信じられん」サビーノが言った。「そうとしか言いようがないよ。サルに献杯しよう」グラスを持ちあげる。サビーノは州議会議員で、当然ながら何かにつけちょっとした儀式をせずにいられない。かつてのゴルフの腕前は惨憺たるものだったので、サビーノはサルの手がけた最もめざましい改造事業だったと言える。けれども、サビーノのかつらには手の施しようがなかった。きょうはバンカー用のレーキで整えたようなありさまだ。

「献杯します」わたしの声で全員がグラスを掲げた。

「サルに」

「さてと」アンダーソンが言った。「あまり引き留めては悪いだろう。きみと話したい人はたくさんいるだろうから」

「どうでしょうね」わたしは言った。「もう、ひととおりの人たちとお話ししたと思いますよ。刑事とはまた話をしなくてはいけませんが」

「やはり、刑事からは金曜の午後のことを訊かれたんだろうね」アンダーソンが言った。「もちろん力になってやったんだろう？　つまり、一連の出来事について」一連の出来事。弁護士らしい物言いだ。

「ええ」わたしは言った。「できる範囲でね。あの午後はずっとプロショップにいて、野球の試合を観ていたんです」

「そう話したのか？」

「ひどい天気でしたからね」わたしは言った。「ずっと雨で。コースに出ているゴルファーはほとんどいませんでした。あなたがたのような何人かの強者《つわもの》を除いては」

アンダーソンは首を横に振った。「強者とは言えなかったよ。われわれもサルといっしょにコースに残ってさえいたら、こんなことは起こらなかった。だれのしわざにせよ……」

「サルがひとりにならなかったら、あんな目に遭わなかったと？」わたしは言った。「どうかご自分を責めないでください。わたしでも九ホールで切りあげたと思いますよ。なぜサルがあの雨のなかでプレーをつづけたのか、想像もつきません」

「サルの気性を知ってるだろう」クロウが言った。「少々の雨じゃ、やめたりしないさ。いいスコアでまわっていたしね。いっしょに中へもどるよう説得しきれなかった」

「刑事にもそう話したんです」わたしは言った。「あんなにひどい天気で、仲間も打ち切ったほどだったけれど、サルは何がなんでも最後までまわりたかったにちがいない、と」

「なんとしても止めるべきだった」サビーノが言った。「そうつとめたのはたしかだ。クラブハウスへもどる途中も、ずっと大声で呼びかけてたんだよ。きみにもたぶん聞こえたんじゃないか」

「いや」わたしは言った。「覚えていませんね」

「だが」アンダーソンが言った。「少なくとも見かけたはずだ。九ホールを終えて帰ってくるわれわれを」

「いいえ。野球を観ていたので」わたしは飲み物に視線を落とし、グラスの中身をまわした。「刑事にも言いましたが、わたしはたいして役に立てないんですよ。だれが、いつ出入りしたかについては」

しばらく、ことばが宙を漂うにまかせる。

「ほんとうに信じられませんよ」やがて言った。「考えてもみてください。サルが後半をひとりでまわったまさにその日に、何者かが森にひそんで、殴り殺そうと待ちかまえていたなんて」

「何者にせよ」アンダーソンが言った。「サルだけを狙ったわけじゃないかもしれない。だれでもよかった可能性もある」

「わたしとしては」そう切りだしたとき、ジェニーが飲み物の確認に来て、わたしは全員のお代わりを頼んだ。ジェニーが立ち去ってから、椅子にもたれて先をつづけた。「ほかに気になることがあるんです。あなたがたなら筋の通る説明をしてくださるかもしれません」

「異常者のしわざだよ」クロウが言った。「それしか考えられない。ほかにあんなことのできる人間がいるものか。筋を通そうなんて無駄なことだ」クロウ医師は人間心理の専門家だ。特に、いかれた人間の。

「そうかもしれませんね」わたしは言った。「ただ、わたしはこう考えているんです。サルはたしか六十三歳でした。けれど、老いてなおタフな人だったことに異論はありませんね。いざとなれば、サルならきっと抵抗したはずです。簡単にやられはしないでしょう」

「背後から忍び寄ってきたのかもしれん」サビーノが言った。「あるいは、相手はひとりではなかったのかも」

「ふたり以上の人間が」わたしは言った。「十二番ホールのティーグラウンドに身をひそめていたと？　そうは思えませんね。知りあいだったんじゃないでしょうか。サルに警戒されない人間です」

「このクラブのだれかということか」アンダーソンが言った。

「このクラブのだれか」わたしは言った。「複数かどうかはわかりませんが、サルをひどく憎んでいるだれかです。または、サルの死を望む別の理由があるだれか」

まぎれもない沈黙が落ちた。わたしは窓から人気《ひとけ》のないゴルフコースをながめた。三人の考えこむ様子、落ち着かなげな様子は観察していない。その必要はなかった。

「おもしろいことに、あの刑事」しばらくしてわたしは口を開いた。「テレビ映画に出てくる刑事に似てるんですよ。刑事コロンボ――覚えてますか？　あの男にそっくりでしてね。ちょっと小柄で、何をしているのか自分でもわかっていないふうにうろうろと歩きまわって、珍妙な質問をしては相手を苛つかせる。それでも、最後にはかならず正解を見つけだすんです。あの番組、ご記憶にありますか」

「覚えてるとも」アンダーソンが言った。

「きのうバッグの保管室で話をしたとき、刑事はゴルフにくわしくないようでしたが、ゴルフクラブについていろいろと質問してきました」

「どんな質問を？」アンダーソンは言った。

「おもにクラブの種類についてです。アイアンとウッドの区別とか、形のちがいとか。頭のなかにもう仮説があるようでしたよ。サルを撲殺するのに……まあ、突拍子もなく聞こえるかもしれませんが、クラブが使われた、と。どうやら、頭部にその手の外傷が見られるという監察医の報告を予期していたらしい。おわかりでしょう？　そこで、刑事は実物をいくつか見たがりました。実を言うと、あなたがた三人のバッグを見たんです」わたしは空のグラスの氷を鳴らした。「ところで、ジェニーはどこへ行ったんでしょうね。お代わりを持ってきてくれるはずなのに」

「刑事がわれわれのゴルフバッグを見た？」アンダーソンが言った。「いったいなんのために？」

「いちばん手前に置いてあったんですよ」わたしは言った。「金曜にあなたがたがもどってきて置いた場所に。そう、九ホールを終えたときです。トニーはもう帰宅していたんで、手入れして片づける暇がなかったんですよ。ちょっと待ってください。すぐにもどります」

わたしはバーへ行って飲み物を受けとった。席にもどると、三人ともわずかに青ざめて見えた。

「それで、妙なことに気づいたんですよ」わたしは言った。「あなたがたのバッグのなかを見たときにね。刑事からゴルフクラブについて基本的なことをいくつか訊かれて、たまたまこう答えたんです。ゴルファーはたいてい、バッグにクラブを十四本入れている、と。すると案の定、刑事がクラブを数えはじめましてね――たしかあなたのバッグだったと思いますよ、アンダーソンさん――すると、そこにはクラブが十三本しかなかったんです！　つぎにほかのふたつのバッグも数えたんですが、妙なことに、どちらの中身も十三本だった。十四本じゃなくてね。実に奇妙です。そしてもちろん、わたしはどのクラブがないのかに気づきました。三つのゴルフバッグすべてから、七番ウッドが消えていたんです」

「まさか、われわれのバッグを引っかきまわすとは」アンダーソンが言った。「なんの権利があってそんな――」

「サルがあなたがたの七番ウッドを作ったときのことを覚えていますよ」わたしは言った。「まさにクラブ作りの名人でしたね。あなたがたにぴったりの、それぞれの打ち方にふさわしいクラブを作った。ぴったりの重さでね。アンダーソンさん、あなたには少しシャフトの長いものでした。クロウさん、あなたにはフックフェース気味のものを。ここの深いラフからボールを出すのに最適のクラブです。三人ともそれを使っていらっしゃった。おとといはバッグからあのクラブを抜きだしたんじゃありませんか。何か理由があって、家へ持ち帰ったとか？」

「そう、そうなんだ」サビーノが言った。おそらく、少しばかり早すぎるタイミングで。ほかのふたりがサビーノに険しい視線を投げた。「トニーはいつもクラブをていねいに磨いてくれるんだが、気に入ったクラブがあるときの気持ちはわかるだろう？」

「もちろんです」わたしは言った。「あつらえ品ですから、特に――ああ、なんてことだ。サルが新しいクラブを作ることはもうないんだな。それはさておき、刑事にいまの話をなさることですね。またこちらへ話を聞きにくると思いますよ。生きているサルと最後に会ったのはあなたがたですから」

「それはそうだ」アンダーソンが言った。「だが、ほかに話すことはない。われわれのクラブのことを尋ねる必要が刑事にあるとは思えないね」

「消えた七番ウッドについて、おもしろい話があるんです」わたしは言った。「あなたがたがおととい持ち帰った七番ウッドですが、あれはラフからボールを出すだけでなく、人を殺すのにも最適のクラブなんですよ」

「何が言いたいんだ」アンダーソンは言った。「まさか――」

「考えてみてください」わたしは言った。「ゴルフバッグにはいっているなかで、いちばん大きいクラブはドライバーですが、これは大きすぎます。意味はわかりますね？　扱いにくいし、近ごろのドライバーはたいがいヘッドが空洞になっています。ドライバーでは頭を強打することはできません」

「どこがおもしろいんだ」サビーノが言った。

「アイアンは硬いけれど、小さすぎます」わたしは言った。「狙いを定めて殴らなくてはいけない。でも、サルが作った七番ウッドなら……硬くて、小まわりがきいて、しかし適度な大きさがある。人を殺すのにうってつけです」

「ばかばかしい」クロウが言った。「ここでこんな話を聞かされる筋合いはない」

「わかりました」わたしは言った。「わたしは下へもどります。刑事と話をしなくてはいけないので。そのあいだに、家から七番ウッドをとってくることをお勧めしますよ。凶器ではないと証明するためにね」

「待ってくれ」アンダーソンが言った。「一分でいい。聞いてもらいたいことがある」

「おい、どういうつもりだ」クロウが言う。

「気でもおかしくなったか?」サビーノが言う。

「話すしかないんだ!」アンダーソンは言った。「どう考えてもほかに道はない」

「なんでしょうか、みなさん」わたしは言った。「話してください。しっかりうかがいますよ」

アンダーソンはすばやく室内を見まわし、頭を低くした。「よし、聞いてくれ」声を落として言う。「三人ともクラブを持っていないんだよ。どこにあるかわからない。消えてしまったんだ」

「おやおや」わたしは言った。「もっとましな言いわけをしてください」

「ほんとうなんだ。どうか信じてくれ。バッグは金曜に置いた場所にある。九ホールを終えたときに置いた。そして、そのまま家に帰った。われわれはサルを殺してなどいない。そんなことをするものか!」

「しかし、クラブはなぜか消えてしまったと……」

「そうだ! さっききみが来たとき、ちょうどそのことを話しあっていたんだよ。どうしたらいいかわからなかった。下へ行って保管室からバッグを持ちだそうかとも考えたが……そんなことをしたら怪しげに思われかねない」

「どう考えたらいいのか」わたしは言った。「たったいま、クラブを家へ持って帰ったとおっしゃったのに、こんどはそんな話をなさるなんて。もう何を信じたらいいのかわかりません」

「なぜわれわれがサルを殺さなきゃならない？」クロウが割ってはいった。少しばかり大きすぎる声で。ほかのふたりが身をすくませる。「よくもそんなことを考えついたものだ」

「いや、それほど突飛な思いつきではないと思いますけどね」わたしは言った。「サルがあなたがたにしていたことを考えれば」

三人は体をこわばらせた。そろって目をそらす。

「そう」わたしは言った。「事情は承知しています。サルは優秀なレッスンプロでした。そしてクラブの作り方も熟知していた。サルはボールをうまく打つ技術、特にみずから作ったあの七番ウッドでうまく打つ技術を教えこみ、あなたがたは腕前に自信を持つようになった。サルの指導を受けはじめる前に八十を切るスコアを出したことが何度ありますか？　サビーノさん、あなたは九十すら切れなかった」

「そいつはいい」アンダーソンが言った。「ゴルフの腕をあげてくれたから、サルを殺したと言うのか？」

わたしは椅子にすわりなおした。「いいえ。そのあとにあったことのせいで殺したんです。サルはあなたがた三人とラウンドに出て、勝たせてやった。プロゴルファーに勝たせてやったわけです。サルはもう年をとっているので、昔のようなプレーはできません。そうは言っても、あなたがたはプロを破った。そして、もう一度勝った。きっと新しい七番ウッドを使って、ラフから苦もなくボールを出したんでしょうね。ひどいラウンドをして負けたとしても、サルが練習場へ連れだして指導し、クラブをまた振らせた。そして、つぎにはまたサルに勝った。プロを打ち負かしたんです。やがて、何が起こったか？」

だれも口を開かなかった。みなテーブルを見つめている。

「いくらだったんですか」わたしは言った。「最初のときのことです。いくら賭けたんですか。〝もっとおもしろくしようじゃないか〟。サルはそう言ったんでしょう？　〝きみたち三人と勝負をしよう。それぞれとマッチプレーをする。十ドルのナッソー（一ラウンドをアウト、イン、トータルの三つに区分して勝負する賭け）だ。ツーダウンしたホールごとに切って、九番と十八番ではワンダウンで切る〟。そんなふうにはじまったんじゃありませんか」

沈黙。

「最初はあなたがたにいくらか稼がせたんでしょう。そして二度目もです。クラブに所属するプロの鉄則として、会員との賭けゴルフは禁止されていますけれど、あなたがたは気にしなかったんでしょう？　あなたがたはサルから金を得た。だれも強制したわけじゃない。害のないただの遊びだった。そして、サルは賭け金を増やした。〝損を取り返させてくれよ、みんな〟。何ドル賭けたんですか。五十ドルのナッソー？　あるいは百ドル？　サルにとうとう負かされるまで、どれくらいかかったのか。サルに借金するようになるまでに。きっと、いつも接戦だったんでしょうね——九番ホールの絶妙のワンショットとか、十八番の起死回生のワンパットとか。やがて賭け金は吊りあがり、ホールごとの握りも同時にあがっていった。サルを讃えるべきでしょうね。一度に三人とマッチプレーをしながら、賭け金の額をきっちり頭に入れて、そのうえぎりぎりで勝つように加減するのは楽ではなかったでしょうから」

だれもひとことも発しなかった。

「あなたがたが賭けに熱中しつづけるように、サルはどんな手を使ったんですか」わたしは言った。「ハンディを与えた？　あるいは励ましのことばを？　〝ほら、先月みたいにプレーすればいいんだ。一ラウンドで全額取りもどせるさ！〟とか。きっと、あなたがたはきまりが悪くてだれにも言えなかったんでしょう。プロに金を搾りとられているなどと委員会に訴える気はなかった。ひたすらプレーをつづけて、墓穴をどんどん掘りさげていった。どこまで？　いくら借金していたんですか。全部合わせて」

「それは……」アンダーソンが言った。

「金額を言ってください」わたしは言った。「いくら借りがあったんです？」

「サルにうまく乗せられた」アンダーソンは言った。

「きみの言うとおりだよ。そそのかされたんだ。われわれはサルに借りがあった。かなりの額だ。それは認める。だが信じてくれ。サルを殺してなんかいない」

サビーノが両手に顔をうずめた。「なんという悪夢だ」

「あなたがたには敬服しますよ」わたしは言った。「七番ウッドによる一連の筋書き。サルを殺すのにあのクラブを使うとは、実に詩趣に富んだ復讐劇です。その趣向に高得点を差しあげましょう」

「どうしたら信じてもらえるのか」サビーノが言った。

「われわれは殺していない」

「わたしがいま、だれを憐れんでいるかわかりますか」わたしは言った。「きょうも十二番ホールにいる、あのふたりの警官ですよ。腹這いになって証拠を探しているようです。きのう見落としたかもしれない何かをね。暑そうな青い制服を着て、ティーグラウンドじゅうを這いまわっている。何が見つかるか、もちろんご存じですね。欠けたティーが八万個ほどでしょう。そして、コース全体に捜索範囲がひろげられる。このクラブハウスにも。運がよければ、何か見つかるかもしれません。そう、凶器が発見されるかもしれない」

考えこむ三人を、しばらくそのままほうっておいた。わたしのことばが三人をいっせいに打ちのめしたらしい。

最初に声を取りもどしたのはアンダーソンだった。

「きみがクラブを持ってるんだな。そうにちがいない。というのも……」

「きみがサルを殺したからだ」クロウが言った。

「おまえがやったんだ！」サビーノが言う。「なんてことだ！　おまえが殺したにちがいない！」

「みなさん」わたしは言った。「落ち着いてください。なぜわたしがサルを殺すんですか」

「ヘッドプロを引き継げるからだ！」サビーノが言う。

「そう簡単にはいきませんよ」わたしは言った。「会員たちがどんなだかご存じでしょう。どこかよそのクラブへ行って、口のうまいベテランに教えを請うに決まっている。二か月経ったら、わたしはもうここで働いてさえいないでしょう」

「これならどうだ」アンダーソンが言った。「きみはサルを殺した。なぜなら、きみもサルに借りがあったからだ！　プロ同士の、ちょっとした楽しい賭け事か？　きみもサルにそそのかされたんだろう？」

「興味深い仮説ですね」わたしは言った。「でも、ひとつお忘れですよ。サルはだまされやすいアマチュアをそそのかして小遣い稼ぎをする古強者でした。発覚してクラブを追いだされたら、また新しいクラブにうまくはいりこむ。そうやってきたんですよ。何年もずっと。プロと賭けゴルフをするなんて、いちばんやりそうにないことです」

「それなら、なぜきみが今回のいきさつを知ってるんだ」クロウが言った。「きみもかかわっていたからにちがいない！」

「では、議論の糸口として」わたしは言った。「かつてサルが困った連中を引っかけたと仮定しましょう。この世でいちばんカモにしてはいけない男三人を引っかけてしまったとする。そう、たとえば、七、八年前にね。三人はそのことを忘れなかった。そして、ついにサルが別のクラブでショップを開いているのを突き止めて……サルとその三人の旧友の思いがけぬ再会をお膳立てできる人物を注意深く探していたとしましょう。もしその人物が、再会の機会と――なんと言うか、再会を成功させるのに必要な〝道具立て〟を整えたら？　言うまでもなく、その人物は助力に対して大いに報われたでしょうね」

「きみがはめたんだな」アンダーソンが言った。「きみがサルを……そしてわれわれを罠にかけたんだ！」

「あくまでも仮定の話ですよ」わたしは言った。「どれひとつとして、実際に起こったとは言っていません。しかし、想像してみてください、きょう警察が三本のクラブを見つけたらどうなるか。あるいは、あすにでも。あなたがたのクラブです。どのクラブにも、人を殴り殺したときにできたとしか思えない傷やへこみがある」

「何を企んでいるにせよ」アンダーソンが言った。「きみも逃れられないぞ」

「目に浮かびますよ」わたしは言った。「〝街で最も尊敬されている弁護士が、サルヴァトール・ブレリの殺害容疑で警察署へ連行〟。もちろん、最も尊敬されている精神科医もいっしょです。そして言うまでもなく……」

サビーノが目を閉じた。

「サビーノ州議会議員も」わたしは言った。「そんな報道を想像してください」

「いかれてる」サビーノが言った。「おまえだって、ただじゃすまない」

「しかし、おそらく大陪審はあなたがたを起訴することさえしません」わたしは言った。「しょせん状況証拠ばかりですからね。あなたがたのキャリアには傷ひとつつきません」

「まさか、こんなことになるとは」サビーノが言った。

「あるいは」わたしは言った。「例のクラブは結局見つからないかもしれません。そして、わたしが急に記憶を取りもどします。〝そうだ、刑事さん。混乱させて申しわけないんですが、いま思いだしました。あの三人が九ホールを終えてもどってくる物音をたしかに聞きましたよ。帰っていくのも見ました。そうだ、そうだ、ようやく思いだしましたよ。サルが殺されるずっと前に帰りましたよ。朝の騒ぎのせいで頭がまともに働いていなかったようです。どうか事情を……〟」

「何が望みだ」アンダーソンが言った。「さっき言った三人から報酬を受けとったんだろう」

「だとしたら」わたしは言った。「おかげさまでたっぷり受けとったにちがいないことはおわかりですね。ならば、わたしもお返しに寛大にふるまって、幸運をお裾分けすべきでしょう」

「何を言っているんだ」

「考えたんですよ」わたしは言った。「サルがいなくなって、あなたがた四人組には空きがひとつできました。コースの営業が再開されたら、四人でプレーするのはどうでしょう。わたしには転がりこんだこの大金があり、あなたがたは重大な役割を担ったわけです。分け前を手に入れるチャンスを差しあげるのは当然ですよ」

「まさか、そんな……」

わたしは窓から一番ホールのティーをながめた。運がよければ、昼には営業が再開されるだろう。友情あふれるラウンドには最高の日だ。

「サルを偲んで」わたしは言った。「ちょっとした賭けを、古きよき日の思い出に」

彼女がくれたもの

What She Offered

トマス・H・クック／府川由美恵 訳

トマス・H・クック

一九四七年、アラバマ州フォート・ペイン生まれ。教師、雑誌編集者を経て、一九八〇年に『鹿の死んだ夜』で作家デビュー。一九九六年に発表した『緋色の記憶』でアメリカ探偵作家クラブ賞最優秀長篇賞を受賞。二〇〇五年の『緋色の迷宮』ではバリー賞最優秀長篇賞とマルティン・ベック賞を受賞。人間の心理を突きつめて描く繊細かつ叙情的な作品群に定評がある。邦訳最新刊は『ローラ・フェイとの最後の会話』。本作の初出はオットー・ペンズラー編纂の「危険な女」がテーマのサスペンス・アンソロジー*Dangerous Women*。作家がある日バーで出会った黒づくめの女の誘いとは……。深い余韻の残る短篇だ。（編集部）

「危険そうな女だな」おれの友人が言った。前の晩はそいつはバーにいなかったから、彼女が出ていくのも、おれがあとを追ったのも見ていない。

おれはウオッカをひと口飲み、窓のほうへ目をやった。外の午後の陽射しはまったくいつもと変わらないが、おれの目には、もはや同じようには見えなかった。

「そうだったと思う」おれは友人にそう言った。

「それで何があったんだ？」友人がたずねた。

話はこうだ。おれはバーにいた。夜中の二時だった。おれの周囲の客はみんな『ミッション・インポッシブル』に出てくるメッセージテープみたいで、ただしミッションを告げる声はなく、みずから消滅する警告だけを発している。そいつらの頭のなかで流れている、明瞭で頑固な、まるで中国の格言みたいなメッセージが聞こえてきそうだ。〝進めば必ず道はひらく〟

連中はどこへ進んでいるというのだろう？　おれが見るかぎり、みんな似たり寄ったりだ。手もとの一杯を飲み終え、このひと晩を終え、今週を終え……云々。長く苦しい試練ののち、いつかは疲れきって麻痺して、ついに背負っていたものに押し潰され、獣のように死ぬ。さらに悪いことに、おれに言わせれば、このバーもまさにそんな世界で、物憂げに羽音をたてるハエがおれたちの代役をやってくれているというだけだ。

おれはそんな〝おれたち〟のことを、次々と小説に書いてきた。おれの文体はいつも陰鬱だ。おれの本にはハッピーエンドはない。登場人物は、たとえ賢くても、途方に暮れて無力なやつばかり……特に賢いやつほどそうだ。すべてが空虚、すべてが無常。どんなに強い感情もすぐにしぼむ。いくつか大事なものもあるが、それが大事なのは、大事であるはずだとおれたちが言い張っているからにすぎない。大事だという証拠が必要ならでっちあげる。おれに言えるのは、世の中には基本的に三種類の人間がいるということだ。ほかの人間をだます人間、自分をだます人間、そして、たいていの人間はその二種類のどちらかだと理解している人間だ。もちろんおれはまぎれもなく三番めの人種で、おれ以外にここに属する人間はいないし、ものごとを白日のもとでながめるということは、人が知ることのできるもっとも深い闇を見ることだと思っている。

そうやっておれはいろんなストリートを歩き、バーにかよった。そして自分のことを、この世でたったひとりの、学ぶものなど何もない人間なんだと思ってきた。

そこでいきなり、彼女が入り口から入ってきたのだ。

黒。彼女は黒だけに身をゆだねていた。小さな白い真珠が連なるネックレスはしている。それ以外は、帽子も服も、ストッキングも靴も小ぶりのバッグも……すべてが黒だった。そんな様子でちらりと投げた最初の視線は、帽子の広いつばで慎み深く片目を隠し、ハイヒールをカツカツと打ち鳴らして雨で滑るストリートを歩き、小さなバッグに外貨を忍ばせている、B級映画によく出てくる危険な女のようだった。スパイ、殺し屋の女、秘密の過去の魅惑、そしてもちろんエロティックなあやうさ、そんな印象を与えた。

男が何を考えているかわかっている女だ、と胸中でつぶやきながら、おれは彼女がバーカウンターの端に歩いていき、そこに腰をおろすのをながめていた。男たちが何をどう考えるかわかっている女だ……そしてそれを利用している。

「つまり、彼女は何者だと思ったんだ？」おれの友人が聞いた。

おれは肩をすくめた。「勘違い女さ」

メロドラマのような色合いがふくらんでいくのを、おれは大した興味もなしにながめていた。彼女は煙草に火をつけ、物思わしげに煙を吐き、けだるくまぶたをまたたかせ、古い白黒映画のヒロインが見せるような厭世的なそぶりでそこにいた。

そう、それだ、とおれは思った。彼女は、フィルムの切れ端ぐらいに薄っぺらで端の透けた、最悪と呼べるセンスの〝ノワール〟だ。おれは腕時計を見た。そろそろ帰る時間だ、と思った。帰って、アパートメントのベッドに手足をのばして寝そべり、ほかの男がだまされるようなことに今日もだまされずに済んだ自分を祝福し、自分の暗い優越感にひたるべき時刻だ。

だが、夜中の二時などおれには宵の口で、だからおれはずるずるとバーに居座り、その場かぎりの興味からただなんとなく、あの女はこんなくだらない〝危険な女〟のショーよりもましなものを提供する気はないんだろうかと考えていた。

「すると？」友人が尋ねた。

すると彼女はバッグを取り、小さな黒のメモパッドを取りだしてひらき、何か書きつけ、そしてその紙を、カウンターのほかの客伝いにおれに寄こしてきた。

もちろん紙は折りたたまれていた。ひらくと、彼女の字が目に入った。〝あなたが人生について知ってることはわたしにもわかってる〟

予想どおりのたわごとに、おれは紙を裏返してすばやく返事を書き、それを彼女に戻してやった。

彼女は紙をひらき、おれが書いたことを読んだ。

〝いいや、わかってない。そして永遠にわからない〟

すると、彼女はほとんど目を上げることもなく、目にもとまらぬスピードで返事を書いて、バーカウンターに投げるようにメモを送りだし、すぐに荷物をまとめて出口に向かった。メモが手から手へと渡され、おれのところに届くころには、彼女はすでに店を出ていた。

おれはメモを広げ、返事を読んだ。〝C⁺〟

頭に血がのぼった。C⁺？　よくも言えたものだ！

おれはスツールからふり返り、バーを飛びだした。そして、バーを囲んでいる錬鉄の小さなフェンスに軽く寄りかかる、彼女の姿を目にした。

おれは彼女の目の前でメモをふった。「どういう意味だ？」

彼女は微笑み、煙草をさしだした。「あなたの本を読んだわ。ものすごく陰惨ね」

おれは煙草を吸わないが、とりあえず受けとった。

「あんた、批評家か？」

おれの言葉は何も聞こえなかったらしい。「文章は美しいわ」彼女は赤のプラスティックライターで、おれの煙草に火をつけてくれた。「だけどアイデアはほんとに最悪」

「どのアイデアが？」

「あなたのアイデアはひとつだけでしょう」彼女は自信たっぷりに言った。「誰が何をしようと、すべてがひどい結末を迎える」その顔が引き締まった。「つまり言いたいのはね。〝あなたが人生について知ってることはわたしにもわかってる〟って書いたけど、あれは厳密には嘘ね。わたしのほうがもっとわかってる」

おれは深々と煙草の煙を吸い込んだ。「つまり」おれは気軽に言った。「これはデートの誘いか？」

彼女は首をふり、その瞳が急に翳りをおび、真顔になった。「ちがうわ」彼女は言った。「情事の誘いよ」

おれは口をひらきかけたが、彼女は手を上げてそれを制した。

「あなたとならできると思うの」彼女の小声は、いまや重々しさをはらんでいた。「わたしがわかっているようなことは、あなたにもそこそこわかっているみたいだし、そのぐらいわかってる人とそうしたいの」

その目つきから、相手がおれと何を〝したい〟のかは明白にわかった。「だったら拳銃がいるぞ」おれはあざけるような笑みを浮かべて言った。

彼女は首をふった。「拳銃なんて使う気はないわ。いるのはピルよ」彼女は指から煙草を落とした。「それに一緒にベッドに入らなくちゃ」そっけない口調でそうつけ加えた。「裸で、おたがいの腕に抱かれてね」

「何でそんなことを?」

彼女の微笑は明かりのようにやわらかだった。「あなたのまちがいを世間に教えてあげるためよ」その微笑が広がり、ほとんどからかうような笑いになった。「いい結末もあるっていうことをね」

「自殺が?」おれは言った。「それをいい結末って呼ぶのか?」

彼女は笑い、自分の髪を軽くふり払った。「いい結末にする唯一の方法よ」

この女はいかれてる、とおれは思ったが、もう少し話を聞いてみたいと思わされたのは、ここ何年かで初めてだった。

「自殺協定かよ」友人は小声で言った。

「彼女が申し出てきたのはそういうことだ」おれは言った。「だけどすぐにって話じゃない。まずおれがやらなきゃいけないことがあるって彼女は言った」

「何を?」

「彼女と恋に落ちることだ」おれは小声で言った。

「そうなるとわかってるってことか?」友人が聞いた。

「おまえが彼女と恋に落ちるって?」

「ああ、そうだ」おれは言った。

だけど彼女には、普通の手順を踏めば、穴や罠があちこちにある道みたいに面倒だということもわかっていた。だから、伝記に書くような些末な情報を大量に交換するといったような、退屈な口説きの手順は省略しようと決めたのだ。まずは肉体的な親密さからよ、と彼女は言った。おれたちがたがいに入っていく門はそこだ。

「じゃあ、いまからわたしの部屋へ行きましょう」彼女は短い説明を済ませたあとでそう締めくくった。「ファックしなきゃ」

「ファック？」おれは笑った。「あんたはどう見てもロマンティックなタイプじゃなさそうだな？」

「わたしの服を脱がせたければそうしてもいいわよ」彼女は言った。「その気がないなら、自分で脱ぐし」

「そのほうがいいかもな」おれは冗談めかして言った。「そうすれば、あんたの肩を脱臼させなくて済むよ」

彼女は笑った。「男がうまく服を脱がせたりしたら、疑いたくなるわよ。女性のホックやスナップやジッパーにあんまり精通してると、考えてしまうわね。もしかしてこの人って……全部自分で着たことがあるんじゃないかしらって」

「おいおい」おれはぼやいた。「本気でそんなことを考えてるのか？」

彼女の目つきも口調も真剣さをおびた。「わたし、どんな需要にも応えられるわけじゃないわ」

その探るような瞳に、おれは彼女が何を聞きたいのかを察知した。彼女が〝応えられない〟ような〝需要〟、つまり、秘めた欲望だとか、変わった性的嗜好を持っていたりしないかを知りたがっているのだ。

「おれはいたってまっとうな《ダブル・ヴァニラ》男だ」おれは彼女に請けあった。「変な趣味《フレーバー》はない」

彼女は少し安心したようだった。「わたしの名前はヴェロニカ」彼女は言った。

「名乗らないつもりかと思ってたよ」おれは言った。「おれはあんたが誰だか知らず、あんたも同様って話になるのかとね。そう、闇の中をゆく船どうしみたいに」

「いかにも陳腐でしょうね」彼女は言った。

「ああ、そうだな」

「それどころか」彼女は言った。「わたしはすでにあなたを知ってるし」

「ああ、もちろんな」

「わたしのアパートメントはすぐそこよ」彼女はそう言って、おれをそこに誘った。


本当のところ、すぐそこと言うわりには遠かったが、それは大きな問題じゃない。夜中の二時すぎで、ストリートに人けはなかった。たとえニューヨークであろうと、いくつかのストリート、特にグリニッチヴィレッジのストリートはいつもそんなに混雑しているわけじゃなく、人が仕事に出かけるか帰宅してしまえば、田舎の小道より少しはましという場所になるだけだ。その夜、ジェーン・ストリートの並木は、涼しい秋の外気におだやかに揺れていて、おれは彼女が与えてくれようとしているものを受け入れる気持ちになっていた。おそらくは、あんな〝危険〟な会話をしたわりに、せいぜいちょっとエロティックな事件が起きるぐらいで、もしかしたらコーヒーとスコーンの朝食と、それを囲んでの軽いおしゃべりぐらいはついてくるかもしれない。そのあと彼女は自分の生活に戻り、おれもおれの生活に戻る。ふたりのうち片方はそれを望んでいるだろうし、もう片方はそれに反対するほどの関心もない。

「冷蔵庫にウオッカがあるわ」彼女はアパートメントのドアをあけ、中に入ってライトをつけた。

おれはキッチンに入っていき、ヴェロニカはそばの廊下へと向かった。冷蔵庫はキッチンのいちばん奥にあり、そのドアには、ヴェロニカと、小柄な禿げ頭の四十代後半ぐらいの男の写真が、花綱みたいにつなげて飾ってあった。

「ダグラスよ」ヴェロニカが廊下のどこかから言う声が聞こえた。「わたしの夫」

おれは急に不安を覚えた。

「外出してるわ」彼女は言った。

不安は消えた。

「そうしててほしいね」おれは冷蔵庫のドアをあけた。うっすらと氷におおわれたウオッカのボトルを右手につかんでドアを閉めると、ヴェロニカの夫の顔がまたおれの正面に来た。ダグラスは太り気味で、目の周囲に深いしわが刻まれ、こめかみのあたりに白いものが混じりつつあることも見てとれた。ちがうな、とおれは思った。たぶん五十代半ばだ。そのわりには少年のような顔をしている。写真のヴェロニカはダグラスのそばではそびえたつようで、彼の禿げ頭はかろうじて彼女の広い肩に届く程度だ。ヴェロニカはどの写真にも写っていて、つねにダグラスが愛情深く彼女の腰に腕を回している。どの写真のダグラスも屈託のない喜びの笑顔で、ヴェロニカの存在、自分がヴェロニカとともにいること、自分がヴェロニカの夫だということが、彼の幸福のすべてなのがよくわかる。ダグラスは、ヴェロニカと一緒にいることで、自分が背が高くて陽焼けしたハンサムな、ウィットに富んだ頭のいい、ひょっとしたらエレガントとさえ呼べる男であるかのような気分を感じている。ヴェロニカがダグラスに与えたんだ、とおれは思った。自分が彼女にふさわしいという幻想を。

「出会ったとき、彼はバーテンダーをしていたの」ヴェロニカがスッとキッチンに入ってきた。「今はソフトウェアを売ってるわ」彼女は驚くほど長く優雅な右腕をわきの戸棚にのばし、飾りけのない木の扉をあけて、まったくありふれたグラスをふたつ取りだすと、フォーマイカの合成樹脂カウンターの上にそれをきちんと並べ、それからおれに向きなおった。「初めて会ったときから、ダグラスといると、いつもすごく気楽になれたの」彼女は言った。

ヴェロニカの物言いはこれ以上ないほど明確だった。ヴェロニカが夫としてこの男を選んだのは、彼女が家にいるときに心からくつろぐことができ、一緒にいれば素直な自分になれる、そんな何かをダグラスが持っていたからなのだ。これまでのヴェロニカの人生にすばらしい恋人がいたとしても、彼女はその男より、変化や変更のない人生、魂を飾りたてる必要のない人生を一緒にすごせるダグラスを選んだ。そう思ったとき、突然おれは、このずんぐりとしたチビの男をどこか羨んでいる自分に気づいた。彼はヴェロニカに平穏を与え、彼女は何の疑いもなくこの男の腕に抱きよせられて、おだやかな呼吸とともに眠りに落ちていく。

「彼は……いい人そうだ」おれは言った。

ヴェロニカにおれの言葉が聞こえたかどうかはわからなかった。「ストレートよね」彼女はおれに確認した。バーにいたときに見ていたにちがいない。

おれはうなずいた。

「わたしもよ」

ヴェロニカはふたり分の飲み物をつぎ、おれをリビングルームへ連れていった。カーテンはきっちりと引かれ、少しほこりっぽく見えた。置いている家具は、スタイルよりも機能重視のようだ。二、三の鉢植えの植物があるが、大半は葉の端が茶色くなっている。水を欲しがる声が聞こえてきそうだ。犬はいない。猫もいない。金魚もハムスターも、ヘビもハツカネズミもいない。ダグラスがいないときは、ヴェロニカはひとりでいるようだ。

本だけはそこらじゅうに置かれていた。そびえたつような書棚を埋めるばかりでなく、部屋の四面の壁ぎわにも積まれ、いまにも崩れそうだ。かなり古典的なものから最近のベストセラーまで、あらゆるジャンルの作家の名がある。スタンダールやドストエフスキーが、アン・ライスやマイクル・クライトンと肩を並べている。おれ自身の本の赤裸々なタイトルが、ロバート・ストーンとパトリック・オブライアンとのあいだに並んでいる。歴史や社会科学の本は見当たらず、詩集もない。全部がフィクションで、まるでヴェロニカそのもの、彼女がこしらえて最後まで演じると決意したキャラクターのようだ。彼女がおれに与えてくれようとしているのは、ニューヨークの変わり者が演じる練りあげられたパフォーマンスだ――そのときのおれはそう考えていた。

ヴェロニカが自分のグラスをおれのグラスに打ちつけた。その瞳はじっとして動かなかった。「これからわたしたちがやろうとしていることに乾杯」彼女は言った。

「まだ無理心中の話をしてるのか？」おれはあざけるようにそう言い、グラスに口をつけずに下におろした。「これはいったい何なんだ、ヴェロニカ？『スウィート・ノベンバー』のリメイクか？」

「どういう意味？」ヴェロニカは言った。

「あのクソ映画のことだよ、死にかけてる女が男を連れてきて、一か月一緒に生活して、それで――」

「あなたと生活なんてする気はないわ」ヴェロニカが言葉をさえぎった。

「そういう話じゃない」

「それに死にかけてもいないわよ」ヴェロニカはそう続けた。彼女はすばやくウオッカをあおり、グラスをソファのそばの小さなテーブルに置くと、不意に見えない誰かに呼ばれたかのように立ちあがり、おれに手をさしだした。「ベッドに行きましょう」彼女は言った。

「そういう展開か？」おれの友人は聞いた。

「そういう展開だよ」

友人は慎重におれの顔を見た。「妄想だろ、ちがうのか？」相手は言った。「作り話なんだろ？」

「そのあと起きたことは、誰にもでっちあげられないね」

「何が起きたんだ？」

ヴェロニカはおれをベッドルームに連れていった。

ふたりとも黙って服を脱いだ。ヴェロニカは上のシーツをめくってその下にもぐり込み、マットレスを叩いた。「こっち側があなたの場所」

「ダグラスが戻るまでだろ」おれは彼女の隣に入った。

「ダグラスは戻らないわ」ヴェロニカは体を乗りだし、おれにすごく優しいキスをした。

「どうしてだ？」

「死んだから」軽い返事だった。「三年前に死んだのよ」

そうやっておれは、ヴェロニカの旦那がゆっくり衰えていった顚末、腸にできた癌が肝臓と膵臓《すいぞう》に移り住んでいったさまを聞かされた。その六か月のあいだ、ヴェロニカは毎日ダグラスの看病をした。毎朝仕事に行く前に夫のもとに立ちより、夜になるとまたそこへ戻って、もう目覚めないだろうと思うまで付き添い、それからようやくこの部屋へ、まさにこのベッドへ戻ってきて、一時間か二時間、長くても三時間ばかり眠る。そしてまた同じことのくり返し。

「六か月か」おれは言った。「長かったね」

「死にかけている人間には、いろんな世話がいるの」ヴェロニカは言った。

「ああ、わかる」おれは彼女に語った。「親父が死ぬとき、おれも付き添ってたからね。ようやく逝ったときはへとへとだったよ」

「ああ、そういう意味じゃないの」彼女は言った。「体の疲れ。睡眠不足。そういうのは、ダグラスの場合、たいへんな部類には入らなかった」

「何がたいへんだったんだ？」

「わたしが彼を愛してるって、彼に信じさせること」

「愛してなかったのか？」

「ええ」ヴェロニカはそう言って、またキスをしてきた。さっきより少し長いキスのあいだにおれが思いだしたのは、ちょっと前にヴェロニカが言った、ダグラスはソフトウェアを売ってるという言葉だった。

「ソフトウェア」おれは唇を引き離して言った。「彼はいま、ソフトウェアを売ってると言ったよな」

ヴェロニカはうなずいた。「ええ、売ってるわ」

「ほかの死人にか？」おれは体を起こし、手で頭を支えた。「ぜひ説明が聞きたいね」

「説明なんかないわ」彼女は言った。「ダグラスはいつも、ソフトを売る仕事をしたがってた。だから、あの人が地中にいるとか天国にいるとか言うかわりに、ソフトを売ってるって言ってるの」

「死に、愛らしい名前をつけたんだな」おれは言った。「そのことにも向きあわずに済むってわけだ」

「ソフトを売ってるって言ったのは、彼が死んだことをあなたに話せば、そのあと嫌な会話になるのがわかってたからよ」ヴェロニカはぴしゃりと言った。「なぐさめは嫌いなの」

「じゃあ、結局話したのはなぜなんだ？」

「わたしがあなたに似てることを、知っておいてもらう必要があるから」彼女は答えた。「ひとりぼっち。誰も悼んでくれる人もいない」

「そこでまた自殺に戻るわけだな」おれは言った。「いつもそうやってひとめぐりして、また死に戻ってくるのか？」

ヴェロニカは微笑んだ。「ラ・ロシュフコーが死について何て言ったか知ってる？」

「全然知らない」

「死とは太陽のようなものだって言ったのよ。あまり長いこと見つめていると、何も見えなくなってしまうって」彼女は肩をすくめた。「でも、もしずっと死を見つめて、生と見くらべていれば、そのうち選べるようになるのよ」

おれはヴェロニカを両腕で抱きよせた。「きみはちょっと変わってるな、ヴェロニカ」おれはからかうように言った。

ヴェロニカは首をふり、自信に満ちた声を出した。

「ちがうわ」彼女は言い張った。「わたしはあなたが出会ったなかで、いちばんまともな人間よ」

「そしてそのとおりだった」おれは友人に言った。

「どういう意味だ?」

「彼女は、いままで出会った誰よりも、多くのものを与えてくれた」

「何を与えてくれたんだ?」

その夜の彼女は、ひんやりとして甘い肉体をおれに惜しみなく与え、火花を発するような情にあふれたキスをくれた。

おれたちはしばらく愛の営みを交わしていたが、そこでヴェロニカは唐突にやめて身を引いた。「おしゃべりしましょう」彼女はそう言い、それからキッチンに行って、ウオッカのグラスをふたつ持って戻ってきた。

「おしゃべり?」おれはまだ、彼女がおれから急に体を離したそぶりに面食らっていた。

「ひと晩じゅうゆっくりはできないの」彼女はグラスをくれながら言った。

おれはその手からグラスを受けとった。「じゃあ、夜明けにふたりで乾杯はできないってことか?」

ヴェロニカは裸のまま脚を組んでベッドに座り、その体は青い光に照らされ、光沢をおびてなめらかだった。「あなたって口先だけね」彼女はおれのグラスに自分のグラスを打ちつけた。「わたしもよ」彼女の上体が少し前に傾き、その瞳が暗がりのなかで輝く。

「つまりこういうこと。もしあなたが口先だけの男だとしても、ついに言えることはなくなったってわけ。大事なことを言うための言葉はもう残っていない。舌先三寸の言葉だけよ。如才のない言葉。口先だけの言葉。来るところまで来てしまったと気づくのはそのときね。口先のおしゃべり以外に、自分には何もないってことを」

「だいぶ手厳しいじゃないか」おれはウオッカをひと口飲んだ。「そもそも、何が言葉のかわりになるっていうんだ？」

「沈黙よ」ヴェロニカは答えた。

おれは笑った。「ヴェロニカ、きみだって沈黙なんかしてないだろう」

「たいていの時間は静かよ」彼女は言った。

「その沈黙の奥には何があるんだ？」

「怒り」彼女は何のためらいもなく言った。「激しい怒り」

彼女の顔が張り詰め、おれはその内面にある怒りを不意に目にした。その怒りが彼女の髪を燃えたたせるんじゃないかと思った。

「もちろんほかの方法でも、沈黙にたどりつくことはできる」彼女はそう言って、すばやく乱暴にウオッカを飲んだ。「ダグラスもそこにたどりついたわ、口先のおしゃべりなしで」

「どうやって？」

「苦しむことで」

ヴェロニカの唇がふるえだすんじゃないかと思ったが、その様子はなかった。目をうるませるんじゃないかと思ったが、瞳は乾いたまま動かない。

「恐怖を感じることで」彼女は話を続けた。窓のほうに目をやり、少しのあいだそこに視線をただよわせ、それからまたおれを見た。「最後の一週間は何も言わなかった」彼女は言った。「時が来たと感じたのはそのときよ」

「時？」

「ダグラスが新しい仕事に就く時よ」

おれの心臓が止まりそうになった。「仕事……ソフトウェアの？」おれはそう聞いた。

ヴェロニカはキャンドルを灯し、おれたちの頭上にある細い棚にそれを置いた。それからベッドわきにある小さなテーブルのいちばん上の引き出しをあけ、プラスティックのピルケースを出してふってみせ、中の錠剤のカラカラという乾いた音をおれに聞かせた。「彼にこれを与えるつもりだったの」彼女は言った。「だけど、その時間はなかった」

「時間がなかったたって、どういう意味だ？」

「彼の顔にそれが見えた」彼女は答えた。「すでに地中にいる人間みたいだった。埋められて、空気が尽きるのを待っている人間みたいだった。そういう苦しみ、そういう恐怖だった。あと一分でも耐えるには長すぎるって、わたしにはわかったの」

ヴェロニカはピルケースをテーブルに置き、それからさっきまで頭を載せていた枕をつかんで、ふわっとやわらかくおれの顔に押しつけ、それからまた持ちあげた。生き返らせてもらったような、妙な心地がした。

「それがわたしに残された、彼に与えてあげられるすべてだった」彼女は静かにそう言い、ウオッカをゆっくりと口に流し込んだ。「わたしたちが与えられるものなんて、ないも同然よ」

そのときおれは突然、痛烈に思い知った。彼女の闇は本物だ。おれのはただのポーズだ、と。

「それでどうしたんだ？」友人が聞いた。

「彼女の顔に触れた」

「それで彼女は？」

彼女はおれの手をつかみ、荒々しいまでにふり払った。「問題はわたしじゃないわ」彼女は言った。

「いまはきみのことが問題なんだよ」おれは彼女に言った。

彼女は顔をゆがめた。「ふざけないでよ」

「本気で言ってる」

「だったらよけい悪いわ」彼女は苦々しげに言った。眼球がくるっと上を向き、また戻った。二連銃のように暗く無情な目つきだった。「問題はあなたよ」彼女はきっぱりと言った。「それにごまかされる気はないわ」

おれは肩をすくめた。「人生なんてすべてごまかしだよ、ヴェロニカ」

彼女の瞳が張り詰めた。「そんなの嘘よ、あなたにだってわかってるはずよ」声は非難のささやきに近かった。「つまりあなたは嘘つきなのよ、あなたの本は全部嘘ね」その口調は決然として厳しく容赦がなく、おれは風を浴びているような気分になった。「つまりね」彼女は言った。「自分で書いているとおりに感じているんなら、あなたはとっくに自殺してるわ。ああいう感情が本当にあるんなら、あなたの心の奥底にあるっていうんなら、あなたは一日だって生きられやしないわよ」彼女はおれが反論するのを待ったが、おれが黙っていると、さらにこう言った。「あなたには自分のことだけが見えてない。あなたの見てない自分がどういうものかわかるかしら、ジャック。あなたには自分の幸福が見えてないのよ」

「幸福？」おれは聞いた。

「あなたは幸せでしょう」ヴェロニカは言い張った。「認めないだろうけど、幸せよ。幸せじゃなきゃおかしいのよ」

そこから彼女は、おれの幸福の要素を並べたてた。おれが手に入れた純粋な幸運、適度な金、好きでやっている仕事、ちょっとした業績。

「あなたと比べたら、ダグラスには何もなかった」彼女は言った。

「彼にはきみがいた」おれは慎重に言った。

彼女の顔がまた苦みをおびた。「わたしの話にすりかえたいんなら」彼女は警告を発した。「出ていってもらうわ」

彼女は本気で言っていて、おれにもそれはわかった。それでおれは言った。「おれに何を望んでるんだ、ヴェロニカ？」

ためらいもなく彼女は言った。「ここにいて」

「いてほしいのか？」

「わたしがピルを飲むあいだは」

ほんの二、三時間前、バーの外で彼女が言った言葉が浮かんできた。〝あなたとならできると思うのよ〟

そのときのおれは、おれたちがふたり一緒にできることを言ってるんだと思っていたが、彼女はおれをそこに含めてなどいなかった。これは協定じゃない。やるのはヴェロニカだけだ。

「いてくれる？」彼女は真顔で言った。

「いつやるんだ？」おれは静かな声で言った。

彼女はピルケースを取り、錠剤を手のひらにあけた。

「いまよ」

「だめだ」おれは思わずそう言い、腰を浮かせかけた。ヴェロニカはおれを思いきり押し倒した。その視線は冷酷で決意に満ちていて、おれは彼女が本気でやるつもりだということ、それを止める方法はないということを悟った。

「こんな騒音から逃れたいのよ」彼女は錠剤を持っていないほうの手で右耳を押さえた。「何もかもうるさくてたまらない」

その言葉の猛々しさに、彼女の苦悶の深さをかいま見た気がした。耳障りな音をたてる空虚な日常や強打のくり返し、下劣な人間の野次、凡庸さの吹聴――そうしたすべてが、おのれの魂を探る叫び、耐えがたいほど騒々しい回転音にまでふくらみ、彼女はもはやそれに耳を貸したがっていない。彼女はすべてを終わらせたがっている、欲しいのは自分を拒まない沈黙だけだ。

「いてくれる？」彼女は静かに尋ねた。

おれがどんな議論を試みようと、彼女には我慢できない騒音としか聞こえないだろう。彼女が必死に逃れようとしている無情な不協和音に、シンバルのようなけたたましさを加えるだけのことだ。

だからおれは言った。「わかった」

ヴェロニカはそれきり何も言わず、錠剤を一度に二錠ずつ口にいれ、すぐにウオッカで流し込んだ。

「きみに何を言うべきかわからないよ、ヴェロニカ」彼女がすべての錠剤を飲み終わってグラスを置いたとき、おれはそう言った。

彼女はおれの腕の下に身を丸めた。「わたしがダグラスに言ったことを言って」彼女は言った。「結局、人が与えられるものはそれだけ」

「彼に何て言ったんだ?」おれはそっと問いかけた。

「わたしはここにいる」

おれは腕で彼女をぎゅっと抱きよせた。「おれはここにいる」

彼女はおれにすりよった。「そうね」

「それでおまえ、そこに残ったのか?」友人が聞いた。

おれはうなずいた。

「それで彼女は……?」

「一時間ぐらいだった」おれは友人に言った。「それから服を着て、ストリートを歩いて、最後にようやくここに来た」

「じゃあ、いま彼女は……」

「死んだ」おれは早口にそう言った。ふと、バーの向かいにある公園で、彼女が座っている姿が見えた気がした。身動きもせず、沈黙したままで。

「止められなかったのか?」

「どうやってだ?」おれは聞いた。「おれに与えられるものは、何もなかったんだ」おれはバーの前面の窓から外に目をやった。「それにどっちにしても、本当に危険な女にとっては、男なんて答えにならないのさ。そうやって女は危険になる。少なくとも男にとってはね」

友人は奇妙な顔でおれを見ていた。「それでこれからどうするんだ?」彼は尋ねた。

公園の奥のほうでは、若いカップルがたがいに怒鳴りあっていて、女は拳を空中に突きあげ、男はひどく困惑しながら首をふっている。おれの目には、ヴェロニカがそのふたりに背を向け、ただ静かに去っていく姿が見えていた。

「静かにしているつもりさ」おれはそう答えた。「しばらくずっと」

それからおれは立ちあがり、めまぐるしい街へと歩きだしていった。いつもの不快な喧噪。あらゆる無秩序と乱雑さがおれを飲み込んだが、おれ自身の未完の不協和音を、わざわざそこにつけ加えてやる必要は感じなかった。

奇妙なほどに甘美な気持ちを覚えながら、おれは道を曲がり、沈黙を抱きしめながら家路についた。

包み込むようなヴェロニカの静寂の奥深くから、彼女がくれた最期の言葉が聞こえてきた。

わかってる。

ライラックの香り

The Scent of Lilacs

ダグ・アリン／富永和子 訳

ダグ・アリン

一九四二年ミシガン州ベイシティ生まれ。八五年にミステリ短篇「最後の儀式」でデビュー、同作でロバート・L・フィッシュ賞を受賞。九四年発表の短篇「ダンシング・ベア」でアメリカ探偵作家クラブ賞最優秀短篇賞を受賞。短篇の名手として知られ、数多くのミステリ短篇を雑誌・アンソロジー等に発表している。邦訳に長篇『モータウン・ブルース』、『鎮魂のビート』、『レイチェル・ヘイズの火影』、日本オリジナルの短篇集『ある詩人の死』などがある。《エラリイ・クイーンズ・ミステリ・マガジン》二〇一〇年九月／十月号に発表された本作は、二〇一一年にエドガー賞最優秀短篇賞を受賞。一八六五年のアメリカを舞台に、ある家族が南北戦争に翻弄される様を描いた胸を打つ作品だ。（訳者）

一八六五年三月十一日
ミズーリ州レイノルズ郡

　夜明けの靄のなかから男たちを乗せた馬が狼の群れのように漂いでてきて、白い霧のような息を吐きながら、不規則な列になって丘の斜面に広がった。左右の端に斥候がひとりずつ、本隊は五人だ。おそらく納屋の先にある石塀沿いには、すでに射撃手がひそみ、逃げようとする者を誰彼かまわず撃ち殺そうと待ち構えているにちがいない。


　ポリーは、ポーチの隅に座り、ぼんやりした顔で草刈り鎌を研いでいる息子に囁いた。「ジェイソン、馬に乗った男たちが来るよ。納屋に行きなさい。歩くのよ！　納屋までずっとね」

　十歳になる息子は黙って立ちあがり、自分の背よりも長い干し草を抱えると、教えられたようにぶらぶら歩いて庭を横切り、納屋のなかに姿を消した。すぐに二階にある引き戸がわずかに開くのが見えた。

　ポリーは草箒をつかみ、ふだんと同じように掃きながらポーチを横切った。そして正面のドアまでくると、さりげなくそれを開けながら埃を外へと掃きだし、少し開けたままにして、刈り株だけの畑を横切ってくる男たちと向かいあった。

　彼らは北軍だった。まあ、一応は。軍服を着ているのはひとりだけ、騎兵隊の大尉だ。ハゲタカのように痩せて、目くぼの落ち込んだ、細い口髭と山羊鬚の背の高い男だ。彼の部下は正規の兵隊ではなく、作業着や軍服の上着、あるいはズボン姿の男たちだった。外見からすると、農民や商人たちのようだ。だが、北軍だということは間違いない。艶やかに光る馬体からも、彼らの馬は飼い葉をたっぷり食べていることがひと目でわかる。南軍は兵士の食べるものさえなく、フォレストの兵士たちは自分たちの馬を殺して食べているという噂だった。

男たちはポリーを品定めしながら、並んで庭に入ってきた。男もののネルのシャツにごわごわした粗布のズボン、表面がでこぼこのペブルレッグ・ブーツをはいた、切り株のような体つきの農家のかみさんだ。昔はきれいだったかもしれないが、いまはやつれて、ぼさぼさの赤褐色の髪は三月の冷たい風に乱れ、野良仕事で荒れた手にはあかぎれができている。

ポリーは知り合いがいることを願いながら、男たちの顔を見渡し……心のなかで毒づいた。アーロン・ミーチャムが彼らと一緒だった。へりを前にたらした帽子を目深にかぶり、白髪まじりの無精髭に覆われた頬をゆがめて煙草を嚙んでいる。厄介なことになるかもしれない。

ポリーはさりげなく半歩だけ戸口に近づいた。

「ご機嫌よう、奥さん」大尉が穏やかな声で言った。「私はミズーリ州第八騎兵隊のチャールズ・ギリアム大尉。部下と私は——」

「その男たちは、ミズーリ州第八騎兵隊の兵士じゃないわ」ポリーは冷たく言い返した。「レッドレッグ[*1]の民兵でしょうよ。おそらくヘッセン人ね」

「ヘッセン人？」

「反乱軍はキャベツ頭をそう呼ぶのさ」ミーチャムが言った。「独立戦争のときの、ドイツ人の傭兵たちと同じようなもんだ。シーゲル[*2]が六二年に略奪しながらここを通ったとき、彼が指揮していたのはほとんどがセントルイスのドイツ人だったからな」

「なるほど」大尉はうなずいた。「そのとおりですよ、奥さん。私の部下はジェファーソン・シティの民兵で、大部分がドイツ生まれです。だが、いまは私やあなたと同じアメリカ人だ。馬をおりてもかまいませんか？」

「大尉、この庭のはずれに小川があるわ。そこで馬に水を飲ませるのはちっともかまいませんよ。でも、ほかにあげられるものはひとつもないわね。両方から略奪されて、うちにはもう何も残ってないの。ミズーリ南部のもてなしの心も、最近はめっきり痩せ細ってね、トウモロコシの種と同じくらい手に入りにくいのよ」

「俺たちが淡褐色の軍服を着てりゃ、この女はごたごた言わずに穀物をさしだすだろうに」アーロン・ミーチャムはそう言って、ポリーのポーチに噛み煙草の汁を吐いた。「マッキー一家のくそどもは、ひとり残らず連邦脱退派だ。このあたりのもんなら、誰でも知ってるこった」

「そうかな、奥さん？」大尉は尋ねた。「男たちの姿が見えないが、彼らは反乱軍と一緒なのかね？」

「うちの人はスプリングフィールドで、少しでも稼ごうとしてるのよ。長男はチャールストンで北軍の封鎖[*3]に加わってる。次男はベッドフォード・フォレストとテネシーのほうにいるし、その下のふたりは、六一年にヤンキーの民兵たちにうちの馬を盗まれたあと、スターリング・プライス[*4]を見つけるためにアーカンソーに向かったわ」

「反乱軍め」ミーチャムは唾を吐いた。

「三人は南軍」ポリーは訂正した。「ひとりは北軍よ。少なくとも、彼らは正規の兵士だわ、大尉」

「われわれもそうですよ、奥さん」

「本物の兵隊さんが、屑と一緒に働くものですか。そのアーロン・ミーチャムは、この戦争が始まる何年も前からカンザスで略奪や盗みを働き、奴隷廃止論を煙幕に使って強盗や人殺しや放火をごまかしてきた男よ。このあたりじゃジェイホーカーと呼ばれてる。人間よりコヨーテの群れといるほうが似合う男だわ」

「実を言うと、ミーチャム氏はわれわれの部隊のひとりではないんですよ、奥さん。案内人として雇われているんです」

「ええ、このあたりの丘の道にはずいぶんと詳しいでしょうね。法の裁きから逃げるためにそのほとんどを使ってきたんだもの。だけど、大尉、この男の案内で行き着ける先は地獄だけよ」

「軍隊は家族のようなものでね、奥さん。一緒に行動する相手を選ぶことはできんのです。われわれは奴隷と脱走兵を探しているんですよ。あなた方は奴隷を使っていると聞いたが」

「誰がそんなことを言ったの？　ミーチャムが？　まわりをごらんなさいな、大尉、ここが大農園に見える？　うちは乗馬や荷役に使う馬を育てていたのよ。だいたい、ここからイリノイ州との境までは、たった三日しかない。奴隷なんかいないけど、かりにいたとしても、馬が逃げないようにするだけで精いっぱい。奴隷の見張りまで手がまわらなかったでしょうよ。いまはもう馬は盗まれ、穀物は焼かれてしまった。戦争の前だって奴隷なんかいなかったのに。何もなくなったいま、そんなものがなんのために必要なの？　ここにいるのは、あたしと息子だけですよ」

「だったら、探すのにそれほど手間はかからんでしょう」ギリアムはそう言うと、兵士たちに向かってうなずいた。兵士たちやミーチャムが馬をおりようと腰を浮かす。

「いいえ！」ポリーは鞭のように鋭い声で叫び、開いたドアのなかから散弾《スキャッターガン》銃をさっと取りだすや、両方の撃鉄を引き起こしながらギリアムに向けた。

「奥さん、ばかな真似はやめなさい。われわれと撃ちあっても勝てませんよ」

「だとしても、あんたの役には立たないわね、大尉。ミーチャムにも。それにあんたの近くにいるひとりかふたりにも。納屋のなかから息子が一〇番径のグースガンに00《ダブルオー》の鹿弾《シカダマ》をこめてあんたたちを狙ってるの。あたしが撃てば、息子も撃つでしょうよ」

「そしてあなたも息子さんも間違いなく死ぬことになる」

「どっちみち、同じことよ。ここにはもう小麦粉が少しとコーンミールが少ししかないんだもの。反乱軍がうちの乳牛を殺してしまったから、息子は栄養失調で脚の骨が曲がりはじめているわ。あんたたちは、こぼれた麦やトウモロコシ以外、何もかもかっぱらってくれた。まったく、あんたが乗ってる馬のほうが、このあたりの人間よりもよっぽどまともに食べているくらい。ここにはあんたたちに渡すものはひとつもないわ。老サム・カーティス*5が女や子供の死体にも賞金を払うならべつだけど」

ギリアムはショットガンの銃口を無視し、落ち着き払った目で推し量るようにポリーを見下ろした。ポリーはこの表情を知っていた。死が自分を押しのけて友人たちを殺すのをあまりにもたびたび見てきたために、待つことに疲れ、早く自分の番がきてほしいと願っている男の顔だ。

だが、今日はその日ではなかった。「諸君、ここには奴隷はいないそうだ。私はこのレディの言葉を信じる。明らかに飼い葉もないようだから、次の場所に向かうとしよう」

「あんたはおとなしくこの女に追い返されるつもりか？」ミーチャムが怒ってまくしたてた。「脱走兵、奴隷、武器を探せって命令だぜ。この女は武器を持ってる。そうだろ？」

「ああ、たしかに持っているな」ギリアムは皮肉たっぷりに言い返した。「その命令にあるのは、農家のかみさんが手にしている錆びたショットガンではなく、軍が支給した武器だと私は解釈しているがね。しかし、そうしたければ、彼女の銃を回収してもかまわんよ、ミスター・ミーチャム。ただし、私が馬を退け、射程範囲から出てからにしてもらいたい。これはいちばんいいマントでね、血のしみは頭にくるほど落ちにくいからな」

ギリアムは舌を鳴らして去勢馬を何歩かさがらせると、帽子の縁に触れてポリーに挨拶し、向きを変えた。残りの男たちもそのあとに従い、ゆっくり離れていく。ミーチャムと二人残されたポリーは、ショットガンを彼の胸に向けた。

「今日のところはあんたの思いどおりになったな、ポリー・マッキー」ミーチャムは唾を吐いた。「だが、俺に会うのはこれが最後だと思うなよ。旦那が留守じゃ、あんたのズボンはさぞかし冷たくなることだろうよ。そのうち立ち寄って、そのなかにちょいと火をつけてやるかもしれん。また寄せてもらうぜ」

「どうせ明るいうちには来ないんだろ、盗人のくそったれ！　いつでも来るがいいさ。あんたの手に負えないほどの火をやるよ。いいかい、アーロン・ミーチャム、今度あたしの土地に一歩でも入ったら、そのおんぼろブーツからあんたを吹っ飛ばしてやる！　さあ、あたしの土地から出てっておくれ！　出ていけったら！」ポリーは馬の顔に向かって大声で叫んだ。ミーチャムの馬が怯えてあとずさり、前足で空を蹴る。ミーチャムは手綱をさばいて落ち着かせようとしたが、馬の行儀も飼い主と同じだった。鼻を鳴らし、背を丸めて跳ねながら、彼の馬は見回りの男たちのあとを追って走りだした。ミーチャムは振り落とされまいと鞍角にしがみつき、馬とポリーを罵倒しつづけた。

彼を迎える兵士たちの笑い声と野次が丘から跳ね返ってくる。これが大きな慰めになったとは言えないが、少しは気持ちがすっとした。

ポリーは古いスキャッターガンを抱え、ポーチに立ったまま、一行が水を蹴散らして小川を渡り、その先の森のなかに消えていくのを待った。彼らが見えなくなっても、行ってしまったという確信が持てるまで、少しのあいだそこに立っていた。

家のなかに入ると、彼女は注意深くいつもの場所、ドアのすぐ横にショットガンを立てかけた。それからようやく、甘い香りのする居間の静けさのなかで溜めていた息を吐きだし、震えを止めようと自分の体をきつく抱きしめた。


ガス・マッキーはそれが聞こえるまえに、危険を察知した。焚き火にかがみ込み、両手を温めていると、出し抜けに、肩甲骨のあいだが銃剣でこづかれたときのようにちりついた。ゆれる炎の光の外で何かが動き、闇のなかをじりじり近づいてくる。

思い過ごしか？　それとも、俺の墓の上を誰かの霊が歩いているのか？

いや。馬もそれを感じ、峰の麓にある雑木林の囲いのなかで落ち着きなく動きながら、頭を上げ、風が運んでくるにおいを嗅いでいる。誰かが火の少し外をまわっているのだ。

ガスが三年近くも高地で生き延びてこられたのは、こういう直感を無視してこなかったからだ。

古いジェンクス・レミントン・カービン銃は、毛布と一緒に岩の割れ目のなかにあった。だが、手元にあったとしても、テープ式雷管が古すぎて二回のうち一回、弾が飛びだせばいいほうだ。それにこの侵入者がガスに危害を加える気なら、おそらく彼はとうに殺されていただろう。いちばんいいのは、そいつが出てくるのを待って——そう思ったとき、暗がりで小枝がポキッと折れる音がした。

ガスは両手をよく見える位置に保ち、ゆっくり立ちあがりながら静かに声をかけた。「そこから出てこないか。武器は持ってない。ここには盗むものもないぞ。だが、シチューが火にかかっているから——」

「黙れ。あんたはひとりか？」

「息子が峰で狩りをしてる。おっつけ戻ってくるはずだ」

「いつここを出ていった？」

「さあ……思いだせんな。昼ごろだったかな」

「あんたは嘘をついてるぞ。おれは朝からここを見張っていたんだ。誰も来なかったし、出てもいかなかった」その男は陰のなかから出てきた。痩せてひょろりとした、まだ二十歳にもならない若者だ。が、手にしている武器は大人が持つコルト・ホース・ピストルだった。撃鉄が起こされ、銃口はガスの腹を狙っている。

ぼろぼろの軍服の上着は、もとの色がわからないくらい色褪せ、汚れていた。北軍の砲兵隊の青か？　それともアーカンソーの灰色か？　そのどちらにせよ、もう関係ない。しばらく前に脱走したらしく、顔は汚れ、むさ苦しい無精髭がのびて、目も落ちくぼんでいる。満足に食べていないとみえて頬がげっそりこけていた。

「俺はガス・マッキーだ。言っとくが、俺を恐れる必要はまったくないぞ。山のなかに隠れて、戦争が終わるのを待っているんだ。あんたと同じさ」

「兵隊なのかい？」若者はストーヴの上のコオロギのように落ち着かず、キャンプの周囲にちらっと目をやった。

「昔はな」ガスは答えた。「ウィンフィールド・スコット[*6]に従って、四六年にメキシコへ行ったよ。聞いたこともない場所で、なんの恨みもない連中を殺した。まったく、彼らのことなど何ひとつ知らなかったのに、気がつくとメキシコにいたんだ。そのころのマスケット弾がまだ尻に入ってる。戦争なんてものは、どんな男にも一度で充分だ。この戦いに加わるのはごめんだね」

「脱走兵じゃなければ、どうしてこんな山のなかに隠れているんだ？」

「俺とかみさんは、レイノルズ郡の西で小さな牧場を持っていたんだ。ほとんど荷役用の馬だが、乗馬用の馬も何頭かいた。だが、近頃のミズーリ南部は嘆かわしいことに馬の繁殖には向かんのさ。六一年にヘッセン人を引きつれてスプリングフィールドへ向かう途中、ライアンがうちの牧場を略奪していった」

「ヘッセン人？」

「ドイツ人だよ」ガスは説明した。「船から降りたばかりの移民たち。北軍の頼みの綱だ。ライアンがウィルソンズ・クリークで戦死したあとは、両方の側が家畜を盗み、畑を焼きはじめた。兵隊ばかりか北部を目指す逃亡奴隷にも略奪されて、俺たちはほとんど丸裸になっちまった。だから残った馬をこの高地に隠したのさ。戦いが終わって息子たちが戻ったときに、少しは何かが残っているように」

「息子さんたちは戦ってるのかい？　どっちの側で？」

「両方だ」ガスはため息をついた。「長男は五七年に海へ逃げだし、戦争が始まったときも北軍にとどまった。最後に便りがあったときは、モービル湾のハートフォード号に乗っていたよ。次男はベッドフォード・フォレストのもとで戦ってる。その下のふたりは六二年にプライス将軍に従っていった」

「で、あんたはどっちの味方なんだい、マッキーさん？」

「俺はこの困難な時代を生き延びたいだけさ。あんたと同じだ。手をおろしてもいいかね？　コーヒーが噴きこぼれそうだ。高地じゃコーヒーは貴重だからな。無駄にするのはもったいない。あんたにも喜んで分けてやるが、その銃はおろしたほうがいいぞ。誰も撃ちたくないんだから」

「俺の望みなんか関係ないよ。その必要があれば撃つ。だからおかしな真似はしないほうがいいぞ。わかったかい？」だが、若者はホース・ピストルをホルスターに戻した。ガスは膝をついて湯気のたつポットを石炭からおろした。火傷するほど熱いコーヒーをふたつのカップにつぎ、ひとつを若者に渡す。若者はお礼代わりにうなずいた。

「まだ名前を聞いてなかったな、若いの」

「ミッチェル。エライアス・ミッチェルだ。エリでいいよ。あんなふうにいきなり銃を向けたりしてすまなかった。ずっと逃げてるんだ」

「あんたは連邦軍だな。北から来た」これは質問ではなかった。

エリはコーヒーを飲みながらうなずいた。「どうしてわかるんだい?」

「まあ、ヘッセン人のことを知らなかったしな。どこから来たんだ?」

「イリノイ州だよ。親父はカイロの近くに八十エーカーの農場を持ってる。一年の契約で入隊したんだけど、ペリーヴィルで戦ったあと俺の部隊はなくなって、新しく配属になった部隊が、戦いが終わるまで徴兵されてしまったんだ。もう四年近くも戦ってるよ。いやになるほど殺し合いを見て……とにかく、家族からきた手紙には、農場がにっちもさっちもいかない状態だと書いてあった。もう戦うのはたくさんだ。この国を救い、奴隷を解放するために入隊したのに、俺たちがいましているのは、農場や村を焼いて、気の毒な人たちを飢えさせることだけだ。すっかりいやになって、先月ヴィックスバーグで脱走した。それからずっと家を目指してるんだ」

「イリノイまではまだずいぶんあるぞ」

「最初よりは近づいたよ。少しのあいだは馬があったけど、脚を痛めて、放してやるしかなかった」

「この近くでか?」ガスは警戒心もあらわに鋭く尋ねた。

「いや、アーカンソーで。二週間前だよ。どうしてだい?」

「この高地には誰もいないように見えるかもしれんが、

そうじゃない。北軍の兵士たちがしょっちゅう見回って、両陣営の脱走者を探している。北軍の脱走者には賞金がかかっているんだぞ、ひとりにつき二十ドルだ」

「二十ドルも！　くそ、俺たちがもらってた給料より多いじゃないか！」

「それだけじゃない。賞金は生きていても死んでいても支払われる」

「ひどい話だ」エリはそう言って首を振った。「ここに隠れているのは正しい選択だよ、マッキーさん。たとえ最初はあったにしても、この戦いにはもう正しい側なんかない」

「そうかもしれんな。いくらか金を持ってるか？」

「金？　いいや。土産代わりの南部の一ドル紙幣なら何枚かあるけど。それだけだ。悪いけど、このコーヒーの金も払えない」

「俺も残念だ。あんたに馬を一頭買ってもらいたいと思ったんだが……。あんたは約束を守る男か？」

「うん、守る男だけど」エリはけげんそうな顔で尋ねた。「なぜだい？」

「馬を一頭貸してやろうと思ってな、ミッチェル。だが、この戦争が終わったら、ちゃんと返すと約束してもらいたい」

「どういうことだか、よく……」

「いいか、かれこれ三年近くも、俺はわずかな馬をこのあたりのあちこちに移し、北軍や南軍の見回りやジェイホーカー、泥棒を避けてきた。だが、それができたのも、この高地のあらゆる道を知っているからだ。あんたは知らん。このままオザーク高原をイリノイに向かって歩きつづけていたら、そのうち捕まるのは、神様が緑のりんごを作ったのと同じくらい確かなこった。彼らはあんたを捕まえ、ひょっとすると俺のところまでたどってくるかもしれん。つまり、あんたがここからできるだけ早く消えてくれたほうが、俺にとってもありがたいんだよ。馬と多少のツキがあれば、一週間後には家にいられるぞ」

「会ったばかりの相手に、ずいぶん大きな賭けをするんだね、マッキーさん。正直に言うと、俺はあなたの馬を盗もうと思って、ずっと見張っていたんだ。必要なら銃を突きつけて、盗むつもりだった」

「ああ、あんたはひどいやつさ、エリ。最初から見抜いていたよ。もう一杯コーヒーをどうだね?」

「いまのは冗談なんかじゃないよ」

「わかってるとも。だが、おまえさんは俺の背中を撃たなかったし、俺の馬を盗もうともしなかった。近頃じゃそれだけでも立派なことだ。ほら、シチューも食べるといい。冷たくなっちまうぞ。月が昇ったら、古いジェイホークの道へ連れてってやる。それからでも、今夜のうちに八マイルか九マイルは走れるだろうよ」

「ありがたいが……マッキーさん。そんなに簡単じゃないんだ」

「どうして?」

「この何日か、俺はけがをした反乱軍兵士と一緒に隠れていたんだ。ここから南におよそ一マイルほど行った泉のそばで。彼に助けを呼んでくると約束したんだ」

「ヒマラヤスギがまわりにある小川か? 長い谷の終わりにある?」

「知ってるのかい?」

「六十マイル四方の水のある場所は、ひとつ残らず知ってるよ。だが、それを知ってるのは俺だけじゃない。あの谷はヤンキーたちも定期的に見まわってるぞ」

「兵隊は一人も見かけなかったよ」

「だったら幸運だったんだ。その男はどれくらいそこにいるんだ?」

「さあ。一週間ぐらいかな? ひどいけがをしてる。撃たれたんだ」

「このあたりの男か?」ガスはごくりと唾を呑みなが

ら尋ねた。

「いや。アーカンソーの出身だと思う。一日の半分はうわごとを言ってる。プライス将軍のもとで戦っていた中尉みたいだ。手当てをしないと、もうあまりもたないと思う」

「撃たれているんじゃ、手当てをしてもまずだめさ。おまえさんの家は反対の方角だぞ、ミッチェル。その南軍兵士のところに戻れば、自分の身に危険がおよぶだけだ。ひょっとすると、その兵士にもな」

「でも、彼に約束したんだ」

「誰もそんな約束を守れとは言わんさ！　まったく、いまは戦争中なんだぞ。その男はおそらくもう死んでいるだろうよ。こうしようじゃないか、一日か二日のあいだに、俺が様子を見にいってみよう。それでいいか？」

「まあ……そうだね。ありがとう」

「礼を言うにはおよばんさ。俺はくそがつくほど愚かな男だからな。ほら、このシチューを少し腹に入れるといい」兎の肉と野生のトウモロコシと細く裂いたヤムイモを入れた熱々のシチューを金属の皿に入れ、ガスはそれをエリに渡した。「ここにいると何も耳に入ってこなくてな。戦争はどんな具合だ？」

「俺も詳しいことは知らないけど」エリはシチューを食べながらもぐもぐ答えた。「歩兵には誰も何も教えてくれないんだ。でも、春がくるころには終わりそうだとみんなが言ってた」

「そのジョークはもう何度か聞いてるよ」

「今度は本当かもしれないよ。シャーマン[*7]は秋にアトランタを落として、サヴァナへ進撃する前に、そこを焼き払った。六十マイル四方にあるものを何もかも焼きつくしたんだ。リッチモンドは降伏した。もっとも、フッド将軍はまだ戦場にいるらしい。連邦軍とそこで戦うために、ナッシュヴィルへ向かったかもしれない」

「スターリング・プライスは？」

「この秋にウェストポートで手ひどくたたかれて、アーカンソーに退却した。彼の率いている兵士たちは、ひどい状態だって話だよ。馬を殺し、草を食べて命をつないでいるそうだ……ごめん、あんたの息子さんはたしか……？」

「ふたりの息子がプライスのもとで戦ってる」ガスは吐きだすように言った。「まったく筋が通らん。俺は生まれてからひとりの奴隷も持ったことはない。奴隷制度に賛成しているわけでもない。だが、ヤンキーがうちの牧場を襲ったあと、どう説得しても息子たちはがんとして聞かず、栄光ある大義のために戦うと出ていってしまったんだ」

「奴隷制度のために？」

「まさか。南部の独立のためにさ。ヤンキーやヘッセン人に俺たちの馬を追い散らされずに生きられるように、だ。奴隷解放令からこっち、俺が見た唯一の奴隷は逃亡奴隷だけだ。彼らはぼろを着て、飢え死に寸前で、俺の畑を動物みたいに掘っていく。彼らがこれまでよりもましだと思うか？」

「黒人にしろ、白人にしろ、この戦いのおかげでましになった人間なんか、ひとりもいるもんか。俺たちが自由にした奴隷は、行く場所も、食べるものも、土地もない。さっきも言ったけど、この戦争にはもう正しい側なんかないみたいだ。なんでもいいから、とにかく家に帰りたいよ」

「ああ、その気持ちはわかる」ガスはうなずいた。

「よくわかるよ」

それからしばらくして、月が最後のかすかな光をそそぐなか、ガスは自分の雌馬に使いやすい鞍をつけて、エライアス・ミッチェルを乗せてやり、ジェイホークが使う小道を北へと送りだした。若者が陰のなかへと遠ざかっていくのを見送りながら、子馬のころから育て、世話をしてきたやさしい性格の愛馬をたったいまくれてやったばかりの男にしては、ガスは驚くほどの満足を感じた。

だが、その夜、彼は体をこわばらせ、神経を尖らせて、片手ですぐ横に置いたカービン銃をつかみながら目を醒ました。闇のなかでじっと耳をすましたが、何の音もしない。聞こえるのは、風のうなる音、狐が星に向かって吠える声だけだ。

長いこと高地にいるせいで、彼は半分野生動物のようになり、アリ塚のモグラのように神経過敏になっている。だが、これはただの気のせいではなかった。何かまずいことがあるのだ。間違いない。ただ、それがなんなのかはっきりわからなかった。

そこでガスは火が消えるままにして、赤く光る燃えさしから離れたふたつの岩のあいだに移り、撃鉄を起こしたカービンを擦り切れた毛布の下に隠した。

夜のあいだまどろみつづけ、かすかな物音にも即座に目を醒ましては、それからまた体の力を抜き、うとうととしながら、細く目を開け、闇のなかに目を凝らしていた。

そのあいだも何かがまずいという直感は消えなかった。


翌日のお昼、ポリーが納屋を掃除していると、蹄《ひづめ》の音が近づいてきた。ミーチャムだろうか？　この時間に？　考えられない。あの男が昼日中に、堂々と来るはずがない。三つ叉をつかみ、ポリーはひずんだ扉の亀裂から外をのぞいた。

二人乗りのスタンホープ・バギーが西のほうから近づいてくる。手綱を握っているのは女性だった。その女性は馬車を門のなかに入れ、馬を導いて長い私道を進んでくると、ポリーの家のそばで歩く速さに落とした。

まだ三つ叉を手にしたまま、ポリーは納屋から出て、額に手をかざして待った。訪問者は馬車の旅に備えて暖かい格好をしていた。アザラシの毛皮のマントの下に、注文仕立てのウールのスーツを着ている。ポリーが新しい服を最後に見たのは……思い出すこともできないほど昔のことだった。

「こんにちは、奥さん、どうかしたんですか？」

「お願いします。道に迷って」その女性は耳障りな訛りで答えた。ヘッセン人だ。ポリーは目を細めた。

「けさ、コリドンを出て――」

「馬車を回して門を出ると、一マイル先で道が分かれてるわ。それを北へ向かえばセンターヴィルに着きますよ」

「でも、センターヴィルに行くわけでは――」

「ねえ、奥さん、あたしは一日中――」

「お願いします、マッキーの家を探しているんです」ヘッセンの女性は必死に訴えた。「ここから遠いですか？」

ポリーは何歩か馬車に近づき、けげんな顔でその女性を見上げた。思ったよりも若い。バターミルクのように青白い顔に、ほとんど透けて見える睫。顎に青あざがあり少し腫れているが、それでも、ヘッセンだろうとなかろうと、なかなか器量のよい娘だ。

「マッキー一家にどんな用があるの？　あんたは誰なの？」

「私の名前はビルギット・ランドルフです。夫はタイラー・ランドルフ。アンガス・マッキーのいとこで――」

「あたしはガスの妻のポリー・マッキーよ。タイラーのことは、彼が子供のころから知ってるけど、あんたが誰なのかまだわからない。タイラーは結婚していないもの」

「私たちは二、三カ月前に結婚したんです。彼が州兵としてセントルイスにいるときに出会って。タイラーはとても……粋な兵隊さんだったんですよ。暴動のあと、彼はプライス将軍の傘下に入りました。彼がアーカンソーにいるとき、私たちは手紙をやりとりしていました。そしてこの八月に彼が私のところに来て、結婚したんです」

「あんたのところに来たってどういうこと？　どこに来たの？」

「セントルイスに。タイラーはもう兵隊じゃないんです。ピー・リッジで負傷して、除隊になりました」

「負傷した？　ひどいけがだったの？」

「片脚を……撃たれたの。ほとんど治ったけど、足を引きずります。痛みがひどいみたいだけど、何も言いません。そのことでは、とても……頑固で」

「タイラーらしいわね。で、あんたたちは八月からどこにいるの？」

「グローヴ山の近くにある彼の農場にいます」

「驚いたこと」ポリーは首を振った。あまりにいろいろなことが起こりすぎる。ミーチャムとその仲間が現われたと思ったら、今度は半分頭のイカれたヘッセンの女が、親戚だと言ってくるなんて。このいまいましい戦争で、世の中はすっかり狂ってしまった。

「とにかく、風のなかで話してても仕方がない。よかったら、なかにお入んなさい、お嬢――いえ、ランドルフの奥さん。残念ながらコーヒーは切れてるけど――」

「紅茶とお砂糖を少し持ってきました」ビルギットはそう言って、ポリーに三ポンド入りの袋を手渡した。

「タイラーは、このあたりは略奪がひどかったと言ってます」

「ええ、両側からすっかり持っていかれたわ」ポリーは先に立って案内しながら、厳しい顔で同意した。

「キッチンに入んなさい。お茶を入れるから」ビルギットは戸口から入ったところでためらった。壁のペンキはもう何年も塗り変えられていないが、小さな農家のなかは塵ひとつないほど清潔だった。

「まあ、とてもすてきなお宅。掃除が行き届いて、い畑で働くのは平気よ」

「だったら何が問題なの？　ああ、足を引きずってる農家の男は、もう南軍の粋な中尉さんには見えない、ってわけ。だから母さんのところに逃げ帰るの？　まったく、ヘッセンの女なんかと結婚するからこんなことになるのよ。タイラーのばかが」

「私はヘッセン人じゃないわ」

「嘘をついてもだめよ。耳がある人間なら、あんたが誰かぐらいすぐわかるわ！」

「でも、違うんですもの！」ビルギットは怒鳴り返した。喉と頬を赤くしながらも、一歩も引こうとはしない。「両親はドイツ人だけど、私たちはバヴァリアのフライシュタットから来てるの！　ヘッセン人はヘッセから来る人たちよ！　私はヘッセン人とは違う。それに私がタイラーから逃げだしたわけじゃないわ。彼が私を追いだしたのよ！」

「なんですって？」


いにおいまでするわ」

「どんなふうだと思ったのかしら？　豚小屋みたいだと？」

「いいえ、そんな……どうか。自分がときどき間違った言い方をするのはわかってるの。でも、怒らせる気はまったくないんです。悪いときに来たようね」

「近頃じゃ、いいときなんかあるもんですか。だいたい、ここにはどうして来たの、奥さん？　うちに何の用があるの？」

「タイラーが……あなたのところへ行けと言ったんです。あなたが私をセントルイスまで送って、あの馬車でここに戻ってきてくれたらありがたい、って。馬車はあとで誰かに取りにきてもらうと――」

「馬車は取りにくる？　でも、あんたを迎えにはこないの？　どうして？　農場の暮らしは、あんたには厳しすぎるってこと？」

「いいえ、私はバヴァリアの農場で育ったんですもの。

「本当よ！　お腹に赤ちゃんがいることを話したら、とっても怒ったの。私は実家に帰らなくてはいけないと言うの。いいえ、いやよ、と私が言うと、自分の言うとおりにしろと命令するのよ。私がそれでもいやだと言うと、彼は……私をぶったの！」ビルギットは涙を浮かべ、あざになった口もとに手をやった。「そしてここに来たら、今度はあなたが私に腹を立てる。なぜだかわからないけど……どうすればいいのか、もうわからないわ。もうなんにもわからない！」

ポリーにはわかっていた。彼女は黙って太い腕で若い女性を包み、ビルギットが道に迷った子供のように泣きじゃくるあいだ抱きしめていた。ある意味では、ビルギットは子供だった。実際、まだ十七歳かせいぜい十八歳ぐらいだ。ポリーは四十歳になったばかりだが、自分がビルギットと同じ歳だった頃のことは、熱に浮かされた夢のようにもうほんのかすかにしか思い出せなかった。

青いほうろうびきのお茶のポットが低いうめき声のような音をたて、この呪文を破った。

「ごめんなさい」ビルギットは体を離しながら謝った。「これは私の問題だもの。あなたを煩わせてはいけないのに」

「ばかなことを言いっこなしよ」ポリーはストーヴの蓋の上からポットを取り、ふたつのガラスのような陶器のマグを満たした。「あたしたちはもう家族なんですからね。さあ、そこのテーブルにお座りなさいな。ふたりでなんとか考えてみようじゃないの」

「でも、どうするの？」ビルギットは熱い紅茶を飲みながら、途方に暮れた声で尋ねた。「タイラーは私にいてほしくないのよ。私たちの子供が欲しくないの」

「そんなはずがあるもんですか。セントルイスであんたと結婚するためには、北軍の半分を通り抜けなきゃならなかったはずよ。除隊の書類があってもなくても、捕まればその場で吊るされるか、ヤンキーの刑務所にぶちこまれる危険をおかしてね。タイラーはたしかに頑固だわ。ランドルフ一家はみんなそうよ。マッキー一家もおんなじ。だけど、いったんこうと決めたら、それを翻すことはありえない。タイラーが八月にあんたと結婚したくて殺される危険をおかしたとしたら、その気持ちはいまだって変わってやしない。彼があんたを追い出した理由には、もっと何かがあるにちがいない。ふたりのあいだはどんな具合なの？　タイラーは以前にもあんたに手をあげたことがあるの？」

「いいえ！　そんなこと一度もなかったわ。私たちはとてもうまくいってたの。夢のように幸せだったわ。でも、この一ヵ月というもの……彼はすっかりふさぎこんでいるの。まるで遠くにいるみたいに。夜も遅くまで起きて、外を見張っているのよ。農場のまわりの丘で、焚き火の光が見えるから。彼は脱走者だと言ってるわ。さもなければジェイホーカーか。数日前は、馬が盗まれた。畑にいるタイラーのところに五人の男が来て、彼が農作業に使っていた馬を持ち去ったの。タイラーがそれ以来黙りこんで、ひと言も話そうとしないから、赤ん坊のことを知ったら少しは気持ちが明るくなると思って……」ビルギットは涙を呑みこんで首を振った。

ポリーは紅茶を飲みながら考えこんだ。「タイラーは怖がっているにちがいないわ」彼女はしばらくしてそう言った。

「怖がっているの？　タイラーが？」

「いいえ、死ぬことが怖いわけじゃない。あれだけ戦いを見てきたあとだもの、死神より酔っ払いの叔父さんのほうがよほど厄介だと思うでしょうよ。ええ、あの子が怖がってるのは、あんたのことよ。あんたを守れないこと。さもなければお腹の子供を守れないこと。これは男にとっては恐ろしい不安だわ。とくにタイラーみたいに兵隊だった男にとってはね。タイラーは虐殺を目の当たりにしてきた。一歩間違えばどんなにひどいことが起こるか、よくわかってるのよ。それにあんたを失望させるのが怖いのね。もっとも、本人はそこまで気づいていないだろうけど」

「だから私を追い出したの？」

「たぶんね」

「私はどうすればいいの？」

「それはあんたの気持ちしだいよ。案外タイラーが正しいのかもしれない。このあたりはほんとに厄介なことになっているもの」

「でも、あなたはここにいるわ」

「ほかに行くとこがないからよ。ここはあたしたちのすべてだもの。だけど、あんたはセントルイスにいるほうが安全よ、ビルギット。しばらくのあいだは家族のところに戻っていたほうがいいかもしれない」

「いいえ。いまはタイラーが私の家族よ」

「ほんとにそう思うの？　あんたはずいぶん若く見えるけど」

「ええ、私は若いかもしれない。でも、私にはわかってるの。タイラーに会ったとき、セントルイスには若い兵隊がたくさんいたわ。何千人も。私は舞踏会にいたの。タイラーは友達と笑っていた。そして何気なく私のほうを見た。それから私のところに来て、ほんの一分ほど話した。それだけよ。そして踊ったの。一度だけ。でも、そのときにはもうわかっていたわ」

「何が？」

ビルギットは風にさらされたポリーの顔を用心深く見て、肩をすくめた。「そうしたければ笑ってもいいわ。でも、タイラーと目があったとき、私には……自分の人生が見えたの。彼と過ごす人生が。彼と私の子供たちも見えた。ばかみたいに聞こえるのはわかっているけど……あの瞬間、そのすべてが見えたの。でも、あなたの言うとおりかもしれない。私はただの……ヘッセン人かもしれない」

「いいえ、それはあたしの誤解だった。それにあんたのこともね。さっきはあんな言い方をしてごめんなさいね。それにタイラーもあんたをこんなふうに扱うべきじゃないわ。まあ、彼がそうした理由はわかるけどね」

「彼の理由なんかどうでもいい、私を追い出すなんて間違いよ。私も彼のそばを離れてはいけなかったんだわ。農場に戻らなくては」

「そう簡単にはいかないわ。いまは危険な時代だもの。タイラーには、あんたのことを恐れるもっともな理由があるのよ」

「それはわかっているつもりよ。私も怖いわ。でも、彼を失うほうがもっと怖い。私たちふたりが持っているものを失うほうが」

「勇敢なのは結構だけど、ダーリン、気持ちだけじゃ、とても充分とは言えないわね。この周囲の丘には、あんたの馬と一ドルの金が欲しさに、さもなきゃまったくなんの理由もなしに、瞬きもせずにあんたを平気で撃ち殺す男たちがいるんだもの。タイラーがいくらそうしたくても、四六時中あんたを守ることはできない。あんたたちはおたがいに守りあう必要があるのよ。銃のことは知ってるの？」

「少し。タイラーが小さな拳銃を買ってきて、撃ち方を教えてくれたのよ。でももっとも上達しなくて」

「男ときたら」ポリーは皮肉たっぷりに言った。「か弱いレディには、小さな銃しか使えないと頭から決めつけているんだから。そういう拳銃のどこが問題かわかる？　男はこう思ってるの。どうせ女には銃を撃つ度胸などないとね。それか、撃ってもあたりっこないと。ま、自分が撃ち殺されれば、信じるかもしれないけどね。さもなきゃ、信じてもらいたいばっかりに、こっちが撃ち殺されそうになれば。いいこと、女が扱う本物の銃はあれよ」ポリーはそう言って、裏口のドアのそばに立てかけてあるコーチガンを示した。「あれならうまく撃つ必要なんかまったくない。引き金を絞る度胸があればいいだけ。あれを持っていたって、ろくでなしの屑どもには油断できないけど、あいつらのほうも撃たれないように気をつけるべきなのよ。よかったら、二十分もあれば知る必要のあることを教えてあげられるわ」

「ぜひお願いするわ。ありがとう」

「そのまえに、このお茶を飲んでしまいましょう。それに少し話もしたいわ。近頃じゃ、ほかの女性に会うことはめったにないんだもの。男みたいな格好で、男みたいに働いて、ときどき中身まで男になっていくような気がするわ」

「あなたはとても女らしい人だと思うわ、マッキーの奥さん。それにこの家は……怒らないでね。ここはとても清潔だわ。いいにおいまでする。この素晴らしいにおいはなんなの？」

「ライラック水《オー・デ・ライラック》よ。戦争が起こるまえ、息子たちがみんな家にいて、汚れた服やらブーツやらで歩きまわっていたときは、ここはときどき馬屋みたいな匂いになることもあったの。ライラック水はそれを和らげてくれたわ。でも、よく気づいたこと。少しでも長くもたせようとして、ずいぶん薄めているのよ。ここを出ていくとき、息子たちが新しい瓶を買ってくると約束してくれたんだけど」

「息子さんは何人？」

「アンガスと最初の奥さん、サラのあいだにできた男の子たちが四人いる。サラは肺結核で亡くなったのよ、ずいぶん若いうちに。ガスとあたしは、あんたとタイラーみたいじゃなかった。ダンスで出会ったわけじゃなかったわ。あたしは孤児になって、親戚と一緒に暮らしていた。アンガスには子供たちの母親が必要だった。結婚したとき、あたしはまだ十五だったの。いまはあたしたちの息子もいるわ。ジェイソンよ。それと女の子をひとり死産してるの。らくな暮らしじゃなかったけど、とにかくあたしたちはここでがんばってきた。戦争が始まるまえはいいところだったのよ。この戦争が終わったら、また昔のようにするわ」

「でも、あの……好きなんでしょう？　ご主人のことが？」

「もちろんよ。ガスは心のやさしい、善良な人だもの。だから……好きだと思う。夢のように幸せだったとは言えないけどね。ガスはあたしより年上で、自分のやり方を変えない人だから。初めて彼とベッドをともにしたときは、愛や……なんかのことは、繁殖期に馬や豚の交尾を見た程度の知識しかなかった。でも、アンガスはやさしくしてくれて……だいたいは、一緒にくびきにつながれた家畜みたいに一緒に歩んできた。ただ、あんたがさっき言ったような瞬間は一度もなかった。ええ……そういう特別な気持ちになったことはね。あたしたちはがむしゃらに働いて、そのときどきで最善を尽くしてきた。正直に言って、ガスはずいぶん長いこと留守にしているから、ときどき……これが終わったあと、昔と同じ状態に戻れるかどうか不安になることもあるわ」

「留守って、どこへ行ったの？」

「高地にいるのよ。みんなにはスプリングフィールドにいると話してるけど、ほんとは違うの。タイラーが言ったように、プライスの部隊がアーカンソーに追いやられたあと、連邦政府と南部連合の境にあるこのあたりは両方の側に略奪されてるのよ。しょっちゅうどちらかが襲ってきては、馬や作物を盗んでいく。だから、アンガスは最後に残った馬を高地に移したの。それ以来、馬の群れをあちこち動かしながら高地に隠れてるわ。戦争が終わったあと、息子たちがここで新しい人生を始められるものを残しておいてやりたい、ってね。でも、ほんとに終わる日がくるのかしら。アンガスがここを出ていったときは、二、三ヵ月もすれば戻ってこられると思っていたけど、もう二年、いえ、三年近くになる。彼は一ヵ月に一度、何時間かこっそり戻ってくるだけ。そんな生活がこの先ずっと続くような気がして……」

「もうあまり長くないかもしれない。タイラーはもうすぐ終わると言っているわ」

「ダーリン、その言葉は六一年からずっと聞かされどおしよ」

「だけど今度は本当よ。タイラーはセントルイスの新聞をほとんど毎月読むの。北軍はシェナンドー谷を完全に占領した。プライスの軍隊は追い散らされた。フッド[*8]はアトランタから退却して、あの街は燃えているわ」

「アトランタが燃えてる？　でも、どうして？　誰が火をつけたの？」

「北軍だと思うけど……」ビルギットは暗い顔で肩をすくめた。たとえ流暢な英語が話せたとしても、この土地に吹き荒れている狂気を説明する言葉はない。

「なんてこと」ポリーは肩を落とした。「この戦争はいつか終わるかもしれない。でも、それがもたらした禍《わざわい》はいつまでも尾を引くでしょうよ。百年たっても癒えるかどうか。どうりで高地は脱走兵だらけだし、ジェイホーカーが戻ってきて我が物顔でこのあたりを略奪してまわってる。どっちの側も血のにおいを嗅いでいるにちがいない。タイラーのところに帰る気なら、急いで帰ったほうがよさそうね。でも、その前にどうやって殺すか、教えてあげるわ。もちろん、レディらしいやり方をね」

それからわずか三十分ほどで、ポリーはビルギットに銃身の短いコーチガンの基本的な扱い方を教えた。駅馬車《ステージ・コーチ》の助手席に、メッセンジャー兼ガードが持って座ったことからこう呼ばれるこの散弾銃は、至近距離から撃てば、ポプラの切り株から横に並んだ三人の男まで、行く手にあるあらゆるものを引き裂くことができる。

ビルギットは家事の延長のように銃の扱いに取り組

み、自分と家族を守るために、鶏や子供を襲うコヨーテを殺すのと同じ冷静さで対処するすべを学んだ。

どちらの女性も、男たちが殺しから得ているように見える喜びや満足は感じなかった。これはたんに片付けねばならない仕事だった。ほかの仕事より危険かもしれないが、より必要な仕事でもある。

ポリーの指導が終わるころには、ビルギットはコーチガンを完全に扱えるようになった。やがてビルギットが馬車に乗りこむと、ポリーはずんぐりした銃身のショットガンをその膝に置いた。「これを持っていくといいわ。うちにはもうひとつあるから。帰り道に誰かが何かしようとしたら、ためらわずに使いなさい。彼らはもう長いこと毎日のように人を殺してきたから、殺すことなどなんとも思ってやしないの。不意をうつこと、それとこの銃だけが頼りよ」

「大丈夫。どうにか対処するわ。タイラーにも、これからふたりの関係がどうなるか説明するわ。今度は彼もちゃんと聞いてくれるでしょう」

「ええ、そうするでしょうよ」ポリーはにっこり笑った。「コリドンには暗くなる前に着けるはずよ。今夜はそこに泊まって、明日の朝、農場に向かえば、夕食前には家に帰れるわ」

「今度の夏、赤ん坊が生まれるときがきたら、誰かにあなたを迎えにきてもらってもいいかしら?」

「もちろんよ、ダーリン。大急ぎで駆けつけますとも。ふたりで一緒にその子をこの世に引っ張りだしましょうね。それじゃ、ランドルフの奥さん、また夏に。この戦争が終わって、息子たちが戻ったら、もっと早く会えるかもしれない。それまでは、元気でがんばるのよ。いいわね?」

ふだんなら、ガスは日の出とともに目を醒ますのだが、昨夜遅くエリ・ミッチェルを送りだしたのと、ぐっすり眠れなかったせいで、その日の朝はいつもより遅くなった。淡い陽射しが焚き火のまわりから木立の影を追いやっても、彼の不安はまだおさまらなかった。ライフルと毛布を注意深く岩の亀裂にしまったあと、最後の粉を使って一杯だけのコーヒーを淹れたが、そのあいだも、何かがおかしいという気持ちに悩まされつづけた。なんらかの警告のしるしを見過ごしている気がしてならない。

必需品はほとんど底をついていたが、今夜は月が出ないから、高地をおりて家に戻るとしよう。彼がもう一カ月高地に隠れてがんばれるように、ポリーはいつもなんとかコーヒーや砂糖のような必需品と、近所の出来事や戦争の噂をかき集めて待っていてくれた。

だが、我が家を訪れる危険をおかすまえに、イラクサのようにチクチク胸を刺すこの不安のもとを突きとめねばならない。正体不明の危険に我が家までついてこられては困る。焚き火の燃えさしのそばで毛布に包《くる》まり、肩をすぼめて、滓のような苦いコーヒーを飲みながら、ガスは自分を悩ませている不安に形を与えようとした。

エリ・ミッチェルにどこか疑わしい点があったのか？　あの男が言ったこと、さもなければ彼のとった行動に？　いや、俺が軍を脱走したあの若者に、自分の馬を進んでくれてやり、その決断をまったく悔やんでいないことを考えれば、その可能性は薄い。それにほかに何ができた？　ミッチェルを殺すのか？　追い払うのか？

たしかにあの若者のことを、彼はほとんど知らない。だが、物心ついたときから馬を扱ってきて、四十歩離れたところからでも馬の良し悪しを見定められるガスは、人間の良し悪しに関しても自分の判断に自信を持っていた。エリ・ミッチェルは誠実な若者に見えた。あの男があとで馬を返すと約束したとき、ガスはそれを信じた。エリはきっとその約束を果たそうと……。

そうか、それだ！　それが鞍の下の座金《ざがね》のように、襟元から入り込んだイガのように、彼を苛立たせていたのだ。

エリの約束が。

あれは誠実な若者だ、戦争が終わればガスとの約束を守るために馬を返そうとするにちがいない。だが、彼はけがをした反乱軍の中尉にも、助けを呼んでくると約束した。そしていまや元気のいい馬を手に入れ、わかちあえる食べ物も少し手に入れたとあれば……くそったれ！

自分の愚かさを呪いながら、ガスは隠し場所からライフルを取りだすと、昨夜の小道を走っていった。朝露のおりた道で愛馬の蹄の跡をたどるのはたやすかった。ミッチェルはガスの視界から消えるまで北へ向かい、それから南に引き返して、負傷している友を助けるために泉へと戻っていた。

だが、ガスは若いミッチェルよりもはるかによくこのあたりの丘を知っている。彼はその小道を離れ、かなりの速度で丘を登りはじめた。低木が茂るこの斜面は、馬で登るのは難しくても、人間ならさほど困難ではない。そして丘の頂を越えれば、泉までの距離をおよそ半分に短縮できる。うまくいけば、昼には泉に着けるはずだ。

だが、ガスはあまりツキに恵まれなかった。そしてエリ・ミッチェルは、すっかりそれに見放されていた。

彼が谷を見下ろす丘の上に立ったとき、叫び声が聞こえ、轟くような蹄の音がそれに続いた。馬を引いて谷の端の木立のなかを歩いていたエリ・ミッチェルが、北軍の兵士たちに見つかったのだ。逃げられないことは明らかだったが、彼はためらわずに鞍によじ登ると、馬の頭をめぐらせ、谷の入り口に向かって走りだした。兵士たちを泉から遠ざけるために。兵士たちは扇形に広がって行く手をさえぎり、あっさり逃げ道を断って、ミッチェルが半マイルも行かぬうちに彼を取り囲んだ。

ガスは丘の頂にふせて、腰につけた袋から昔の戦争の唯一の戦利品である、真鍮のケースに入ったメキシコ製の野外用双眼鏡を取りだした。カナリと音をさせてそれを開くと急いで眼下の草原に向け、焦点を合わせた。彼らを捉えたときには、すでに終わっていた。北軍の兵士たちがエリを囲み、銃を構えて近づいていく。エリは手綱を落として両手を高く上げていた。

丘の上からでは遠すぎて、兵士たちの顔をはっきり見ることはできないが、指揮を執っている士官には見覚えがなかった。長身で痩せた、ヴァン・ダイクのような山羊鬚の、ケープを肩にかけ、フランス軍そっくりの略式軍帽をかぶった男だ。残りはちぐはぐな服装からするとおそらく民兵だろう。セントルイスかジェファーソンのヘッセン人かもしれない。だが、彼らと一緒にいる民間人の斥候は……。

くそ！　まだその男の顔に双眼鏡を移す前から、へりを前にたらした帽子と猫背の姿勢で、それが誰だかわかった。アーロン・ミーチャム。この戦争が始まるずっと前から、カンザスで略奪や盗み、放火をほしいままにしてきた人間の屑だ。

ヘッセン人の軍曹がエリに質問しているあいだ、ミーチャムはエリの馬をじっくり見ながら後ろへまわった。

やつはあれが俺の馬だと気づくだろうか？　ガスは記憶を探り、ミーチャムが自分の愛馬を見たことがあるかどうかを思い出そうとした。一度だけあるかもしれない。レイノルズ郡のカウンティ・フェアのときに。ミーチャムはガスの末息子にからみ、怒らせて殴りあいにもちこもうとしたが、ガスとほかの息子がふたり加勢に入ると、口ほどにもなく引きさがった。あのとき見た可能性はある。しかし、あれはまだ戦争が始まる以前のことだ。それに……。

ミーチャムがさりげなく拳銃を引き抜いて銃口を上げ、後ろからエリ・ミッチェルの頭を撃った！　エリはまだ手を高く上げたまま、壊れた操り人形のようにくたっとなって、鞍から谷の草の上へと落ちた。

「やめろ！」ガスは思わず叫び、跳ねるように立ちあがって呆然と眼下の一点を見つめた。さいわい谷底にいる兵士たちには、彼の声は届かなかった。ミーチャムの仲間もガスと同じくらい驚いたようだった。軍曹が怒りに顔を赤くしてわめきたてる声が、谷を横切って聞こえてくる。ミーチャムはそれをまったく無視して自分の馬からおりると、ちらりとも目をくれずに地面に落ちた死体をまたいで、エリの馬に手を走らせた。どうやらその結果に満足したらしく、彼はガスがエリに貸してやった古い鞍を投げ捨て、自分の馬からはずしたマクレランの鞍をつけて、食いこむほどきつく腹帯を締めた。

兵士たちはミーチャムが新しく手に入れた馬にまたがるのを黙って見ていた。それから軍曹が何かつぶやき、ふたりの男が馬をおりて、エリの死体を見るからにみすぼらしいミーチャムの去勢馬に乗せ、その背にくくりつけた。ジェイホーカーが彼らに何か言った。草原の向こうにいるミーチャムの顔ににやけ笑いが浮かんだところを見ると、冗談を言ったのは明らかだが、ほかの男たちはにこりともしなかった。

大尉が手綱を引いて馬の向きを変え、谷を出ていく。残りは二列に並んでそのあとに従った。エリの亡骸がミーチャムの去勢馬の背で鞍袋のように弾み、致命傷から落ちる血を馬の腹に滴らせていく。

低木のなかにかがんだまま、ガスは彼らが遠ざかり、消えていくのを見守った。念のためにそのあと三十分待って彼らが戻ってこないのを確認し、完全に立ち去ったことを確信すると、丘の頂を横切り、エリが言った泉へと向かった。自分が囲まれる前に、エリが兵士たちを遠ざけた泉。自らの命でその秘密を守った泉へ。

中尉も同じように死んでいてくれたら、とガスは願った。そのほうが事は簡単だ。泉のそばにいる南軍の兵士が死んでいれば、このまま馬の群れへと引き返せる。ついさっき起こった出来事をじっくり考え、両手を高く上げたまま落ちていくエリの姿を頭のなかから消すことが……。

カチリという低い音が聞こえた。拳銃の撃鉄を引き起こす音だ。「そこで止まれ。両手を……」声がとぎれた。ガスは足を止めた。

「中尉さんか？　俺はマッキーという者だ。エライアス・ミッチェルに頼まれてきた」答えの代わりに、くぐもった咳が聞こえた。目を凝らすと、南軍兵士の姿が見えた。くぼ地にちょろちょろ流れこむ細い小川のそばの、ヒマラヤスギの小さな森に隠れている。たしかに将校だ。金メッキのボタンが付いた士官候補生の灰色の上着に、黄色い線が入った騎兵隊のズボン。片手には三六口径のコルト・パターソンを握っている。

だが、その銃はまっすぐガスを狙っているわけではなく、彼がいるほうに向けられているだけだった。しかも、かなり離れているガスのところまで、壊疽《えそ》のすえた悪臭が漂ってくる。化膿した傷口のひどい悪臭が。

エリよりもっと若いその兵士のそばに膝をつくと、ガスはコルトをそっと彼の手から取った。若者が気づいたかどうかもあやしいものだ。

ミッチェルは間違っていた。この若者は銃で撃たれたのではない。まあ、だからといってたいした違いはないが。胸の下のほうにある肺の傷から一鼓動打つたびに血が少しずつ漏れ、彼の命が流れでていく。

中尉は肺が血で満たされるのを防ぐためにヒマラヤスギの丸い幹に寄りかかって座り、必死に呼吸している。だが、この戦いは終わりかけていた。負け戦だ。彼が着ている灰色の軍服と同じように。シャツにつけた勲章と同じように。

若者の目は開いていたが、その目ははるか遠くを見ていた。顔はチョークのように真っ白で、動脈の血が口の両端に泡を作り、ヒメアカタテハのような赤い色に唇を染めている。

ややあって、彼はゆっくり我に返り、かすかにけげんそうな顔でガスを見た。

「すまない」彼は赤い唇をなめた。「母と話していたんだ。あなたを……知っているかな？」

「いや、中尉。俺はアンガス・マッキーだ。エライアス・ミッチェルに頼まれてここに来た」

「誰だって？」

「エライアス・ミッチェルだ。二、三日前、あんたと一緒にいた若者だよ」

「ミッチェルか、ああ。ヤンキーの。元気でいるといいが」

「彼は……元気だよ、中尉。家に帰った。家族のもとに」

「それはよかった。とても親切にしてくれたんだ……」若い中尉はごくりとつばを呑みこんだ。「ぼくにはもうあまり時間がない。ぼくは第一アーカンソー大隊のジェイムズ・オリヴァー・ニーランド中尉だ。父はクラレンドンのフィニース・ニーランドだ」若者は咳こみ、シャツの前に赤い泡を散らした。

「ニーランド中尉。俺の息子がふたり、スターリング・プライスと一緒にアーカンソーで戦っている。ジャレッドとレヴォン・マッキーだ。どっちかの名前を聞いたことがあるかい？」だが、いまの咳はニーランドの最後の力を奪っていた。若者はまたしても朦朧として、声もなく唇を動かしはじめた。

ガスはまるで何年にも思えるほど長いこと待った。ふと気がつくと、ニーランドが問いかけるように見上げていた。

「すまない……あなたの名前を忘れてしまったようだ」

「マッキーだよ、中尉。アンガス・マッキーだ」

「そう、ミスター・マッキーだ。そしてさっきはぼくに……息子さんはジャレッド・マッキーかい？ ミズーリ出身の軍曹の？」

「そうとも！　彼と弟が一緒なんだ」

「ジャレッド・マッキーは、ウェストポートでひどく負傷して、戦線を離脱したひとりだった。彼が外科医のところに運ばれていくのをこの目で見たが、生き延びられたとは思えない。助かる兵士はあまり多くないんだ。母に会ったら、訊いてあげよう……」彼は言葉を切り、再び咳こんだ。「たいへんお気の毒なことをした。息子さんとはほんの顔見知りでしかなかったが、立派な兵士のようだった。弟さんのことは聞いた覚えがない。元気でいるといいが」

目の裏を涙が刺し、ガスは顔をそむけた。エリが死に、今度はジャレッドまで。あまりにもむごすぎる。

「ミスター・マッキー。こんなときに願い事をするのは申し訳ないが、どうすれば……いいかわからないんだ。ぼくは死にかけている。正直に言うと、死ぬのはもうそれほど気にならない。苦痛もあまりひどくなくなった。それに母が……とても近くにいる。あなたの忠誠はどちらの側にあるか、訊いてもかまわないかな？　北か南か？」

ガスは黙っていた。答えられなかったのだ。両手を上げたまま馬から落ちるエリの姿が……それからジャレッドの倒れる姿が目に浮かんだ。

ガスは頭を振ってふたつの光景を払った。「俺には灰色の軍服を着ている息子たちがいる。俺も同じ側だよ、中尉」彼はかすれた声で言った。

「よかった」ニーランドは目を閉じた。「上着のなかに手紙が一通入っている。父に宛てたものだが、そこには……わが軍の窮状が書いてあるんだ。ヤンキーが読めば、その情報を利用するかもしれない。その手紙にぼくの勲章を入れて、ぼくたちの大義を支持する人に渡してくれたら、こんなありがたいことはない。ぼくの頼みを聞いてもらえないだろうか、ミスター・マッキー？」

「中尉……」

「頼む！」ニーランドは背を起こし、必死にガスの腕をつかんだ。「息子さんたちのために。南部のために！」

「わかったよ、若いの。落ち着いてくれ。あんたの望みどおりにするとも」

「ありがとう」ニーランドは力つきてぐったりと木にもたれた。「手紙はベストのポケットにある。どうか、それを取ってくれないか」

ガスはそっと中尉の上着のなかに手を入れ、封筒を見つけて……ためらった。鼓動が感じられない。ニーランドに目をやると、若い中尉の目は虚空に向けられていた。彼は死んだのだ。あまりにもあっけなく。死んで……去ってしまった。

ガスはぎこちなく立ちあがり、封筒に目をやった。おそらくこの若者が言ったように、たんなる家族に宛てた手紙だろう。だが、最近はそういうものを渡すだけで、それどころか持っているだけでも、敵に密書を運んでいるとみなされる。

これは反逆罪だ。絞首刑に値する罪、あるいは銃殺刑に値する罪だ。見つかればその場で殺される。判事も、陪審員もなしに。情け容赦もなく。

ガスは嫌悪を呑みくだし、すばやく若者の体を探った。だが、役に立ちそうなのはニーランドのベルトにあった礼装用の短剣だけだった。ダマスク鋼を使った刃わたり十五インチの、先端が針のように鋭く尖った両刃の短剣だ。アーカンソーの爪楊枝と呼ぶ者もいる。

柄頭はぴかぴかの真鍮で、銀の象嵌を施した象牙の柄には、美しい文字が彫りこまれていた。片方の側には、アーカンソー第一大隊とあり、もう片方にはJ・O・ニーランド中尉とある。柄もダマスク鋼も若者の血で染まっていた。だが、血糊はあとで洗い落とすことができる。ガスは愛用のボウイーナイフを一週間前に折ってしまったばかりだった。それにニーランドにはもう短剣は必要ない。この若者の戦いは終わったのだ。

ガスはアーカンソー製の短剣をブーツに滑りこませ、コルト・パターソンを背中にはさんだ。

慎重に中尉の勲章をはずし、封筒のなかに入れてシャツの下に滑りこませる。それからジェイムズ・オリヴァー・ニーランド中尉を小川からさほど離れていないヒマラヤスギに守られた空き地に埋めた。

彼は若者の亡骸を深く埋め、最後に石で覆って注意深くごまかし、動物も人間も掘りだせないようにした。誰かがこの反乱軍の若者を掘りだし、遺体を金に換えることはない。

なんということだ。愚かな戦争が終わるのを待って、三年近くもその大半を野良犬のように高地のなかに隠れてきたというのに、ようやく終わりが見えてきたいま、どちらかの側を選ぶはめになるとは。エリ・ミッチェルはこの戦いには正しい側などないと言ったが、彼は間違っていた。彼自身の死がそれを証明した。ジャレッドの死が。そして最後の手紙を家族に届けてもらうために、消えかけた命の灯を必死にともし続けていた哀れな若者の死が。彼らの大義のせめて一部でも、死ぬ価値があったことをガスは願った。それに殺す価値があったことを。逃げるのも、隠れるのも、もうやめだ。いいか悪いかはともかく、彼は戦いに志願したのだ。またしても。

ミズーリの高地で行なわれている無法行為のすべてを取り除くのは無理かもしれない。だが、そのほんの一部を正すことはできる。アーロン・ミーチャムは人間の屑だ。彼はまるで農民がハタネズミを踏み潰すように、あっさりエリ・ミッチェルを殺した。ミッチェルが乗っていた馬を手に入れるため、それと賞金二十ドルの分け前に与《あずか》るために。神に誓って、あいつにはその報いを受けさせてやる。

最後にもう一度空き地を見まわすと、ガスは大股にそこから離れ、荷作りをするために自分のキャンプに戻った。

　馬の群れを放りだしていくのは危険だが、群れがいる行き止まりの谷には、一週間かそこらはもつだけの草がある。それにあそこはよく隠されている。エリのような脱走兵が偶然見つけて一頭盗むとか、群れごと盗む可能性はあるが、それは防ぎようがない。その危険はおかすしかなかった。

　彼は自分の乗っていく馬を注意深く選んだ。ネルという名の、脊柱が彎曲した灰色の六歳馬だ。まだ子馬の時分に蹴られて折れた顎が突きだし、口がゆがんでいるために、充分に食べられず、肋骨が浮きあがるほど痩せている。いじけた性格の馬で誰のことも信用しないが、この際いちばん重要なのは、子馬のときのけがのせいでほとんど声がでないことだ。ネルはめったにいななないたり、鼻を鳴らしたりしない。馬にしろ、人間にしろ、旅の道連れには願ってもない長所だ。

　あばらに煤をすりこんで、痩せこけているのを強調したあと、ただれているように見せるために、血まみれの小さな脂肪のかたまりを脚にこすりつけた。完璧とは言えないが、よほど馬に詳しい者でなければ見破られる心配はない。牧畜業者のトリックのほとんどは老いぼれ馬の欠点をごまかすためで、そうした馬をいっそうひどく見せるためではないのだ。

　準備が終わると、ガスは自分の細工を惚れ惚れと眺め、うなずいた。

「ネルよ、おまえみたいに惨めな馬は見たことがないぞ。農作業に使うには背柱が曲がりすぎてるし、食べるには痩せすぎてる。盗む価値などまったくないな」

　ネルが白目をむいてじろりと彼をにらみつけるのを見て、ガスはにやりとせずにはいられなかった。この前戦争に出かけたときには、真鍮のボタンがついた軍服を誇らしげに着ていったものだが、今度の戦いで生き延びるためには、ぼろを着た宿無しに見せるのがいちばんだ。誇りなど、なんの役にも立たない。

みすぼらしい鞍をつけ、巻いたぼろ毛布を後ろの鞍骨につけると、堅パンとジャーキーをひとつかみ袋に入れ、ガスは鞍にまたがった。そしてじっくりキャンプを見渡し、自分がそこにいた跡をすっかり消したことを確認した。焚き火は埋め、ポットや皿は岩の亀裂に隠した。彼はこれと同じような〝隠れ家〟を、高地のあちこちに何カ所か持っている。そして馬が食む草がなくなるか、見まわりの兵士たちが近づきすぎるたびに、そこを転々と移動してきたのだった。

この三年近く、彼の人生はなきにひとしかった。山賊のように暮らし、妻と末の息子のもとに戻るのは月に一度、誰にも見られずに高地をおりられる月のない夜にかぎられていた。

まったく情けない生き方だが、わずかに残されたものを守る方法はそれしかなかったのだ。ところがいま、彼はほとんど知らないふたりの死んだ若者のために、そのすべてを危険にさらそうとしている。彼の息子たちのように、一方は北軍、他方は南軍と、相反する側で戦ったふたりのために。

どう考えても、正気の沙汰ではない。それはわかっていたが、彼は冷酷に人殺しが行なわれるのを見てしまったのだ。今度髭を剃るときに鏡に映った自分の顔をまっすぐに見たければ、それに目をつぶり、背を向けることはできない。

だが、愚かな戦いの狂気にからめとられたからといって、不注意になったりはしなかった。むしろ、その逆だ。これがどれほど無謀な挑戦か、彼にはよくわかっていた。ひとりの牧畜業者が、五、六人のベテラン兵士たちを相手に戦う？　そんな戦いに勝てる見込みはゼロに近い。生き延びるためにはこれまで身につけたすべてを総動員し、世界中の幸運を味方につける必要があった。

おそらく、それでもまだ充分とは言えない。

ヤンキーの一隊の跡は簡単に見つかった。

ミーチャムが乗っているのはガスの馬だ。ガスはその蹄の跡を、安売りのチラシのようにはっきりと読むことができた。彼らは北東へと向かい、あの谷から樹木に覆われたオザーク高地の麓の丘へと入っていた。おそらくまだ賞金を稼ごうと獲物を探しているのだろう。エリのように途方に暮れた、無力な若者たちを。

ごつごつした背中と重い足取りのせいで、ネルは恐ろしく乗り心地が悪かった。おまけに少しでも歩きにくそうなところは立ち止まって動こうとしないため、ガスは頻繁に降りて歩くはめになった。

一歩進むたびに、両手を上げたまま落ちていくエリの姿が目に浮かんだ。若いニーランドの口の端に溜まっていた血の泡が。さもなければ、子供のころのジャレッドのことが思い出された。前歯のあいだに隙間のある亜麻色の髪の少年だったころの。

ジャレッドの兄弟は、おまえが食べるととうもろこしが一列置きに残るぞ、とよく彼をからかったものだった。ジャレッドはそのたびに気のいい笑顔で、そのほうが弁当が長く続くと言い返した……。

そのジャレッドも死んだ。おそらく何十人ものほかの兵士と一緒に大きな墓穴に放りこまれ、土をかけられたのだろう。南軍も北軍も、羊の囲いに入った狼のように血のにおいに狂い、正気を失って残虐に殺しあう、そんな戦いのなかで、敗者の最後のあがきの犠牲となったのだ。

どうやらこのあがきには、伝染病のような感染力があるようだ。

午後になると、ガスは彼らとの距離が縮まったのをほぼ確信した。蹄の跡がそれまでよりくっきりしている。新しいのだ。おそらく食事のため、馬を休ませ、ついでにコーヒーを淹れるために、そろそろひと休みするつもりなのだろう。

だが、この予想は見事にはずれた。もつれ、からまったウルシノキのなかを縫うようにネルを進ませていくと、前方に馬に乗った男たちが見えた。四人、いや、五人が、道を塞いでいる。ヤンキーだ。見覚えのある男たちだと気づくと、ガスはみぞおちが沈むような気がした。さっきの一行だ。エリを殺したアーロン・ミーチャムとヘッセン人たちだ。さきほど指揮を執っていた大尉の姿は見えない。ひとりはエリの亡骸をくくりつけたミーチャムの去勢馬を引いている。

ほかの男たちはガスに近づいてきた。いまから逃げても間に合わない。ネルは三本脚のスツールと競っても勝てるような馬ではなかった。覚悟を決めてこの危機に対処する時間は、ほんの数秒しかない。

ウルシノキの藪を通過しながら、彼は手にしていたジェンクス・カービンを落とした。背中に差したコルトも捨てた。それが藪のなかに転がり落ちる音を聞き、彼らの目につかない場所に落ちてくれることを必死に祈った。ブーツに差したアーカンソーの短剣のことも思ったが、それを捨てるにはもう遅すぎる。かがみ込んで引き抜けば、間違いなく兵士たちの目に留まるだろう。短剣はこのまま残しておくしかない。ネルがのろのろと兵士たちに近づいていくあいだ、ガスの背中を汗が伝い落ちた。

しまった！　あの手紙！　あれはまだシャツのなかにある！

「あんたは誰だね？　こんなところで何をしているんです？」塩漬けキャベツのようにきついヘッセン訛りで、軍曹が尋ねた。赤ら顔の、ずんぐりした男だ。青いウールの軍服の上着は手製のように見える。おそらくそうなのだろう。だが、灰色の目は用心深い。危険な男だ。

「俺はマッキーだ。レイノルズ郡に住んでいる。東にいるいとこを訪ねるところだ」

「そいつはどのいとこだ?」アーロン・ミーチャムが尋ねた。「ロバート・E・リーか?」ミーチャムは背を丸め、だらしない格好で鞍に座って、前にたれた帽子のつばの縁からガスをじっと見ている。

「バックホーンのキース・スチュワートだ」

「スチュワート一家があんたの親戚だとは知らなかったな、マッキー」

「この男を知っているのか?」軍曹がミーチャムに尋ねた。

「ああ、知ってるとも。昨日、大尉に口答えした女がいただろう? この男はあの女の亭主だ。反乱軍贔屓《びいき》で、息子たちは灰色の軍服を着てる。そうじゃないか、マッキー?」

「だが、この男自身は兵隊になるには歳を取りすぎているぞ。それに賞金の対象にもならない」軍曹は言った。「ほかを探そう」

「そう急ぐな」ミーチャムはもったりと言った。「こいつは不正な品物を持ってるかもしれん。馬をおりろ、マッキー」

ガスはためらった。

「言うとおりにしたほうがいいぞ」軍曹はため息をついた。「この男は人を殺すのが好きなんだ」

こみあげる不安を押し戻し、ガスはネルからおりた。

「その老いぼれ馬から離れて両手を上げるんだ。ドイツ人、彼を調べろ」

「よせよ、ミーチャム、この男は金なんか持ってやしないさ。行くぞ」

「大尉は俺に指揮を任せていったんだ。その俺がこいつを調べろと言ってるんだぜ、ドイツ人。いいから、さっさとやれ! 馬を調べろ。それから彼を調べろ」

ドイツ語でぶつぶつ言いながら、軍曹は馬をおり、ネルに歩み寄って……ためらった。ジェンクスを差してあった革紐の、潤滑油のしみに気づいたのだ。軍曹はガスを見て、彼が来た小道に目をやった。だが、もしもライフルを見たとしても、何も言わなかった。代わりにネルをじっと見て、うなずき、低い声で言った。

「あんたはこの馬をかなり惨めに見せかけてるな。脚にこすりつけた脂肪のかたまりだが？　あれは果実の汁で濡らすともっと効果がでるぞ。乾くと血のように黒くなる。そのほうが蠅もあまりたからない」

「馬のことを知ってるのか？」ガスは尋ねた。

「反乱軍に焼き払われるまでは、ジェフ・シティの外に牧場を持っていたんだ。いまは死体を売っているが」

「おい、教会の集まりじゃないんだぞ」ミーチャムがうなるように言った。「しゃべってないで、さっさとその男の体を調べろ、ドイツ人」

ヘッセン人はため息をついて、ガスの上半身にすばやく両手を走らせた。そして手紙を感じた！　これは間違いない。ガスはドイツ人の手がその上を通りすぎるときに、紙がかさつく音を聞いた。ほんの一瞬、ふたりの目があった。それから軍曹はガスから離れた。

「何もない」彼は言った。「そう言っただろうが」

「俺にはずいぶんざつな調べ方に見えたぜ、ドイツ人。きちんと調べたほうがよさそうだ。着てるもんを脱いでもらおうか、マッキー」

「なんだと？」

「聞こえたはずだぞ。裸になれ。そのぼろを脱げよ。どんな〝持ち物〟のおかげでかみさんがあんなに色っぽいのか、見てみようじゃないか」

ガスはごくりとつばを呑んだ。たとえその途中で殺されるとしても、ミーチャムに飛びかかり、この男を鞍から引きずりおろしたかった。だが、そんなことをすれば、間違いなくミーチャムに撃たれる。それは火を見るより明らかだ。あの男はその口実が欲しくてうずうずしているのだ。ミーチャムの目には殺意があった。だが、兵士たちがあの手紙を見たら、あるいはアーカンソーの短剣を見たら、いずれにしろ彼は殺されどう説明しても、この男たちを納得させることはできないだろう。ガスは武器を携帯した南軍兵士にされて、セントルイスへ持ち込めば二十ドルの賞金に値する男になる。この男たちが囚人をどうやって運ぶかは、すでにこの目で見ていた。

「断わる」彼は言った。「服を脱ぐのはごめんだ」

「断わるだと？」ミーチャムは同じ言葉を繰り返した。「ドイツ人、こいつの服をはぎとれ。抵抗したら撃ち殺せ。さもなきゃ、俺がやる」

軍曹は仮面のように表情を消した顔でガスに向きなおった。「私の手を煩わせないでくれ。あの男はやるぞ」

「くそったれ！」ガスは自分の声が震えているのを聞いて、それを憎んだ。「俺の服が欲しけりゃ、馬をおりろ、ミーチャム。自分で取りにこい」

軍曹はガスの襟をつかんでくるりと後ろ向きにすると、シャツが破れるのもかまわず乱暴に引き寄せた。

ガスは抗ったが、ヘッセン人の腕の力を感じ、この男と争っても勝てる見込みはまったくないことを悟った。それから、彼は突然自由になった。

ヘッセン人は彼を突き飛ばし、馬のところに戻りながらドイツ語で何か言った。仲間の兵士たちがどっと笑う。

「おい、どういうつもりだ？」ミーチャムが怒鳴った。「いまなんと言った？」

「あんたが女にもてないわけがわかると言ったのさ、ミーチャム。歳を食った男の裸の尻を見て、興奮するらしいからな」軍曹は鞍頭をつかみ、馬にまたがろうとして、ミーチャムが海軍仕様のコルトを自分に突きつけているのに気づいた。

「あいつの服を脱がせろと言ったんだぞ、ドイツ野郎」

「あの男は賞金の対象ではない。それに禁制品などひとつも持っていないと言ったはずだ。やつを見てみろ、それにあの醜い駄馬を。あんたは俺たちの時間を無駄にしているぞ」彼は再びドイツ語で何か言ったが、今度は誰も笑わず、ミーチャムに警戒するような目を向けた。

「やつらになんと言ったんだ？」

「その拳銃を私に向けつづけていれば、すぐにわかるさ」

　ヘッセン人はひらりと鞍にまたがり、馬の頭をめぐらせてミーチャムと向かいあった。

「私はあんたが好かん」軍曹は吐き捨てるように言った。「あんたは勇敢だよ、ジェイホーカー。若者を後ろから撃つことはできるが、農家の女には犬のように追い払われた。それにこの男が馬をおりろと言ったときも、おりようとしなかった。大尉はあんたがこのあたりに詳しいという。だから見まわりのときはあんたに従う。だが、これからは町で私を見たら？　話しかけるなよ。そして通りの反対側に渡るんだ。わかった《フェアシュテーエン》か《ジー》？　くそ通りを渡ってもらうぞ」

　彼は乱暴に手綱を引いて再び馬の頭をめぐらせ、馬に向かって舌を鳴らした。速足でガスの横を通りすぎながらちらりと彼を見下ろしたが、何を考えているのかは読めなかった。ほかの兵士たちが二列に並んでそのあとに続き、しんがりの馬の背で弾みながらエリの亡骸もそれに従っていく。

　だが、ミーチャムは動かなかった。ジェイホーカーの斥候はまだコルトをつかんだまま、殺意を浮かべてつかのまガスを見つめ、それから首を振った。

「今日のあんたは俺の火薬を使うだけの価値はなさそうだ。だが、このままですむと思うなよ、マッキー。また会おうぜ」ミーチャムはコルトをホルスターにおさめ、さっと帽子を取って大声で叫びながらネルに突進し、臆病なネルを追い払った。からのあぶみをぱたつかせながら、ネルはこわばった脚が許すかぎりの速さで丘に向かって逃げていく。ミーチャムは意地の悪い笑い声をあげ、大きくまわると、全速力で兵士たちのあとを追った。

ミーチャムが通りすぎるとき、飛びついて馬の背から引きずりおろし、頭を踏みつけて骨を砕いてやることもできた。エリのために。ジャレッドのために。だが、今度もガスは何もしなかった。

できなかったのだ。

たとえ首尾よくミーチャムの脳みそを谷の地面に撒き散らすことができたとしても、ヘッセンの兵士たちに殺されるはめになる。アーロン・ミーチャムには、命を賭けるほどの価値はない。あの男のどんな部分にも、そんな価値はない。そのために家族が飢えることになるとしたら、なおさらだ。ガスは自分にそう言い聞かせた。

だが、本当はただ臆病風に吹かれただけかもしれない。俺は歳を取り、動きも鈍くなって、気力が衰え、言い訳をしているだけなのか？　ガスにとっては、それが何よりもつらいことだった。自分に勇気があるのかないのか、掛け値なしの真実がわからないことが。

まだ震えながら、ガス・マッキーはミーチャムの姿がすっかり消えてしまうまで待ち、来た道を引き返してジェンクス・カービンとコルトを回収した。ネルは追いかけるだけ無駄だ。いまごろはほかの馬がいる谷まで半分は戻っているだろう。実際、あの馬の半分でも賢ければ、ガスもそのあとを追って馬たちのところへ戻るべきだ。

だが、彼は戻らなかった。代わりに銃の具合を確認し、コルトをベルトに突っこみ、再び兵士たちのあとを尾けはじめた。今度は徒歩で。

おかげで彼らの跡を読むのはもっとたやすかった。

ビルギットを送りだしたあと、ポリーはせっせと掃除をして、その日の午後の一部をすごした。自分がこの家をどれほど清潔に保っているか、ビルギットがそれに気づいてくれたことが愚かしいほど嬉しかった。そういうことに関しては、重要なのは女の意見だけだ。男は自分が座るためにそれを動かす必要が生じないかぎり、ソファの上に死んだ豚が置かれていても気づかない。

　家のなかが満足するほどきれいになると、彼女はジェイソンに焚きつけの薪をひと抱え運びこませ、それから近くに住むいとこの家にひと晩泊まるようにと、息子を送りだした。月のない夜はいつもそうするのだ。ガスが高地からおりてくるときは、誰かに尾けられるか、見まわりの一隊に出くわして止められ、あれこれ訊かれる危険が常にともなう。もめ事が起こったときに、息子がここにいるのは避けたかった。

　銅製の浴槽をキッチンに運びこみ、お湯を沸かせるようにストーヴに火をつける。ビルギットがとてもみずみずしく、若く見えたことを思い出し、ポリーは珍しく廊下の鏡に目をやった。風にさらされ野良仕事で焼けた肌はなめし革のようになりかけている。アンガスはまだあたしを女として見ることがあるの？　彼女はそう問いかけずにはいられなかった。また女だと心から感じられる日がくるの？

　すると銃声が聞こえた！　たった一発、それは遠雷のように谷にこだました。ポリーははっとして、耳をそばだてたが、二発目は聞こえず、そのまま静かになった。

　あれはコーチガンの銃声だったから、これは良いしるしかもしれない。コーチガンを使う者はそれほど多くないからだ。ストーヴの火を灰で囲むと、ポリーは自分の銃をつかみ、雷管を確認して、陰になったポーチに出た。見張るために。そして待つために。

　一時間がのろのろと過ぎた。さらに三十分が過ぎて、夕闇が黒い帳《とばり》のように丘の上におりてきたが、彼女は陰のなかに立ってまだ待っていた。丘の斜面の木立が藪に変わるあたりから最後の光が消えはじめたとき、遠くから全速力で駆けてくる馬の蹄の音が聞こえた。太鼓のようなその音は、近づいてくるにつれてどんどん大きくなる。それから車輪の音をさせて、一頭立てのスタンホープが丘の頂を跳ねるように越えてくると、牧場へと転がるようにおりてきた。

ポリーはぱっと立ちあがり、走りだした。馬車が横滑りしながら門を通過し、庭に入ってくる。ビルギットが手綱を引いて、泡を噴き、息を切らしている馬を止めた。顔も服も泥だらけで、髪は乱れ、目はぎらついている。

「何があったの？」

「男の人が森から出てきて、私の馬をつかんだの。離れるように警告したのに、放そうとしない。馬車の鞭で打つと、襲いかかってきて、私をつかんで馬車から引きずりおろそうとしたの」ビルギットはごくりとつばを呑んだ。

「だから撃ったの！　その男は私をつかんだまま倒れたわ。私は起きあがって必死に森のなかに逃げこんだ。そして道に迷った。しばらくすると、また道に出た。馬車が見える。さっきの男が横に倒れているわ」

「死んだの？」

「ええ」ビルギットはせり上げてきた泣き声を呑みくだした。「きっと死んだわ。彼の頭が……ああ、神様。ええ、彼は死んだ、そうにちがいないわ」

「いいのよ、ビルギット。あんたがしたことは正しかった。でも、それでおしまいというわけにはいかないの。死体は道にあるの？」

「ええ、道の横に」

「銃は？　あれはどこ？」

「さあ。引っ張られて馬車から落ちたときになくしてしまった。どうなったかわからないわ」

「いいこと、よく聞くのよ」ポリーはビルギットの肩をつかんだ。「その場所に戻る必要があるわ。います ぐに」

「いや!」

「その必要があるの! その男が北軍だろうが南軍だろうが、そんなことは関係ない。でも、男の仲間が死体を見つけたら、彼らはここに来るわ。あの銃を死体の近くで見つけければ、とくに。あれがうちの銃だってことは、大勢の人たちが知っているんだもの。あたしがひとりで行ってもいいんだけど、暗がりのなかでは見つからないかもしれない。その場所がわかる?」

ビルギットは黙ってうなずいた。

「よかった。気をしっかり持つのよ。シャベルを取ってくるわ」

あの兵士たちはおそらく日が暮れれば野営するだろう。ここからさほど遠くない場所にある小川は、ガスが知るかぎりひとつしかなかった。彼はそこへ行く近道も知っていた。急いで先回りして、丘の斜面に陣取り、彼らに不意打ちを食らわせてやるか?

だが、この作戦には危険がありすぎた。もしもあの一行がガスの知っている小川を知らなければ、彼らを完全に見失ってしまう恐れがある。それに待ち伏せして丘の斜面から彼らを撃てば、ひとりは仕留めることができても、ほかの男たちはぱっと散って、物陰に身を隠すだろう。あるいは彼を追いつめ、撃ち殺そうとするかもしれない。

そうとも。このまま辛抱強くあとを尾けるほうがいい。彼らが野営し、眠ったあとで、闇にまぎれてこっそり忍び寄るとしよう。

ガスはあれからずっとヘッセン人の軍曹のことを考えていた。あの男は間違いなく胸の封筒に気づいた。おそらくガスが藪のなかに落としたカービン銃も見たのではないか。あの男の目がそう言っていた。だが、彼はミーチャムにそれを教えなかった。ドイツ人はひとり残らず連邦政府を強固に支持している。あの男はなぜ俺を見逃したのか?

ガスに思いつける理由はひとつしかなかった。ヘッセン人の軍曹は、今日はもう死体が道に転がるのを見たくないと思ったのかもしれない。だとしたら、まったく同感だ。

黄昏が近づくころ、はるか前方に橙色の輝きが見えた。その上で影が躍り、ポプラの白い樹皮に炎が映えている。見回りの兵士たちは小川が始まるところに野営していた。ガスがにらんだとおりの場所に。

彼らを見たとたんに新たな怒りがこみあげ、身内に力がみなぎった。ガスは速度を落として陰から陰へと幽霊のように移りながら、野営地に近づいていった。そこにいる男たちがはっきり見えてきた。焚き火を囲んで、塩漬けの豚肉と酸味のあるパンを生のチコリで淹れたコーヒーで流しこんでいる。

彼らはくつろいでいた。ガスがいる場所からは二百ヤードも離れていない。ほとんどが炎を背にしてくっきりと見える。狙いやすい的だった。だが、彼らが射程内にいるということは、ガスも彼らの射程内にいるということだ。ほとんどがドイツ人の農民か商人のようだが、昼間は彼らを甘く見たために、あやうく命を落としかけた。ここで見つかれば、犬に追われるポッサムのように殺されるにちがいない。そして彼らはガスの死体をスプリングフィールドかセントルイスに持ち込んで、賞金をせしめる。ひとり頭二ドルなにがしかの金を。それが人ひとりの命の値段だった。

丘の上に帳《とばり》がおりるなか、自分と野営地のあいだに小高い場所を置くため南へとまわりながら、ガスは速足になり、靴底に斜面を感じながら、紫色の陰のなかを腰を落として走った。

低い丘の頂の手前で速度を落とし、空を背景に黒いシルエットとして浮かびあがるのを避け、頂上をまわりこんだ。それから、腹ばいになって頂を越え、腐ったポプラの丸太の陰を蛇のように這いおりる。ハリエニシダの茂みにじりじり入りこみ、鼓動がおさまるのを少し待って、そっと枝を分けた。

下の野営地にいるヤンキーたちは、まるで射撃練習場の的のようだった。ひとりひとりが焚き火の光ではっきりと見える。陰気なキャンプだ。メキシコ戦争のときは、仲間と冗談を言いあって笑ったものだったが。あの戦いはずいぶん昔のことだ。最初の妻をもらう前、息子たちが生まれる前のことだ。四人の息子のことを思い出し、彼はこみあげてくるものをごくりと呑みくだした。またしても隙間のある前歯を見せて笑うジャレッドの顔が浮かび、両手を上げたまま鞍から傾いていくエリの姿が頭をよぎった。

落ち着け、アンガス・マッキー。うまくやれよ。メキシコ土産の野外双眼鏡を上着のポケットから取りだし、ガスは注意深く野営地を見ていった。ヘッセン人たちは火のそばで毛布に包まり、すでに横になって、鞍の上で過ごした長い一日の疲れを休めている。ガスはすばやく彼らを数えた。一、二。


くそ、見える範囲にいるのは五人だけだ！　だが、今日の午後は全部で八人いたぞ。落ち着いて、数えなおせ。

ひとりはすぐに見つかった。馬の近くでライフルを膝に載せ、木に寄りかかって座り、毛布に包まって見張っている。

川沿いに見ていったガスは、体をこわばらせた。ふたり目はほかの男たちから離れて横になっていた。アーロン・ミーチャムだ。前のたれた帽子を目の上に載せ、マクレランの鞍に頭を置いている。人付き合いが悪いのか、ミズーリの隣人同様、ドイツ人たちもあの男を忌み嫌っているのだろう。

まだ、ひとり足りなかった。キャンプをもう一度見まわしながら、ガスは誰が足りないかわかるような気がして、不安にかられた。ヘッセン人の軍曹だ。この男たちのなかでは唯一兵役の経験がありそうな、あの男なら、どこにいるか見当が……

あそこだ！　反対側の丘の斜面の中腹、野営地からはずっと上の、細い谷と、そこへ至る道がはっきりと見渡せるところにいる。経験を積んだ狙撃手には完璧な場所だ。しかもあのヘッセン人は狙撃用ライフルを持っていた。この距離からでも、〇・四五一インチの弾を使用する、細い照準スコープを付けたホイットワースの奇妙な輪郭を見てとることができた。あれは五百ヤード以内にいる者なら百発百中の優れものだ。

ちくしょう。ガスはいきなり襲って、とっとと逃げるつもりでいたのだった。ミーチャムを撃ち、うまくいけばもうひとりぐらい撃って、混乱に乗じてこっそり逃げだす、これが彼の作戦だった。だが、あそこに軍曹がいてはだめだ。あの高さから狙撃用ライフルを使えば、下にいる者を狙い撃ちできる。しかも焚き火から離れた丘の中腹なら、炎の光に目を眩まされることもない。軍曹はミーチャムを殺されても動揺するどころか、即座に〝敵〟を探しはじめるにちがいない。

そしてこの薄闇のなかでさえ、ガスが走れる距離よりも遠くまで撃てる。

俺がここからミーチャムを撃てば、あのヘッセン人は俺を撃ち殺すだろう。それはクリスマスがくるのと同じくらいたしかだ。たとえミーチャムを殺さなくても、ここから無事に逃げられるかどうか。もしもあの軍曹が油断なく目を光らせていれば……。

いまのところ、軍曹は警戒しているように見えなかった。これだけ遠いとはっきりとは見えないが、くつろいでいるようだ。うとうとしているのかもしれない。だとすれば、ガスの作戦はまだうまくいく可能性がある。

だが、こちらが先に彼を撃てば、だ。

ここからあそこまで、どれくらいある？　二百ヤードか、せいぜい二百二十だ。

ガスはジェンクス・レミントンで、もっと離れた距離から鹿を仕留めたことがある。暗いせいで少々厄介だが、ガスにはあのドイツ人を殺すか、撃ち返せない状態にできる自信があった。

だが、彼を殺すのは気が進まなかった。あの男はおそらくガスの命を助けてくれたのだ。いずれにせよ、彼を最初に撃てば、弾をこめなおしているあいだにミーチャムは物陰に飛び込んでしまう。

くそ！

今夜のところはこの場を離れ、高地に戻るのが賢い男のすることだ。

生き延びて、ミーチャムを殺すのは別の機会を待つべきだろう。

だが、待つのはもううんざりだ。それに彼は州境に住むスコットランド人に負けぬ頑固者だった。ここまで来て、敵が目の前にいるのだ。ガスは野営地を再び見まわした。ほかに方法は――

ある。

たぶん。


一行の馬はこの涸れ谷の向こう端につながれ、ロープで囲まれていた。焚き火は小川沿いのなかほどにあり、兵士たちはその近くで毛布に包まっている。ミーチャムは焚き火と馬がいる場所のあいだに、ひとりで横になっていた。

遠くの丘の斜面にいる軍曹は、谷に近づいてくる者は見えるが、あの斜面はポプラとトネリコが生い茂っている。馬がいるあたりはよく見えないかもしれない。

迷っている時間はなかった。空が西まですっかり暗くなり、星がまたたきはじめている。やるなら、いましかない。ガスは腐った丸太の下に注意深くカービン銃を隠した。生き延びることができたら、あとで取りにくるとしよう。できなければ……。

彼は腹ばいになって、斜面を這いおりはじめた。あらゆる茂みを利用し、高地で暮らすあいだに身につけた知恵を使って、馬が囲われている場所をめざす。

小川に近づくと、少し体を起こし、しゃがんで移動することができた。水の近くは茂みが少しばかり濃くなっている。土手沿いには踏み固められた鹿道があった。川の向こう側では、ひとりだけの見張りが毛布に包まり、両腕に頭を預けている。眠っているのか？たぶん。確かめる方法はない。

もちろん、馬たちは彼が近づいてくる物音を聞きつけた。だが、兵士と同じように疲れはてているうえに、人のたてる音やにおいには慣れている。ガスは脅威ではなかった。

彼はニーランドの〝アーカンソーの爪楊枝〟をブーツから引き抜き、馬を囲ってあるロープ沿いに進みながら、手綱を一本ずつ切っていった。最後の一頭はミーチャムがエリから奪ったガスの馬だった。が、愛馬に手を伸ばしたとき、彼は何かにつまずき、ばったり倒れた。すぐ横で馬が怖がり、鼻を鳴らして遠ざかる。ガスが低い声で話しかけ、落ち着かせると、馬は止まったものの、いつでも逃げだそうと神経質に彼の様子をうかがっていた。

足のところを手探りすると、男の腕にふれた！　驚いてそれに切りつけそうになったとき、ガスは死体につまずいたことに気づいた。

なんとそれはエリだった。彼らはエリ・ミッチェルの死体を、野営地の風下、馬の近くに放りだしていた。朝が来て再び馬に乗せるときに、運ぶ手間をはぶくために。まるでなんの価値もないごみのように、この暗がりに置き去りにするとは……なんてやつらだ！

ガスはゆっくり立ちあがり、ぴりぴりしている馬の首をなで、その尻越しに野営地を油断なく見張りながら、馬が落ち着くのを待った。小川の向こう側で、眠っている見張りが一度だけ体を動かした。ほかの男たちは動きもしない。

ミーチャムだけはべつだ。ジェイホーカーはうなるような声をもらし、寝返りを打って、焚き火に背中を向け、ガスと向きあった。

だが、彼を見てはいなかった。ミーチャムは目を閉じていた。ほとんど閉じている。眠っているか、うとうとしているのだ。それにガスから二十歩と離れていない。考えるまえに体が動き、ガスは雌馬をまわりこんで小川に近づいていた。

音をたてぬように水のなかに入ると、静かに渡り、ニーランドの短剣を握りしめて、眠っているミーチャムへとまっすぐ近づき……。

どうするつもりだ？　用心深く水からあがりながら、ガスは自分が判断ミスをおかしたことに気づいた。なんと野営地の真ん中に入りこんでしまったのだ。彼のまわりではヤンキーたちが眠っている。彼と馬のあいだには見張りがいるし、丘の斜面には狙撃手がいる。かすかな物音をたてるか、くしゃみでもすれば、あるいは誰かが悪い夢にうなされて兵士のひとりでも目を醒ませば、彼はおしまいだ。

だが、アーロン・ミーチャムはいまやほんの数歩のところにいる。簡単に手が届く距離に。あいつの黒い心臓に短剣を突きたてるか、頸動脈を切り裂くのは……いや、だめだ。

その危険はおかせない。人間はなんの音もたてずに死ぬことはない。ミーチャムを刺し殺すのは自殺行為だ。

だが、こんなに近くまで来たからには……何もせずに立ち去れるものか。

ガスはもう一歩近づき、血糊のこびりついたアーカンソー製の短剣を地面に突き立てた。アーロン・ミーチャムの鼻のすぐ脇に。アーカンソー第一大隊のジェイムズ・オリヴァー・ニーランド中尉の形見。そして彼の友、イリノイ州カイロのエリ・ミッチェルの形見として。

「おい」焚き火のそばの兵士が瞬きしながら、半分寝ぼけてゆっくり体を起こした。「いったい……」

だが、ガスは片手を振って背を向け、まるで仲間のひとりのように小川の土手沿いに歩きだした。そして眠っている見張りを通りすぎながら、兵士の膝からさりげなくライフルをつかみ、頭に振りおろした！　男は藪のなかに大の字に倒れた！

それから彼は逃げた。小川に飛びこみ、大股に三歩でそれを渡ると、エリに貸し与えた雌馬に飛び乗って、見張りのマスケット銃を空に向けて放ちながら、反乱軍のかん高い雄たけびの声をあげた。驚いた馬が泡を食って野営地から離れ、谷を走りだす。

からになったマスケットを投げすてると、ガスは雌馬の首に伏せ、命がけでしがみついた。でこぼこの地面を疾走する馬の背に留まるには、ガスの持てるあらゆる技と粘り強さが必要だった。野営地から何発か銃声が聞こえたが、あの兵士たちは怖くもなんともない。旋条を持たないマスケット銃では、二十歩しか離れていない納屋にあてることもできないからだ。それに追跡の心配もなかった。おそらく彼らは逃げだした馬を探して、一週間ばかり歩きまわることになる。

そう思ったとき、小さな弾がうなりをあげて彼の頭のすぐ横を飛びすぎた。熱い風が感じられるほど近くを。一瞬遅れて銃声が谷にこだまする。くそ、あの狙撃手だ！　全力で走る馬に乗った相手をこれほど正確に狙える者はほかにいない。しかも星明かりのなか、この距離で。

次の一発のタイミングを捉えようと、そう思いながらも、すでにガスはヘッセン人が再び弾をこめるのに要する秒数を数えていた。そして最後の瞬間、雌馬の首にぴたりと伏せ、自分の重みで馬を横に寄せようとしたが、遅すぎた！

重い鉛弾が左肩に当たり、彼は雌馬から吹っ飛び、闇のなかへと投げだされた。

地面に叩きつけられ、転がって、雑木林の茂みに突っこんだ。肺のなかに息を取り戻そうとあえぎながら、しばし呆然とそこに横たわっていた。それから狙撃手の照準器から逃れ、射程範囲から逃れるために、丘の斜面を覆うアスペンの木立のなかへと這いあがった。

しばらくのあいだは、犬のように荒い息をつきながら、そこにうずくまり、真っ白な頭のなかになんとか理性をかき集めようとした。背後の野営地ではまだ銃口が光り、パニックにかられた兵士たちが闇のなかへとやみくもに発砲し、影を撃ちまくっている。

ガスはゆっくり体を起こし、後ろを振り返って、野営地までの距離を測ろうとした。少なくとも五百ヤードはある。六百ぐらいあるかもしれない。あのキャベツ頭は、なんともすごい狙撃手だ。ガスは指先でそっと肩の傷に触れた。まるで焼きごてを押しつけられたように痛むが、血はそれほど出ていないようだ。ほんのかすり傷だ。とはいえ、あぶないところだった。あの弾があと一インチ横に寄っていたら、彼はエリとジャレッドに再会していたにちがいない。

だが、いまのところはまだ息をしている。案外、この苦境を切り抜けられるかもしれない。

しばらくのあいだは、あの一行のことを心配する必要はなかった。明るくなるまで、彼らが馬を探しはじめる恐れはない。そしてこの高地で一頭残らず見つけるのは不可能だ。

たぶんエリのような若者が何人か、迷った馬に出くわし、家に帰り着けるだろう。それにヘッセン人の一部は、スプリングフィールドまでとてつもなく長い道のりを歩くはめになる。キャベツ頭の軍曹が馬を貸し与えるとは思えないから、おそらくミーチャムも……。

ミーチャム。この夜の仕事でただひとつ悔いが残るのは、自分の鼻からわずか一インチのところに、南軍兵士の血だらけの短剣が突き立てられているのを見たときの、あいつの顔をこの目で見られないことだ。

あの男は威張り散らしているが、本当は意気地なしなのだ。死神がどれほど自分の近くまで来たかを知ったあとは、それが再び訪れるまで冷や汗をかきつづけるにちがいない。そして死神は来る。そのうち、どこかで。ガスはそれを確実にするつもりだった。

木立から出て、周囲の丘に目をやり、ガスは自分がいる位置を確かめた。馬を隠してある谷までは、たっぷり五マイルある。我が家までもほぼ同じくらいだ。

彼は星を見上げ、夜の残りがあとどれくらいあるかを測った。丘をまわって馬のところに戻るべきなのはわかっていた。一ヵ月に一度の帰宅を逃すのはこれが初めてではない。ポリーと我が家は、彼がもう一ヵ月帰らなくてもやっていけるだろう。

だが、彼はやっていけなかった。今夜の彼は、牧場を、自分の土地を、自分の妻を見る必要があった。それが熱に浮かされた夢ではなく、実際にそこにあることを確かめるために。

彼は今夜、一線を越えた。そして無意味な意思表示のためにすべてを危険にさらした。そんなことをするのは愚か者だけ。あるいは正気を失いかけている男だけだ。

自分には理解することも正すことも叶わぬ、この不条理に満ちた人生のただなかで、たとえつかのまでも、彼には安らげるひと時が必要だった。ほんのつかのまでも。

ガスは気力をかき集めると、足速に丘をおり、夜のなかを牧場へ、我が家へと向かった。


同じ月のない闇のなかで、ポリーはもう少しで死体を見逃すところだった。ちらつく星の光で物の形がまだらな影を作る道が、暗く翳る丘を細い灰色のリボンのように通っていく。ビルギットは自分がどのあたりまで来たのか、どれくらい森のなかを迷っていたのか、はっきりと覚えていなかった。ふたりの女性はまったく気づかずに死体の横を通りすぎていたかもしれない。だが、馬がその場所を覚えていた。雌馬は鼻を鳴らし、頭を振って、道の脇に倒れているものからあとずさった。

「あんたはここで待っといで」ポリーはそう囁き、馬車をおりて、動かない体にショットガンを突きつけた。だが、その必要はまったくなかった。コーチガンの衝撃で男の上半身は引きちぎられている。十フィート離れたポリーのところまで、死のにおいが漂ってきた。血と飛びだした腸の中身だけでなく、吐き気がするほど甘い壊疽の臭いもした。

男が南軍の兵士か北軍の兵士かさえわからなかった。血だらけのリンネルと毛のシャツに、粗布のパンツ、ぼろぼろのブーツ、見えるのはそれだけだ。

「その人は……」ビルギットが囁いた。

「ええ、帽子になったビーヴァーみたいに死んでるわ。どっちみち長いことはなかったでしょうよ。包帯を巻いた腿の傷が腐ってるもの。あんたに撃たれなくても、もうすぐ死んだにちがいない。あんたはこの男の苦しみを救ってやったのかもしれないわ。さあ、埋めてしまいましょう」

ふたりの女は必死の力をふりしぼり、つまずきながら、内臓のはみだした死体を道から木立のなかへと引きずっていった。だが、下生えに引っかかって、なかなか進まない。とうとうポリーは銃を置いて彼の肩をつかみ、ビルギットが足をつかんで、森のなかへと運びこんだ。

倒れたスズカケノキの根もとに自然の溝を見つけると、ポリーはそれをシャベルで広げ、ふたりで死体をそのなかに転がして、土やら朽ちた木片やら落ち葉で覆った。

「残りは風がやってくれるわ」ポリーは息を切らしながら体を起こした。「一日か二日もすれば、あたしたちがここにいた跡はすっかり消えてしまうはずよ」

「彼のために御言葉を唱えるべきだわ」ビルギットが言った。

「祈るってこと？　追いはぎのために？」

「何もせずに、ここに残していくことはできない。間違ってるわ」ビルギットの声は震えていた。いまにも泣きだしそうだ。

「いいわ、わかったわよ。何を言えばいいか知ってるの?」

「英語ではわからないけど……」

「だったらヘッセン語でもなんでも、あんたが来た場所の言葉で言いなさいな」

「バヴァリアよ。でも、言葉は同じなの」

「とにかく、何語だって神様はわかるだろうし、この気の毒な悪党には、もうどっちでも同じことよ。さあ、祈ってちょうだい」

湿ったかび臭い森のなかに黙ってひざまずき、ふたりの女は頭をたれた。ビルギットはドイツ語で死者を弔う祈りを捧げた。ポリーはひと言も理解できなかったが、道に戻るときにはほんの少し気分がよくなっていた。

ビルギットの言うとおりだ。たとえ相手がなんの価値もないろくでなしだとしても、適切な祈りを捧げるのは正しいことだった。

コーチガンは、道路のそばの藪のなか、ビルギットが落とした場所にあった。それに再び弾をこめると、ポリーは馬車に乗ったビルギットに渡した。

「さあ、もう行きなさい。コリンドンには一時間もかからずに着くはずよ。昼間より、むしろこの時間のほうが安全でしょうよ。もう何も起こらないと思うけど、もしも起こったら、まあ、悪党にとっては災難ね。ためらわずにこれを使って、何があっても馬車を止めちゃだめよ」

「でも、あなたはどうするの?」

「歩いて帰るわ。あたしはここの生まれだもの。このあたりの丘のことは手に取るようにわかってる。星の光がランタンみたいに明るいしね。あたしのことは心配いらないわ。それより無理をしないで、自分と赤ん坊のことをしっかり守るのよ。夏にはきっと行くから」

ポリーは馬車が消えるまで見送り、それから長い道のりを我が家へと向かった。ようやくたどり着いたときには、真夜中をとうに過ぎていた。

アンガスが待っていることを願っていたのだが、彼はいなかった。もしかすると、これから来るのかもしれない。

疲れ果てていたが、お湯を沸かすためにキッチンの薪ストーヴに火をつけ、よろめきながら寝室に入った。一本だけの蠟燭をつけ、台に置いた水差しの水で洗面器を満たし、シャツを脱いで、血がベッドの上掛けにつかないように、注意深くドアの取っ手に掛けた。

だが、汚れを落とそうと洗面器に腕を突っこむと、甘酸っぱい香りが立ちのぼり、鼻孔を満たした。壊疽と……

ライラックの香りが。

ポリーは驚いて洗面器を見下ろした。両手についた血ですでに水は赤くなっている。彼女はその水のすぐそばに顔を近づけ、震えながら息を吸いこんだ。ああ、なんてこと。オー・デ・ライラックの香りだ。薄められていない、生のままのライラック水の。

喉が張りつき、ほとんど息ができなかった。どうにかドアのところに行き、シャツをつかんで血に汚れた袖に鼻を近づけた。それはライラック水にぐっしょり濡れていた。

やっぱりそうだ。

ビルギットが殺した男は、シャツのポケットにライラックの瓶を入れていたにちがいない。ショットガンの弾が、その中身を彼の胸に撒き散らしたのだ。ポリーは低いうめき声をもらし、ベッドのそばに座りこんで、両手で顔を覆った。涙はでてこなかった。魂がよじれるような荒々しい痛みに、彼女は声さえだせずに体を揺らし、死なせてくれと神に願った。

ビルギットとふたりであそこに埋めたのは、どの息子だったのか？　死体の顔は一度も見なかった。見たくなかったのだ。あの男は戦争で魂を奪われたもうひとりの犠牲者にすぎなかった。死に場所を探している、さもなければ殺す相手を探している、もうひとりの飢えた、歩く死体でしかなかった。

いったいどうして、彼は道端でビルギットを襲ったりしたのか？　もう一歩も進めないほど具合が悪かったのだろうか？　それとも戦争で魂も名誉心もなくし、もうひとりのミーチャムになってしまったのか？

どれくらいそこにひざまずいていたのか、自分でもわからなかった。たぶん途中で眠ってしまったのだろう。

ポリーは突然びくっとして目を醒ました！　誰かがキッチンを歩きまわっている。混乱した頭で、ポリーは一瞬こう思った。あの子は死んでなんかいなかった。地面の穴から這いだして、ここに帰ってくる道を見つけたにちがいない。そして……だが、もちろん、そんなことはありえない。

キッチンでは、アンガスがランタンの火をつけようとしていた。

「やめて」ポリーは静かに言って、粗削りのテーブルへと蠟燭を運んだ。「昨日ここに騎兵隊が来たの。この家を見張っているかもしれない」

「どっちの騎兵隊だ」

「ジェファーソン・シティから来た北軍よ」

「ああ」ちらつく影のなかで、夫のしわ深い顔はまるで花崗岩で彫ったように見えた。無精髭がのび、白髪まじりの髪はぼさぼさだ。ポリーはアンガスを抱きしめ、彼の強さを感じたかった。だが、ふたりにはそういうことをする習慣はない。それにどうしたのかと訊かれたくなかった。

「遅かったのね」彼女は静かな、落ち着いた声で言った。「もうすぐ三時よ」

「歩いてこなくてはならなかったんだ。思ったより時間がかかった」

「歩いてきた？　どうして？」

ガスは目をそらした。「暗がりで枝にぶつかり、落馬して、馬に逃げられたんだ」

「あの雌馬に？　逃げられた？　どうして？　あの馬は口笛を吹けばあんたのところに来るじゃないの」

「さあ。何かに怯えたのかもしれん。とにかく逃げたんだ。だが、ここに来たかったから、歩くことにした。あいつは群れのところに戻ってくるだろうよ。来なければ、明日探しにいくさ。その話はもういい。それより、この一カ月の出来事を話してくれ。近所の人たちはなんと言ってる？」

「戦争がもうすぐほんとに終わるかもしれないって。今日はお客があったの。タイラー・ランドルフの新婚の奥さんよ。彼女の話だと、北軍はアトランタを焼き払ったらしいわ。フッドは退却してるって話よ」

「ああ、俺も聞いた。脱走兵に会ってな。ヤンキーの」

「その男が何かしでかしたの？」

「いや、俺は……ジェイホーカーがよく使う道のひとつを教えて、彼を送りだした。最近は、高地でそういうやつをよく見かけるんだ。ほとんどが南軍だが、ときどき北軍の脱走者もいる。見回りの連中は、脱走者を撃ち殺してるよ。死体を運んで賞金をもらうんだ。コヨーテみたいに狩りたててな。騎兵隊が来たのはそのためか？」

「それと、釘付けになってないものを盗むためよ。アーロン・ミーチャムが一緒だった。あたしにいやらしい口をきいたから、負けずに言い返してやったわ」

「ミーチャムのやつ」アンガスはしゃがれた声で言い、目を細めた。「あのヒルときたら、ヘッセン人が一緒だと思って、すっかり図に乗ってやがる。何をしても、言っても、安全だと思っているんだ。だが、戦争が終わってみんなが戻ったら、月夜の晩にあのジェイホーカーのくそったれを訪ねて――」

ポリーがガスを思いきり叩いた。顔がくるりと回るほど強く！　ガスは呆然と妻を見つめた。

「いいえ！　いいこと、アンガス、これが終わったら、すっかりおしまいにするのよ。あたしたちはもう充分犠牲を払った、血を流した。死んだ者は、死んだ者よ。あたしたちはもう誰も殺さないし、どこも焼かない。正義のためにも復讐のためにも、ほかのどんなくそのためにもね！」

「いったいどうしたんだ、ポリー？」

「あたしはタイラー・ランドルフの奥さんに会ったのよ！　彼女はヘッセン人だけど、ほんとのヘッセン人じゃないの。どこかほかの場所から来たドイツ人よ。でも、いい娘だわ！　そして神様の思し召しなら、彼女とタイラーは子供をたくさん作る。あたしはお産を手伝えるわ。そしてタイラーたちは日曜日にここに遊びにこられるし、クリスマスには何日か泊まることもできる。だから、これ以上人を殺すことや、ヘッセン人という言葉をあたしの前で口にしないで！　さもないと、あたしはここを出ていくわよ！　ジェイソンを連れて！　わかった？」

涙が頬を流れたが、ポリーにはそれを止められなかった。泣いていることも気にならなかった。アンガスはすっかり当惑し、見知らぬ女を見るように彼女を見つめている。彼が指先で唇に触れると、血がついた。

「いや」彼はゆっくり言った。「わからんな、ポル。だが、今夜のうちに話しつくせることじゃなさそうだ。俺はもう行くとしよう。日の出前に高地に戻る必要があるからな」

「だめ！　まだ、だめよ！　温かいものを食べて、お風呂に入るために来たんだもの。ちゃんと食べて、お風呂に入ってってちょうだい！」

「俺が来たのは、思いやりのある言葉を聞くためでもあるぞ。だが、風呂に入るだけで我慢するしかなさそうだな」

「そうして！　そのあいだに卵を焼くわ。早くそのぼろを脱ぎなさいよ。まるで馬と一緒に寝ていたみたいに臭いわよ」アンガスがシャツのボタンをはずしているあいだに、ポリーはバケツを使って手際よく熱いお湯をストーヴから運び、浴槽を満たした。

「その腕はどうしたの、ガス？」

「落ちたときに打ったんだろうよ」

「それを貸して！」夫の手からシャツをひったくると、ポリーは切れた箇所を調べた。

「これは弾の穴よ、アンガス。それにあんたは馬から落ちたことなんか、一度もない！　いったい何があったの？」

「何にもなかったさ、ポル。その話はもういい」

「嘘をつくのはやめて！　何があったの？」

「何もなかったと言っただろ。いい加減にしろ！　話す必要があることは、ちゃんと話す。これは話す必要のないことだ。今夜はない。これからもずっとない。もうよせよ。うるさく訊かれるのはたくさんだ！　頼む。俺は馬から落ちたんだ。それだけだ」

それだけではなかった。ガスが嘘をついていることは、ポリーにはよくわかっていた。だが、ひとつだけは彼の言うとおりだ。これは今夜すっかり話してしまえるようなことではない。

浴槽がいっぱいになると、彼は背を向けた。ポリーも夫の気持ちを尊重し、いつものように背を向けた。だが、今夜はすぐに振り向いて、ガスが破れたシャツを脱ぎ、シャツとズボン下がひとつなぎになったぼろぼろの下着を脱ぐのを見守った。夫の青白い、痩せた体を。何年も前、馬に蹴られて鎖骨が折れたときの古傷の横にある、落馬のけがだと彼が言い張る血のついた肩の傷を。アンガスが下着を落とすと、ぺたんこの尻と細い脚、突きだした腰骨が見えた。

ああ、神様、彼はもう三年近くもあの丘で暮らしてきたんだわ。馬と一緒に、動物のように生きて、凍えそうな寒さや、空腹に耐えてきた。あたしのために、息子たちのために。ひと言も文句を言わずに。

浴槽に入ろうと振り向いて、彼女が自分を見ていることに気づくと、彼は赤くなったものの、何も言わなかった。そして低いうめき声をもらしながら、節々の痛む体を熱いお湯のなかに沈めた。

その一瞬、ふたりの目が合ったとき、ポリーには自分の人生が見えた。彼とともに歩む人生が。

ほかのすべてはどうでもよかった。何ひとつ問題ではなかった。

飢えも、戦争も、殺されて森のなかに埋められた息子でさえも。ふたりはなんとかして、これを乗り越えるだろう。きっと乗り越える。いつもならポリーは夫をひとりにしておくのだが、今夜は浴槽のそばに膝をつき、少しためらったあと、モスリンの下着の紐をほどいて、それを脱ぎ、胸をあらわにした。

そして痩せた肩に腕をまわし、アンガスを抱きしめて、自分のぬくもりで包んだ。彼は目を閉じて後ろにもたれ、柔らかい肩に頭を預けると、ふたりの鼓動が重なるのを感じながら、妻のにおいを吸いこんだ。

「ごめんなさい」ポリーはしばらくして言った。

「いや、悪いのは俺のほうだ。高地にいると、ひとりで気を張って、ここを守っているおまえがどれほどたいへんか、つい忘れてしまう。家に戻るとただほっとして、とても……とにかく、忘れてしまう。それだけだ。大丈夫か？」

「ええ、いまはね。こうして一緒にいるときは。これがすっかり終われば、気持ちも落ち着くわ」

「もうすぐ終わるかもしれんな。おまえの言うとおりだよ、ポル。終わったら、ふつうの生活に戻ろうな。俺たちこの三年の惨めな生活の埋め合わせをしよう。息子たちも、みんなで。おまえが恋しいよ、ポリー。

この家も。まったく、いつもの……清潔な香りさえ、恋しいくらいだ。あの甘ったるい。ちょうどいまみたいな。おまえが好きなこの香りはなんと言ったかな？」
「ライラックの香りよ」ポリーはつぶやいた。

訳注

1　連邦軍と奴隷解放の名のもと、放火や殺人を行なった人々を指す。町の革店から赤い羊皮を大量に略奪し、それをレギングに使ったことが名前の由来。彼らはジェイホーカーとも呼ばれた。

2　フランツ・シーゲル。ドイツ軍士官だったが、アメリカに移民。南北戦争では北軍の将軍として従軍し、多くのドイツ移民が彼の下に集まった。

3　ネイサン・ベッドフォード・フォレスト。一兵卒として南部連合軍に加わり、南北戦争で騎兵隊を率いて活躍、最終的には中将となる。戦後まもなくク・クラックス団に加わり、初期のリーダーのひとりとなった。

4　南軍の将軍。一八六四年、ウェストポートの戦いで敗北し、テキサスに、次いでメキシコに逃げて、終戦を迎えた。

5　サミュエル・カーティス。アメリカにおける共和党選出の初代議員のひとり。ピー・リッジの戦いで勝利をおさめ、少将に昇進し、ミシシッピ川流域戦線の司令官となった。ウェストポストにおける戦いではソルヴァー・プライスを破る一助となり、北西部の総司令官に任じられた。

6　アメリカ陸軍の将軍。米墨戦争の功績を買われ、大統領候補に選出されるが、惜しくも敗れる。優れた軍人としてその名を馳せ、南北戦争においても数々の手柄をたてた。

7　ウィリアム・シャーマン。北軍の将軍。南北戦争で焦土作戦を敢行、近代戦の先駆者とされる。

8　ジョン・ベル・フッド。南軍の将軍。六二年、彼の率いる南軍はナッシュヴィルの北軍を攻撃したものの大敗を喫し、彼は深南部へと逃げて司令官を辞任した。

初出一覧

「ぼくがしようとしてきたこと」　初訳
「クイーンズのヴァンパイア」　初訳
「この場所と黄海のあいだ」　初訳
「彼の両手がずっと待っていたもの」　初訳
「悪魔がオレホヴォにやってくる」　『９９９９９』（新潮文庫、二〇〇六年）
「四人目の空席」　ミステリマガジン二〇一二年二月号
「彼女がくれたもの」　ミステリマガジン二〇一二年二月号
「ライラックの香り」　ミステリマガジン二〇一一年八・九月号

HAYAKAWA POCKET MYSTERY BOOKS No. 1857

この本の型は，縦18.4センチ，横10.6センチのポケット・ブック判です．

〔ミステリアス・ショーケース〕

2012年3月10日印刷　　2012年3月15日発行

著　　者　デイヴィッド・ゴードン・他
編　　者　早川書房編集部
発 行 者　早　川　浩
印 刷 所　星野精版印刷株式会社
表紙印刷　大平舎美術印刷
製 本 所　株式会社川島製本所

発行所　株式会社　早川書房
東京都千代田区神田多町2－2
電話　03-3252-3111（大代表）
振替　00160-3-47799
http://www.hayakawa-online.co.jp

（乱丁・落丁本は小社制作部宛お送り下さい
送料小社負担にてお取りかえいたします）

ISBN978-4-15-001857-3 C0297
Printed and bound in Japan

ハヤカワ・ミステリ〈話題作〉

1848 特捜部Q ―檻の中の女― ユッシ・エーズラ・オールスン 吉田奈保子訳

未解決の重大事件を専門に扱うコペンハーゲン警察の新部署「特捜部Q」の活躍を描く、デンマーク発の警察小説シリーズ、第一弾。

1849 記者魂 ブルース・ダシルヴァ 青木千鶴訳

正義なき町で起こった謎の連続放火事件。ベテラン記者は執念の取材を続けるが……。アメリカ探偵作家クラブ賞最優秀新人賞受賞作

1850 謝罪代行社 ゾラン・ドヴェンカー 小津　薫訳

ひたすら車を走らせる「わたし」とは？　女を殺した「おまえ」の正体は？　謎めいた「彼」とは？　ドイツ推理作家協会賞受賞作。

1851 ねじれた文字、ねじれた路 トム・フランクリン 伏見威蕃訳

自動車整備士ラリーは、ある事件を契機に少年時代の親友サイラスと再会するが……。英国推理作家協会賞ゴールド・ダガー賞受賞作

1852 ローラ・フェイとの最後の会話 トマス・H・クック 村松　潔訳

歴史家ルークは、講演に訪れた街で、昔の知人ローラ・フェイと二十年ぶりに再会する。一晩の会話は、予想外の方向に。名手の傑作